国語教育研究への旅立ち

──若き日の自主研究、卒業論文──

野 地 潤 家

溪水社

まえがき

私が広島高等師範学校（文科一部、国語漢文科）に学んだのは、昭和一四年（一九三九）四月から昭和一七年（一九四二）九月末であった。入学当時、高等師範は全寮制で、私は淳風寮に入った。所属は陸上競技部で、一三号室。室長は三芳利治氏（理二）、副室長は河本開一氏（文二）であった。昭和一五年（一九四〇）四月、二年生になり、市内水主町の日野さん方に下宿した。移った部屋は、たまたま大谷藤子氏（後年、女流作家）が下宿しておられたということだった。大谷藤子氏は、当時、広島女学院の教師を勤めておられた。

夏休みに入っても、私は七月末まで広島に残り、毎日のように附属図書館に通って、「戦記物語と国民性」という、かなりの分量のレポートをまとめ、休暇あけ、鶴田常吉教授（当時、国語漢文科主任教授）のもとに提出した。二年生に自由研究（自主研究）として提出を求められていたのである。

昭和一六年（一九四一）四月、私は高等師範三年生になって、再び淳風寮に入った。副室長。一二月八日、太平洋戦争に突入する。宣戦布告を淳風寮で聴いた。やがて広島市内の菓子店から、シュークリームをはじめ、生菓子の類は、すべて姿を消してしまった。私のこの一年間の通読冊数は、一四三冊にのぼった。この読破冊数は、爾後自らの読書生活（活動）の努力目標の一つとなった。

昭和一七年（一九四二）、六月から七月にかけて、附属国民学校・附属中学校での教育実習に参加する。教育実習では、計九つの実地授業をし、指導を受けた。やがて、八月一六日朝、広島高師卒業論文（「言靈信仰の回想と光華並びにその護持」）を書き上げ、提出することができた。指導教官は岡本明先生であった。

九月二三日、広島高等師範学校文科第一部繰り上げ卒業。戦時下、学友たちはそれぞれ軍隊に入ったり、外地の中等学校へ赴任したりした。私は一〇月一日、広島文理科大学文学科（国語学国文学専攻）に入学し、土井忠生教授、鈴木敏也教授、藤原与一講師（当時）のご指導をいただくことになった。

昭和一七年、私は家庭教師として森岡千代子（当時、小学校六年生）を教えることになった。昭和二〇年（一九四五）八月六日、原爆投下に会い亡くなる。千代子への挽歌集「柿照葉」（溪水社刊）を昭和五〇年七月一五日、刊行した。

昭和一八年（一九四三）八月、名古屋市内、愛知県女子師範学校講堂で開かれた美夫君志会主催の万葉集夏期講習会に参加した。高木市之助・沢潟久孝・山田孝雄・久松潜一・平林治徳・倉野憲司・松田好夫氏らのご講義を聴く機会に恵まれた。

昭和一九年（一九四四）、土井忠生先生のご指導を受けて、卒業論文の題目を「話しことばの教育」とした。八月、文科系の学生は広島県下竹原町の春華園に移り、電錬工場で働くことになった。戦争の激化と共に、徴兵猶預はなくなり、私は特別甲種幹部候補生（特甲幹）として、昭和二〇年（一九四五）一月一〇日、仙台陸軍飛行学校に入校することになった。

平成二三年六月九日

野地潤家

「国語教育研究への旅立ち」目次

第二編　戰記文學と我が國民性……89

国語教育研究への旅立ち

一　戰記文學と我が國民性

第一編　戰記文學概論

第一章　戰記文學總論

第一節　戰記文學の概念

一　意　義

戰記文學は、又戰記物と云はれ、或は軍記物と云はれる。その意義に関しては、廣狹二義が存する如くである。即ち、

Ｉ廣義には、戰記文學とは、戰爭を主題主材とせる諸文學作品であると解し、そこに形態・形式・時代等を嚴別しない。從つて戰爭を扱ふ文學はすべて之を包含するので、いはゞ(1)戰爭文學とも稱すべきものに適用されてゐる。しかしこれに、昔ながらの世間的慣用意義を保有する戰記軍記の言葉を冠することは、可成りに無理な点がある。隨つて、この意義は戰記文學に対する通念ではない樣である。蓋し、一般概念としては、

Ⅱ狹義に、(2)「戰記物語は、戰爭を主として或る歷史時代を取扱つた叙事的文學作品を總稱したものである。或る戰爭時代を叙述した書としては、「將門記」「陸奧話記」「奧州後三年記」「承久記」「承久軍物語」「承久兵亂記」等もあるが、これ等は叙述簡單平板で、文學的價値が乏しいものであり、又「義經記」「曾我物語」等は個人の經驗を中心として、時代を中心としたものでないからこれに含まれない。かく戰記物語といふ語を狹義に解して、「保元物語」「平治物語」「平家物語」「源平盛衰記」「太平記」の五種を含ませるのが普通の解である。」とするのである。

かくて、戰記文學の意義の究明に當つては、素材内容の面からの決定は容易であるが、形態の面からの考察が、他の文學形態——例へば、和歌・俳句・物語・日記・謠曲・狂言等——に比して著しく困難であるため、この問題は常に範圍の決定を容易ならしめないのである。

しかし、軍記物本來の意義は、「日本百科大辭典」(3)の「軍記物」の條に幸田氏が、

「德川時代に出でたる小説の一種、合戰鬪爭の事を興味あるやうに記したるものにして、虛空相半し空想と事實との中間の產物たるものとす。源平盛衰記・太平記等に溯源したる元祿寶永頃の馬場信意が作、義經勳功記・義仲勳功記・義貞勳功記の類より、降つて文化の繪本楠公記其後の豐臣勳功記の讀本に至るまでみな之を軍記物と稱し、通俗三國志・漢楚軍談等も亦比類の書は德川時代の小説に於ける脊髓骨たる觀ありしが德川氏の衰ふると共に漸く衰へて明治に至りて全く亡びたるが如し。」

と説明してあるのがそれで、さ程廣汎のものでもなければ、又今日の文學史の指示する所の如く、鎌倉室町兩時代の諸作品にのみ限つた底のものではなかつたのである。之を要するに、戰記文學の意義は、形態の明瞭なる特異性と語義と戰記文學の本質・特質の闡明に相俟つて明白にされるものであることは、高木市之助氏が、「國語と國文學」軍記物語号（第三卷第十号）の「軍記物語の本質」に於て暗示された所である。

註（1）言泉・大日本國語辭典
（2）日本文學大辭典（高木武博士）
（3）國語と國文學（第三卷第十号）「軍記物語号」軍記物語の本質（高木市之助氏）

二　範　圍

戰記文學の範圍に關しては、高木武博士が、次の如く述べて居られる。即ち、

「戰記文學は、戰爭を主要なる題材としてゐる文學的作品を總稱したものである。人類の社會生活に於て、戰爭は生存競爭に伴ふ必然の事實として、昔から今日に至るまで頻繁に行はれてゐる。隨つて、戰爭の事を記述した作品は非常に澤山ある。併し、これらの作品の中で、單に、戰爭の事実をありのまゝに記述した記録は、歴史と見るべきものであり、又、戰爭の事実を材料とし、想像を取合せ幾分誇張して記述してあるにしても、それが卑俗にして高尚文雅なる興趣と気品とを伴はないものは、所謂通俗なる稗史と目すべきものであり、文學上あまり多くの價値を藏するものではない。隨つて、かういふ作品は、廣い意味では戰記文學の範圍に入れて取扱ふこともあるけれども、狹い意味では普通除外することになつてゐる。[1]

それでは、國文學史上、戰記文學として重要なる地位を占めてゐるのは、どういふ作品を指すかといへば、合戰をはじめさまざまな歴史的事件を主題としながら、それに感興の深い話や意義の深い思想信念や、純美な情緒や、豐富な想像などを取合せ、雄健にして高雅な趣のある和漢混淆文を以て叙し、興味も深く價價も高い文學的作品を稱するのである。

これを具体的に云へば、鎌倉時代の初から室町時代の初頃にかけて現れた保元物語・平治物語・平家物語・源平

盛衰記・太平記等が代表的な戰記文學である。また、義經記や曾我物語は、主材が個人の經歴を主としたものであるから、嚴密な意味では戰記文學の範圍から除外するけれども、形式も内容も、戰記文學の型を襲ひ、その性質が頗る近似してゐるので、戰記文學の準作品として取扱ふことになつてゐるのである。」と。

以上は、普通戰記文學の範圍に関する通説として、極めて穩健妥當なる説であつて、現今文學史家の一般に從ふ所であるが、尚注意を要すべきことは、義經記は、傳記的文學から歴史的文學（小説）への推移過程に立つものであり、こゝに義經記独自の文學史的地位の存することを見逃がしてはならぬし、また曾我物語も仇討文學として特殊の地位に立つことを銘記しなければならない。

のみならず、よしんば通説として、所謂戰記文學の範圍が、前述七作品に限定されようとも、これらの諸作品は、世に謂ふ戰記文學群落の山脉中に高峯の地位を示すもので、これだけを一つの峯から山の頂へ渡りつゞけて、戰記文學の全分野・全貎を究めたとするは不可である。必ず史的展開の流れに隨つて、その方向に発生としての源流乃至は發展を跡づけるべきである。戰記文學の史的價値は、文學自体にも勿論獨特のものをはらむが、その價値の大いさは寧ろ史的流れに於てのこれら文學の發展――隨つてその影響にあるとも思はれるからである。

尚本稿では、考察の便宜上、第二章「戰記文學各論」に於て、嚴密なる意味の戰記文學以外の作品をも併せ考察した。但し、これと雖も、戰記文學の史的流れを明らかならしめるための一つの意圖としての意義を含ませんがために外ならないのである。

註（1）新講大日本史第十五巻日本文學史中「戰記文學」

三　源流

戰記文學の源流は、遠く記紀萬葉の神話傳説説話等に求めることが出來る。人類が生き拔かうとする限り、所詮戰爭は免れ得ない所である。これは、かのヴィクトル・ユーゴーが「今日の問題は何ぞ、曰く鬪ふことなり、明日の問題は何ぞ、曰く勝つことなり。凡ゆる日の問題は何ぞ、曰く死すことなり。」と云へる如く、個々人についてはもとより、民族と民族との間にも、國家と國家との間にも、氏族と氏族との間にも、鳥獸と鳥獸との間にも、必然的に「たゝかひ」而して「かつ」ことが問題となる。

かゝる宿命的なものの前に必然性を以て迫る戰爭は、そのはじめから民族の問題となり、これが神話的思考による構成と構圖とで、神話傳説の中に採取されたことは、自然の數である。

高木武博士は、前掲の「新講大日本史」中に於て、戰記文學の萌芽として次のやうに述べて居られる。即ち、「戰爭の原始形態を成してゐる爭鬪の場面の現れてゐる最も古い例は、古事記上卷、日本書紀卷一「黃泉國の物語」の條に於ける「黃泉軍」の記事である。これは、伊邪那美命が神避りまして、黃泉國に行つてしまはれた時、伊邪那岐命が、黃泉國に赴いて、伊邪那美命に逢うて、再び現國に還り給ふやうに語らはれたが、伊邪那岐命が約束を破つて、見ることを禁ぜられた殿の内を覗かれたので、伊邪那美命が御怒りになり、黃泉醜女、又は八種の雷神に千五百の黃泉軍を副へて追はしめになつた。その時、伊邪那岐命は十挙劍を拔き、振り廻して後退しながら、黃泉平坂の坂本に到りまし、坂本にある桃を取りて投げ擊ち、黃泉軍を擊退し給うたといふのである。その記事には、戰爭らしい格鬪の場面は見えないけれども、爭鬪の形態は既に現れ、而も大軍が追擊して來る場面もあるので、戰爭の記事と認むべきものである。併し、まだこれは、「戰爭の卵」が現れてゐるといふに過ぎない。

戰爭らしい戰爭の初めて現れてゐるのは、神武天皇御東征の際に於ける合戰記事で、古事記中巻、日本書紀巻三、神武天皇御東征の條に見えてゐる。神武天皇が日向を御出發になり、河内路から大和に入らうとなさつた時、長髄彦が孔舍衙坂で遮つたので、天皇は大いに御奮戰なさつたが、皇兄五瀬命が賊の矢にあたつて深傷を負はれ、後、遂に薨去せられた。よつて、天皇は軍を返して、進路を南に取り、紀伊路から大和に向ひ給ひ、各草丹敷《にしき》の戸畔《とべ》の諸地を平げ、大和の宇陀地方で、弟猾《おとうかし》を降し、兄猾を誅伐し、次いで、八十建を平げ、弟磯城を降し足礎城を誅せられ續いて長髄彦を討滅せられた。かういふ合戰の場面は素樸な文趣で相當詳しく記されてゐるが、その間には歌謠なども挿まれ、餘程文學的風趣が漂うてゐる。

これに次いで、景行天皇の態襲並に土蜘蛛御征伐の事、日本武尊の態襲並に東夷御征伐の事が、古事記中巻、日本書紀巻七「景行天皇」の條に見え、神功皇后の新羅御親征の事、武内宿彌（古事記は建振態命）と忍態王との合戰の事が、古事記中巻、日本書紀巻七景行天皇の條に見えてゐる。又壬申の乱の記事が、日本書紀巻廿八天武天皇の條、萬葉集巻二、高市皇子城上《きのへ》の殯宮の時、柿本人麿の作れる歌の中に見えてゐる。

古事記・日本書紀・萬葉集等に見えてゐる戰爭記事は、他の記事の間に見えてゐる簡單な叙述か、又は、他の記事中に取合はされてゐる断片的な挿入句に過ぎず、合戰記事として未だ獨立するに至らなかつた。」と。

四　發　展（その一）

かくして、記紀萬葉に散見する戰記文學の萌芽は、漸く時代の廻轉の複雑さを增し、政治經濟に変革が生起すると共に、戰記文學の先駆として發展するやうになつた。即ち、一個の獨立した作品として、戰爭乃至合戰を主材として成立したものが世に出るに至つたのである。

その最初のものは、高木武博士も云はれる如く、「平将門の叛乱の顚末を記した将門記」である。これは「我が國に於ける戰記物語の鼻祖である。」その他、陸奥話記・今昔物語・奥州後三年記等がある。これらの中、将門記・陸奥話記等は和臭を帯びた漢文で記されてをり、奥州後三年記は後三年合戰繪巻の詞書を物語風に纏めたもので、今昔物語は、和漢混淆体で書かれてゐるのである。

そして、これは「やがて出現すべき戰記文學作品の定型となつてゐる和漢混淆体の先駆たることを示して」をるのである。

註（1）（2）（3）…新講大日本第十五巻日本文學史中「戰記文學」

五　發　展（その二）

これ等の諸先駆的作品に次いで、かの保元・平治の両乱を契機として生れ出たのが、世に云ふ戰記物の一群で、單に鎌倉室町期の新興文學として燦然と光輝を放つたばかりでなく、永く後世にもその余光を及ぼして、國民各個の胸臆に血となり肉となつて流れて行つた諸作品である。

それらは、具体的に云へば、かの「祇園精舎の鐘の聲、諸行無常の響あり。娑羅雙樹の花の色、盛者必衰のことわりをあらはす。……」の朗々たる金玉の響を以てはじまる平家物語を最高峯として、それをめぐり、保元物語・平治物語・源平盛衰記・太平記・義經記・曾我物語等の諸峯が群がつてゐるのである。

これらが本格的戰記文學として、この期に最隆盛を極め、爾後時代が降るに從つて、或はこの戰記物の組織が分化して、合戰記事をのみ無味乾燥に羅列結合して何等の文學的豐潤さのない諸軍記群落があらはれ、更には謠曲・

淨瑠璃としてその素材が縱横無盡に活用採取され、或は曾我物語等の仇討文學的傾向は、近世文藝復興期に及んで西鶴の武家物として、所謂西鶴的な手法で近世の世界に生かされ、太平記等の影響は、馬琴の讀本類にも深甚の影響を及ぼしてゐる。

かくして、德川三百年の文學的爛熟の世界も、明治維新の夜が明けてからは、すがすがしい西洋文藝思潮のめまぐるしいばかりの洗禮を受けて一方に旧文學形態を保存しつゝ他面に於て、急激なる変容と進歩とを見せた。かくて、戰爭機構を扱ふ文學手法も維新前とは比較すべくもない清新さと科學性を帶び来り、その内容は、新時代の知識人によびかけるものとなつた。

かゝる傾向の諸作品の中で、傑作とせられたものが即ちかの「肉彈」であり「銃後」であり「此一戰」であつた。更に飛躍して云へば、現時の日支事変にあらはれた火野葦平氏を中心とする諸戰爭文學作品は、愈〻科學的近代戰爭の眞を描き、実を傳へ、戰後建設の実狀を寫して余すところがない。

けれども、これらは、鎌倉室町期の戰記物の正統の血筋にあつて、その質的向上の途上に樹立された作品とは云へない。從つて、その發展として跡づけることは多く妥當性を缺くのであるが、尚對比と云ふ意味をもこめて、第二章各論に於て、跡づけるよりも寧ろ概観してみたいのである。

第二節　戰記文學の本質

一　時代展望

凡そ文學の地盤としては、民族・歴史・風土が考へられるが、特に戰記文學では、その歴史性――特にも時代との密接なる聯関を無視してはならない。

それでは、戰記文學胎生の地盤としての時代は、一体如何なる時代であつたであらうか。

齋藤清衞博士は、[1]日本文化の特質を、勘の文化・型の文化・遊の文化に三分類して説明してをられるが、今假りに、特質的にではなくて、時代的に考察するならば、平安時代以前の文化、即ち上代の文化は、「質」の文化であると云へるかと思ふ。未開ではない、しかし爛熟でもない。一つの生命感と明日への飛躍の毋胎を充分有し、又それへの芽生えを充分育みながらもその眞相は、質実と剛健と素朴と幼稚にあるのである。かゝる「質」の文化は、漸進的にではあつたが、外来文化の輸入消化と攝取融合とを經て、一時は外来文化陶酔時代もあつたが、やがて日本的自覺を基調として、生成發展を見、次に王朝時代に於てその一つの極を見た。これ、情を主とした文の文化であつたと思ふ。この「文」の文化は、日本的なるもの、一面を最も美的なる形式に於て表現したものであつたが、しかし文化の本質は、決して「文」のみによつて完きを得るものではない。必ず、「武」を必要とするのである。文のみでも不可であるし、武のみでも不可である。必然に、この片手落の「文」の文化は、盈つれば缺けるならひ、遂に衰滅の時期を將来した。そして、こゝに「武」の文化が擡頭して來たのである。かくして、鎌倉室町文化は、特に鎌倉文化は、この「武」の文化を主流として、一支流として王朝の「文」の文化のせゝらぎの音を交へ、更に佛教文化から採られた無常観の色彩を湛へて、この中から、新興文學としての一群の戰記文學を現前したのである。しかし、この「武」の文化も一方に於て、尚、尚武の氣象を武士道を鍛鑄したが、更に根本的には、御稜威発揮の「武」でなかつたため、いはゞ眞に清朗なる國体を発揮すべき武どころが、ともすれば、これを晦幽に塗らんとする「武」の文化であつたゝめ、後、吉野時代に於ては、多大の混乱を来すに至つた。かゝる時代背景に立つてうまれたものが、太平記であつた。しかも、尚、この混濁の時代の中に、やはり「武」の文化は、常に御稜威發揚としての部面を持ち、これが熱烈なる忠君愛國心を養ふ毋胎となつて行つたところに、やはりこの時代が、「武」の文化の時代であつたことが伺はれるのである。極めて簡略ではあるが、文化史的にこれを概観すれば、戦記文學現出の背景としての時代はかゝるものであつたかと思はれる。

高木武博士は、之を次の如く展望されてゐる。即ち、

「[2]平安時代の文化が爛熟頽廢した擧句、保元・平治の両乱が起つて、困難な時局が轉開されることになつた。そしてこの難局を處理する衝に當つたのは、源平の両武家であり、両家は覇を争うて、互に勝敗があつたが、平氏は遂に源氏を斃して権勢をその手に収め、藤原氏を権勢の壇上から蹴落してしまつた。然るに、平氏も、藤原氏の後を襲ひ、貴族化してしまつた結果、自ら衰退の運命を招き、やがて源氏の爲に滅ぼされてしまつた。源頼朝が平氏を斃して幕府を鎌倉に置き、武家政治を開いてから、武士が社會の重鎭となつて、質實剛健なる風尚を漂はせ、新文化を釀成した。

よつて、當時は、文化の中心が二つあることになり、京都は公卿的旧文化の根據地として惰性を擁し、鎌倉は武家的新文化の發祥地として勢力を發揮し、相対立してゐたが、旧思潮は新思潮の爲に次第に壓倒せられ、吉野時代に至り、政治の中心が再び京都に移るに及んで、公卿文化は全く武家文化に併合されてしまつた。

そして、この結果文化の普遍化を促し、貴族的から國民的となり、従来、貴族の手に独占されてゐた藝術も武人・僧侶・藝人等の手に移つて來た。なほ、この時代を通じて騒動が打續き、武事が偏重せられて、世人は一般に無學無智の者が多かつたから、自然と尚古的・尚外的の風潮を釀し、學問があり文筆に長じた者は、衒學的になり教訓的説法的の態度を持するやうな傾向を助成した。

要するに、近古時代は、貴族的王朝文化が衰へて、平民的江戸文化が榮える過渡期として、武家文化の特性した時代であり、武家は武事に熱中したので、學問文教が沈滞し、當時の文化に朗かな明るい気分が乏しく、陰惨な影が宿つてゐるのは、争はれないのであるけれども、新舊文化を融合して、質実剛健なる中に、優柔文雅なる色彩を加味し、

意志と感情とを調和し、艶美と幽寂とを兼ね具へて、一種独得なる特色を発揮してゐるのを認めなければならぬ。」と。戰記文學は実にかゝる時代を地盤とし背景として生れたのである。

註（1）「日本文學の本質と國語教育」中「日本文化の特質と國語教育」
（2）「新講大日本史第十五巻日本文學史」中「戰記文學」

二　戰記文學の組織

戰記文學の組織としては、各作品の異本の研究・各作品の巻數の分割・句節の区分・素材・人物の性格・素材としての史実・合戰に関する事項——例へば、合戰の性質乃至描寫・合戰の過程・勢沙・拔駈先陣の功名・一騎打の格鬪・智謀戰術等に関して夫々を明らかにすべきであるが、今はそれに觸れない。たゞ、高木武博士の新講大日本史中の「戰記文學」によつて、その組織に関する説明を傾聽したい。博士は次の如く述べてをられる。即ち、

「戰記文學の全篇の組織は、大体に於て、本系的の素材を叙事の中心とし、傍系的の素材をこれに配し、事件の出來した順序を追うて、次第にこれを叙説してゐるが、年月日を掲げて、その推移した過程を明かにしてゐるから、その記事は、一種の編年体記録の体裁をなして居り、叙説の過程は追叙法の形式を取つてゐる。併し、數多の事件が同時に起つてゐるやうな場合には幾多の事件を並列して叙述し、並叙法の形式を取つてゐる。例へば、平家物語に於て、

一門の人々都落・一谷合戰・平家の諸將討死

等あるのはこの例である。

尚、或事件や人物に関する敍説に當りどうかすると、過去に溯つて、その来歴や逸話を敍説し、所謂、溯敘法の形式を取つてゐるやうな場合も少くない。

例へば、保元物語に於て、新院御所軍評定の場面に於て、源爲朝が鎭西に於ける履歴を敍し、平治物語に於て、信西梟首の次に、信西の在世中博學宏才であつた事例を説き、平家物語に於て高倉院崩御の次に、その慈仁にして情懷に富ませ給うた逸話を掲げ、太平記に於て、賀茂神主改補の次の條に、その事の原因となつた伏見宮と基久の娘との情話を叙してゐるといふやうなのは、この例である。

併し、これらの素材の排列や叙事の發展は、普通の小説や戯曲に見るやうに、最初から統一的組織的に筋を立て、想を構へ、全篇を一團としたものではなく、各素材や敍説は寧ろ一章づゝ纏つた小説話をなし、それが集團的に珠數玉を繋いだやうに羅列結合せられてゐる。それにも拘らず、各説話は、それ〴〵前後に連絡があつて、中心的の叙事は首尾一貫し、全篇を立派に統一してゐるのである。」と。

又、佐々木八郎氏の「平家物語講説」によれば、平家物語の組織構造を次の如く分けて居られる。

- 物語…………
  - 軍記
  - 説話……………
    - 情話
    - 風流・發心譚
    - 故事緣起
- 記事記録……
  - 日誌的記事
  - 往來文

これは、たまたま平家物語の叙述内容の分類反省であるが、また同時に他の戰記文學作品の組織構造の考察に対しても、多大の参考になるものと思ふ。

三　戰記文學の本質

嘗て、戰記文學の本質に就いて考察したものに、高木市之助氏がある。即ち氏は、國語と國文學軍記物語号並びに同本質研究号に於て、「軍記物語の本質」として筆を執られた。そして、何よりも先きに、軍記物語（即戰記文學）の本質は、勇健素朴にして鬱勃として燃燒する叙事詩的精神を、文學精神として持つ所にあるとせられた。この叙事詩的精神については、「平家物語評釈」に於て、内海弘藏氏も文章の方面から力説されてゐたかに思ふが、尚、最近に於て、この戰記文學の本質を究明叙述した人に、高木武博士がある。高木博士は、日本文學大辭典に於ても、その「戰記物語」の解説にて、本質に説き及ばれたが、尚近業としては、前々から屢〻引用してゐる、新講大日本史、第十五卷、日本文學史中の「戰記文學」に於て説かれたものがある。

これは、日本文學大辞典に於ける解説と大同小異であるが、猶、この方によつてみると、先づ特性づけられてゐる色彩傾向の上から

㈠國民的文學
㈡叙事的文學
㈢成長的文學
㈣歴史的文學
㈤音藝的文學
㈥悲劇的文學

等を擧げて説明して居られる。即ち左の如くである。

「戦記文學は、合戰を主題とし、これに趣味ある情話などを取合せたもので、叙事を主とし、抒情を加味してゐるが、叙事的分子は、祝詞・古事記・竹取物語・榮草物語・大鏡・今昔物語等の系統を引き、抒情的分子は、歴代の歌謠をはじめ、平安時代の情感を主とした物語日記等の面影を傳へたものである。また、その表現過程に於て、剛健なる漢文脈と優柔なる和文脈とを折衷調和して、一種独特の和漢混淆文を成してゐるのは、平安時代に盛であつた漢文の系統が、將門記以下の戰記を通じて傳はり物語・日記などに時めき榮えた平安時代の國文の系統が、これに配合調和せられて釀成されたものである。そして、これを、內容方面と連関して見ると、勇壯なる合戰の記事と優美可憐なる情話との配合・叙事と抒情との調和を表現するのに適應した過程であり、文化史的の立場から見ると、公卿文化と武家文化との融合調和であり、中古の舊思潮と近古の新思潮とが交代する過渡期の時勢によって生成された特產物といふべきものである。なほ、戰記文學の本質を明らかにするに當り、先づそれが特性づけられてゐる傾向色彩の上から考察すると次のやうに見ることが出來ると思ふ。

(一) 國民的文學――國民的文學とは、個性や人間性を表現してゐると同時に、最もよく國民的性情を發揮し、國民の好尚に適して廣く愛讀せらるゝものをいふのであるが、戰記文學は、我が國文學上の作品中で、一番よくこの條件を具へてゐる。即ち、第一にこの成立が國民によつて共同的にはぐくまれ、國民的好尚に適するやうに成長發達してゐる。從つて、この內容は、最もよく國民的性情を發揮し、この結構脚色も、國民劇的に仕組まれ、表現の選択も、國民の讀誦に適應してゐるので、廣く愛讀せられ、更にこれを音樂的の演奏讀誦によつて國民の共感共鳴を一層深うしてゐる。

(二) 叙事的文學――叙事的文學の本質としては、或民族又は時代を代表する事件を全材とするのであるが、かういふ條件に照して見ると、戰記物語は我が國に於ける叙事的文學の代表的作品といつてよい。即ち、保元の乱・平治の乱・源平の爭乱・吉野時代の爭乱等を叙說してゐる戰記文學は、何れも、或氏族又は勢力團の對抗によつて生じた合戰抗爭を主材としたもので、代表的主要事件の展開推移を叙し、當時の世相や人生の相をそのまゝに反映縮寫してゐるのはいふまでもないことである。

（三）成長的文學――戰記物語の敍說の仕方は、事件の撥展を次第に羅列結合して行くのであつて、この組織は統一的ではなくして、追叙的であり、事件や揷話を追加するのも自由であるところから、年を經るにつれ、段々と增補されて成長發達してゐるのである。隨つて、內容が原本と著しく趣を異にした多くの異本を派生して居り、物語の作者に擬せらるゝ者も多數あらはれ、製作年代についても、異說が續出するといふ有様である。かういふ現象は、他の文學的作品にもない訳ではないが、戰記文學ほど著しいものは他に例がない。

（四）歴史的文學――戰記文學の主材となつてゐるのは歴史的人物事件や傳說などであり、それに少からざる空想を加へて脚色を施してゐるといつても、この基礎が歴史的の材料で組立てられ、而も亦正確なる実錄の所說と符合するところが少いのであるから、著しく歴史的の色彩を帶びて居り、從来はこれを歴史として取扱つたほどである。それで、これを歴史として見れば文學的歴史であり、文學として見れば歴史的文學であるのはいふまでもないことである。

（五）音藝的文藝――平家物語が平曲として琵琶に合せて語られたものであり、音藝史上重要なる地位を占めてゐることはいふまでもないが、平治物語も琵琶に合せて語られてゐるといふことは、花園院宸記・元應三年四月十六日の條の記事に見えてゐる。保元物語の方は語られたといふ明らかな證據は見えないけれども、平治物語と組織も内容も似寄つて姉妹篇と稱すべきものであるから、これも恐らくは語られたものであらうと思はれる。併し、保元物語や平治物語は、平家物語に比べると、劇的詩的の分子が乏しくて、世人の感興を惹くことが少なかつたから、それが語られたのも一時的で終り、平曲だけが獨り盛に行はれたものと思はれる。又、太平記の方は太平記讀といつて、太平記を講釈し、一般世人に通俗的の演義をし、それが後世の講談のもとをなしてゐるといふことも、普く知られてゐることである。その他、義經記や曾我物語も語られた明證がある。それで、戦記物語は、何れも音藝的の性質を有するものといはなければならぬ。

（六）悲劇的文學――合戦といふものは、人生に於ける最も深刻にして悲惨なる出來事であるが、戦記物語はこれを主材としてゐる上に、戦勝者の側よりも寧ろ戦敗者の側を多く寫し、なほ戦亂に附隨して起つた衷別離苦・倫落衰亡の悲惨なる場面や懊惱苦慮・失望・悲嘆・憤懣等の悲痛なる心境を描いてあるので、一種の悲劇、即ち運命悲劇といふことが出来る。」と。

尚、前述の日本文學大辞典に於ける解説では、大要これらの外に、表現態度の考察として、客観的・外面的・類型的・尚古的・尚外的・尚形的であるとしてをられる。この中、戦記物語の表現が、類型的、尚外的であることについては、既に久松潜一博士が、「日本文學聯講」中世篇に於て「軍記物語の性質」と題して、述べられたこともある。また久松博士は、結合式羅列式であること非寫実的であることも指摘されてゐる。そして、軍記物語の一特性として、力と力との葛藤を見るところに、劇的精神があることを見抜かれたのは、以前に沼澤龍雄氏も云はれたと久松博士は云はれてをられるが、ともあれ卓見であつた。

之を要するに、戦記文學は、流動文學（かたりもの・うたひものとしての）としても、固定文學としても、叙事詩的文學形態を以て、溢れんばかりの文學精神としての叙事詩的精神を有して、更に國民文學として各層に浸潤して行つた所に、その本質が見られると思ふ。

第二章　戰記文學各論

第一節　先行戰記文學の横顔

その一、記紀歌謠戰爭詩雑観

凡そ記紀歌謠と云へば、その中には、恋愛詩・酒宴詩・諷喩詩・哀傷詩・旅行詩等々、その形態種類は実に多様であるが、こゝに云ふ戰爭詩はそれらの中で、恋愛詩に次いで多く採録されてゐるものである。このことは、わが上代原始人達の生活が赤裸々に女性につながつてをり、直接に戰爭と云ふものゝ中へ投げ出されてゐた事を思へば自然の數である。

而して、これらの戰爭詩人中の第一人者は実に、神武天皇であらせられる。神武天皇の御製として承傳されてゐるものに、その代表作を見ることが出來るのである。

古事記には先づ、

「こゝに天つ神の御子の命もちて、八十建《やそたける》に御饗を賜ひき。こゝに八十建に宛てゝ、八十膳夫を設けて、人毎に刀佩けてその膳夫どもに、歌を聞かば、一時に斬れと誨へたまひき。かれその出雲を打たむとすることを明せる歌、

忍坂の　大室屋に

人多に　来入り居り
人多に　入り居りとも
みつ〱し　久米の子が
頭椎　石椎もち
撃ちてしやまむ
みつ〱し　久米の子等が
頭椎　石椎もち
今撃たば善《よ》らし。
かく歌ひて、刀を抜きて一時に打し殺しつ。」
とある。これは、かの書紀には、
「既にして餘の黨《ともがら》、猶繁くして其の情《こゝろ》測り難かりしかば、すなはち顧みて道臣の命に勅《みことのり》し給ひしく『汝、宜しく大来目部を帥ゐて、大室を忍坂の邑に作りて、盛に宴饗《とよのあかり》を設けて、虜《あだ》を誘《おこつ》りて取れ』と宣へ給ひき。道臣の命こゝに密旨《しぬびのおほさね》を奉《うけたま》はりて、窨《むろ》を忍坂に掘りて、我が猛き卒《いくさ》を選びて、虜《あだ》と雑《ま》ぜ据ゑ、陰《ひるま》に期《ちぎ》りて曰ひしく『酒酣なる後に、吾《あ》は起ちて歌はむ。汝等《なむたち》、吾が聲を聞きては、一時に虜を刺せ。』と曰ひき。已にして坐定まり酒行《さかもり》しき。虜、我が陰《しぬび》の謀あることを知らず、情のまにま、徑《たゞ》に酔ひぬ。時に道臣の命すなはち起ちて歌ひて曰ひしく。
忍坂の　大室屋に
人多に　入り居りても
人多に　来入り居りても
みつみつし　来目の子等が

頭槌　石鎚もち
撃ちてし止まむ。
時に我が卒《いくさ》、歌を聞きて、倶に其の頭椎の劒を抜きて、一時に虜を殺しき。虜の復噍《のこ》る者無かかりき。皇軍《みいくさ》大く悦びて、天を仰ぎて咲ひき。因りて歌ひしく、

今はよ　今はよ
ああ　しやを
今だにも　吾子《あご》よ
今だにも　吾子よ。

今来目部が舞ひて後に大きに哂ふは、是其の縁《ことのもと》なり。又歌ひて曰ひしく。

夷を　一人《ひたり》
百な人人は云へども
抵抗《たすかひ》も爲ず。

此は皆密の旨を受けて頭ひしにて、敢へてみづから専なりしにはあらざるなり。」

と、あるのであるが、以上の如く古事記と日本書紀とでは、この歌の作者の所傳を異にし、歌詞そのものにも書紀には古事記のそれに比して省略された部分があり、叙述に於ても、書紀は一段と詳細になつてゐる。

しかし、古事記の單純素朴もまた緊密な情景を最も原始的形で示すことに相當成功してゐると思はれる。たゞ、こゝで注意すべきは、これらが戰爭と云ふものを一つの客観に於て詠んだものではなくて、或は激勵のために或は合図として歌はれてゐることである。勿論この所傳そのまゝを信ずることは出来ぬとしても、歌そのものが非常に簡素で而もわが上代人のひたぶるな一面、勇武濶達な半面を示してゐることは疑ひないのである。又、彼

等にとっては戰爭が生活と切離されたものであったとも思はれない。謂はゞこの切実な生活詩――修練剣業の生活を、かくの如く勇健な軍歌とも云ふべきもので、潤して行ったとも考へられるのである。

しかも戰爭の形式が酒宴を舞台にして、どこまでも意表に出るはかりごとを以て遂行されてゐるのも注目すべきことである。

尚書紀には、この歌の前に、

「冬十月《かみなづき》癸巳の朔の日、天皇、其の嚴瓮《いづべ》の粮《をしもの》を嘗め、兵を勒《ととの》へて出で給ひ先八十梟帥《たける》を國見の兵に撃ちて破り斬り給ひき。是の役《えだち》に、天皇の志《みこゝろ》、必克たむことに在りき。すなはち御謠よみし給ひしく、

神《かむ》風の　伊勢の海の
大石にや　い延ひもとほる
細螺《したゞみ》の　細螺《したゞみ》の
吾子《あご》よ　吾子《あご》よ
細螺の　い延ひもとほり
撃ちてし止まむ　撃ちてし止まむ。

謠の意《こゝろ》は、大きなる石を其の國見の兵に喩へ給ひしなり。」

とある。

前の歌も後も、「撃ちてし止まむ」と云ふ必勝の意氣が力強く躍動してゐることに注意したい。

又比喩の表現を以て歌はれてゐるものも相當多いのである。

次に古事記には次の歌が載せられてゐる。その後、登美毘古を撃ちたまはむとせし時、歌ひ給ひしく、

みつ〳〵し　久米の子等が

垣下に　植ゑし薑《はじかみ》
口疼《ひゞ》く　吾《あれ》は忘れじ
撃ちてしやまむ。

また歌ひ　給ひしく、

神風の　伊勢の海の
大石《おひし》に　はひもとほろふ
細螺の　いはひもとほり
撃ちてしやまむ。

これらについても、書紀の方では、

「十有二月《しはす》癸巳の朔にして丙申の日、皇師《みいくさ》遂に長髄彦を撃ちて、連《しきり》に戰ひて勝つこと能はざりき。時に忽然《たちまち》にして天陰《ひし》けて雨氷《ひさめ》ふりき。すなはち金色《くがね》の靈《あや》しき鵄《とび》あり、飛び來りて皇弓《おほゆみ》の弭《はず》に止りき。其の鵄光《て》り曄煜《かゞや》き、状《かたち》流《いな》雷《びかり》の如くなりき。是に由りて長髄彦が、軍卒《いくさ》皆迷《まど》ひ眩《まど》えて復力め戰はず。長髄は是邑《むら》の本の號《な》なり。因りて亦人の名と爲しき。皇軍の鵄の瑞を得るに及《いた》りては、時の人仍《よ》りて鵄の邑と號く。今鳥見と云へるは、訛《よこなま》れるなり。昔孔舎衛《くさゑ》の戰に、五瀬の命、矢に中《あた》りて薨りましき。天皇御《ふ》み給ひて常に憤懟《いきどほり》を懷き給ひき。此の役《くだり》に至りては、意《みこゝろ》に窮め誅さむと欲《おもほ》し給ひ、すなはち御謠よみし給ひしく。

みつみつし　来目の子等が
垣本に　粟生には
韮一本
其のがもと　其ね芽繫ぎて

撃ちてし止まむ。

又謠ひ給ひしく、

　みつみつ　来目の子等が

　垣本に　植ゑし薑

　口疼く　我は忘れず

　撃ちてし止まむ。

因りて復兵《いくさ》を縱《や》りて忽に攻め給ひき。すべて諸の御謠をば皆来目歌と謂へるは、此《こ》は的《さ》して歌へる者を取りて名づくるなり」。

とあり、他の例と同様に、記紀夫〻少し差異した点が認められ、特にこの歌の動機は書紀の詞書にも當る箇所の文章に依つてよく了解されるのであるが、先にも述べたこの各歌謠の「撃ちてし止まむ」が、「窮め誅さむと」の御心から出たものであること——即ち言語精靈の活動を深く信じ給ふ所謂言靈信仰思想から湧き上つて来たものであることを思ふべきであろう。

かゝる形に於て、上代の戰爭意識乃至戰爭生活の感情がもり上つて来てゐることは、一に「ひたぶるな詞」と「美しき素紀」とを示してゐるものである。

また兄師木弟師木を撃ちたまひし時に、御軍暫《しまし》疲れたりき。かれ歌ひ給ひしく、

　楯並めて　伊那佐の山の

　樹の間よも　い行きまもらひ

　戰へば　吾はや飢ぬ

　島つ鳥　鵜養が徒《とも》

今助に来ね

と云ふ神武天皇の御製もある。

これも書紀には、

「是より先、皇軍攻むれば必取り、戰へば必勝ちき。然れども介冑《いくさ》の士《ますらを》疲弊《つひ》ゆること無きにしもあらず。故《かれ》聊御謠よみして、將卒《いくさのひとども》の心を慰め給ひき。謠ひ給ひしく、

楯並めて　伊那佐の山の
木の間ゆも　い行き瞻らひ
戰へば　我はや猝《ゑ》ぬ
島つ鳥　鵜飼が徒
今助けに來ね。」

とある。

この歌が所謂「犒ひ」の歌慰撫の歌であることは、今まで擧げて來た所と變つゐる点である。聖戰に從事して疲勞の極にある部下を、慰撫するに悠々たる謠をもつてする所に、上代人の生活のおほらかな、そして、素純な一面がはつきりと窺はれるのである。

かくて、これらの歌謠に、神武天皇の御創業の甚だ困難であつたこと、しかもその辛苦を越えて、常に明朗濶達に全軍を御叱咤されてゐる様がよく窺はれるのである。

次には、純然たる戰爭詩ではないが、やはりこれに類すると思はれるものに、伊須氣余理比賣の歌がある。即ち古事記には、

「天皇（神武天皇）崩りましし後に、その庶兄《まゝせ》（綏靖天皇の皇兄）當藝志美美の命、その嫡后伊須氣余理比賣を娶

へる時に、その三柱の弟たちを殺せむとして、謀れるほどに、その御祖《みおく》伊須氣余理比賣患苦《うれ》ひまして、歌よみして
その御子たちに知らしめたまひき。その御歌、

狹井河よ　雲起ち亘り
畝火山　木の葉喧擾《さや》ぎぬ
風吹かむとす。

また歌ひ給ひしく、

畝火山　晝は雲と居
夕されば　風吹かむとぞ
木の葉喧擾《さけ》げる。」

とある。

果してこの歌が所傳の通りであるか、それとも當時既に傳承された歌にかくの如きものがあり、それがこの説話に採取されたものかは判らない。

ともあれ、そのはじめから、この歌が「風吹く」と云ふことに深い暗示をこめて比喩歌として詠み出されたものか否かは大いに疑問であらう。たゞ、かゝる形式で説話と歌謠とが結合して来れば、その歌謠は戰爭詩と云ふものよりも、諷喩詩の陰翳をもつてくるのである。

次に戰爭と最も交渉の深かつた人は、彼の倭建の命（日本武尊）である。命には戰爭そのものを主題としたもの或は戰爭に直接関係した歌は少いのであるが、命の痛ましきまでの忍從に貫かれたその生涯の戰爭生活から湧き出た歌謠は、わが神話に於ける唯一とも云ふべき英雄——もつとも日本臣民の好みにあふ英雄としての命の明かるく広く強く深い人間性の表出そのもので、強く之を讀む者の胸に迫るものが多い。

例へば、古事記の、

「(倭建の命) 即出雲の國に入り坐して、其の出雲の國の建を殺《と》らむと欲《おも》ほして到りまして結交《うるはしみ》し給ひき。故竊に赤檮《いちひのき》以ちて詐刀《こだち》を作りて御佩《みはかし》として、共に肥の河に沐《ゆかはあみ》したまひき。爾に倭建の命、河より先上りまして、出雲建が解き置ける横刀を取り佩かして『刀易爲《たちかへ》む』と詔りたまひき。故後に出雲建、河より上りて倭建の命の詐刀を佩きき。こゝに倭建の命『いざ刀合さむ』と誂《あとら》へたまひき。各々の刀を拔く時に、出雲建詐刀《こだち》を得拔かず、即倭建の命、その力を拔かして出雲建を打ち殺したまひき。

かれ御歌よみしたまひしく。

やつめさす　出雲建が　佩ける刀《たち》
黑葛多纏《つゞらさは》き　眞身《さみ》無しにあはれ。」

と云ふが如き歌は、戰勝の凱歌であり、また一抹の嘲を含む挽歌でもある。

しかし、命の本領がこゝにあるのでは勿論なくて、かの、

尾張に　直《たゞ》に向へる
尾津の埼なる
一つ松　吾兄を
一つ松　人にありせば
大刀佩けましを
衣著せましを
一つ松　吾兄を

(書紀には、

尾張に　直に向へる
一つ松　あはれ
一つ松　人にあらせば
衣《きぬ》著せましを
太刀佩けましを。）

の歌や、

倭は國のまほろば
たゝなづく　青垣
山隠れる　倭し美《うるは》し。

また、

命の全けむ人は
疊薦《たゝみごも》　平群の山の
熊白檮が葉を
髻《うず》に挿せ　その子。

また、

はしけやし　吾家の方よ
雲居起ち来も。

また、

嬢子の　床の邊《べ》に

吾が置きし　つるぎの大刀
　その大刀はや

(書紀には、
　愛しきよし　我家の方ゆ
雲居立ち来も。
倭は　國のまほらま
疊づく　青垣
山籠れる　倭し美し。
命の　全けむ人は
疊薦　平群の山の
白檮が枝を　髻草に挿せ
　この子。)

の歌にあること勿論である。
且つつ、前の「黑葛多纏き」の歌は、
　故《かれ》時の人歌ひしく、
彌雲立つ　出雲梟師《たける》が　佩ける太刀
黑葛多巻き　さ身無しに　あはれ。

とあるに於てをやである。
しかし考へなければならぬことは、これらの珠玉の名篇が、東奔西走実に席の溫まる暇もなき戰爭生活からにじみ出たものであることである。みいくさの中に、かくの如き人情を吐露して、己が心情を告白せられた所に、わが上代人の命に對する限りなき愛慕が生れてきたことゝ思ふ。しかもこの愛慕が更に命をして愈〻独自唯一の英雄としてかの一聯の英雄神話を形造らしめたものであらう。

次に日本書紀巻第九には、

「三月丙申の朔にして庚子の日、武内宿禰、和珥《わにのおみ》の祖武振熊に命《おほ》せて、數萬の衆を率ゐて忍熊の王を撃たしめき。爰に武内宿禰等、精兵を選みて山背《やましろ》より出で、菟道《うぢ》に至りて河北に屯《いは》みき。忍熊の王、營《いほり》を出でて戰はむと欲《おも》ふ。時に熊之凝《こり》といふ者あり。忍熊の王の軍の先鋒《さき》て爲りぬ。己が衆を勧めむと欲ひて、因りて高唱《たかごゑ》に歌ひて曰ひしく、

彼方の　あらら松原
松原に　渡り行きて
槻弓《つく》に　まり矢を副《たぐ》へ
貴人《うまひと》は　貴人どちや
親友《いとこ》はも　親友どち
いざ鬪はな　我は。
たまきはる　内の朝臣《あそ》が
腹内《ぬち》は　砂《いさご》あれや
いざ鬪《あ》はな　我《われ》は。

○

忍熊の王、逃げて入らむ所無かりしかば五十狹茅《りさち》宿禰を喚びて歌ひて曰ひしく、

いざ吾君《あぎ》　五十狹茅《りさち》宿禰

たまきはる　内の朝臣が
頭椎の　痛手《いたで》負はずは
鳰鳥の　潜為《かつき》な。
と歌ひて、共に瀬田の濟《わたり》に沈みて死にき。時に武内宿禰、歌ひて曰ひしく、
淡海の海《み》、瀬田の濟《わたり》に　潜《かづ》く鳥
目にし見えねば　憤《いきどほろ》しも
こゝに其の屍を探《ま》けでも得ざりき。然して後数日にして菟道《うぢ》河に出でき。武内宿禰亦歌ひて曰ひしく、
淡海の海　瀬田の濟に　潜く鳥
田上《たなかみ》過ぎて　菟道に捕へつ。」
とある。
古事記には、
「其の忍熊の王、伊佐比《いさひの》宿禰と共に追ひ迫められて、船に乗り、海に浮びて、歌ひしく、
いざ吾君《あぎ》
振熊が　痛手負はずけ
鳰鳥の　淡海の海に
潜きせなわ。
と歌ひて、即、海に入りて死せたまひき。」
とある。
要するに、これらの中、忍熊の王の歌は戦敗を傷むの悲歌で、おしなべて明朗な色が流れ、戦勝祈念の力強い意

氣に炎えた歌が多いのに比して、これは特に目立つものである。

かくて見くれば、記紀歌謠の戰爭詩は、戰爭そのものの叙述と云ふ域にまでは達してゐない。即ち戰爭と云ふ嚴肅な事實を眞正面から、主題に取上げてゐるものは比較的少く、その意味で、これらを全き戰爭詩と稱することは出来ない。

しかしながら、それらが戰爭と云ふ原始的実生活に即し、或はその中から詠出されたものであると云ふ点に於て、それらの中に、上代人の戰爭に對する態度、並びに明朗濶達素純な性格を如實に見ることが出来るのである。

その二、將門記

この項以下今昔物語・陸奥話記・奥州後三年記までは、原典に當ることが出来なかつた。それ故、日本文學大辞典の解説を傾聽することゝしたい。但し、全部の採錄でなく、例へばこの小稿に比較的重要ならざる諸異本の解説等は煩を避けて省略に随つた。

「作者」未詳。但し本書の記事や地名などが實際とよく符合し、また文中に漢文の成語や故事出典を挿んであることも多く、佛語や佛説を述べたところもある点などから考へると、東國に於ける學殖ある僧侶の手に成つたものではないかと思はれる。

「名稱」普通音讀で「しやうもんき」といふが、訓讀で「まさかどき」といふこともある。

「成立」 巻本に「天慶三年六月中記文」と記してあるから將門が滅亡した（天慶三年二月）後、四ヶ月ばかりのうちに記されたものと認められる。

「梗概」 平將門は、「　」に因つて前常陸大掾源護の三子扶隆繁等と爭つたが、伯父の常陸大掾平國香も扶等を助けて將門と兵を交へたものの、戰利あらずして、國香・扶等は悉く敗死してしまつた。よつて國香の子貞盛と國香の弟良兼、甥良正等が協力して將門を攻めたけれども、勝つことができず、良兼良正は力盡きて逃れ、貞盛は京都に奔つた。こゝに於て、將門はます〳〵威を振ひ、武藏權守興世王に唆かされて異志を懷き、近々を攻略して自ら新皇と稱し、下總に僞宮を作つて大臣以下文武百官を置いた。この事が都に聞えたので、朝廷では大に驚いて朝敵調伏の祈禱を行ひ、また參議兼修理大夫・右衞門督藤原忠文を征討大將軍とし、刑部大輔藤原忠舒を副將軍として、將門討伐のため東下せしめられた。然るに征討使の到著に先だち、天慶三年、貞盛は下野押領使藤原秀郷と共に兵を率ゐて下總の僞宮を燒き、將門を攻め滅した。

「解説」 本書は、平將門を主体とした承平天慶年間中に於ける鬪爭叛乱の顚末を記したもので、我が國に於ける戰記物語の鼻祖である。文体はやゝ和臭を帶びた漢文から成り、冒頭の文句は、少し闕失してゐる（抄本は冒頭の文句を存してゐるが、これによると、發端には將門の世系や眷屬や叔父良兼と不和になつた次第を叙してゐる。）本書の記事は、古記錄に見える合戰記事の體裁を踏襲し、幾分それを敷衍したやうなものであるけれども、叙述の仕方に故事出典を引用するとか、対照法比喩法などによつて行文を修飾する等の過程も見え、すでに戰記物としての特色を表はしてゐる。

「價値」 歴史的作品に介在する戦乱記事から独立し、始めて戦記的作品として世にあらはれ、後代に續出した戦記文學の先駆をなして居る所に、歴史的の價値が認められるけれども、文學的作品としての独立價値は割合に乏しい。

「影響」 本書の行文は漢文であるが、叙述は追叙的で、引用法・対照法・比喩法などを頻用してゐるなど、戦記物に特有なる表現の始源をなして、後代の戦記物に大きな影響を及ぼしてゐる。併し、本書はさほど広くは普及しなかつたので、内容方面の影響は餘り著しくなく「源平盛衰記」の記事（巻二二・十三・貞盛將門合戰事）に、「將門記」から材料を採つた形迹があるのや、江戸時代に出た黄表紙に「將門冠初雪」「將門一代記」合巻に「將門一代記」など、本書の題材を採用したものの散見してゐる位に過ぎない。（高木武博士）

その三、今昔物語

「著者」 古来作者を源隆國と傳へてゐる。「本朝書籍目錄」假名の部に、「宇治拾遺物語二十巻」と記して、源隆國作とある。これは、今の「今昔物語」を指したのであらう。隆國は権大納言俊賢の第二子で、長元中参議に任ぜられ、次いで権中納言となり正二位に叙せられた。後、冷泉天皇の朝、関白頼通の女が皇后に立たれた時に、皇后宮大夫の重職を拜した。治暦三年には権大納言となつたが、承暦元年六月十九日病の故に出家し、七月九日七十四才で薨じた（公卿補任・大日本史）。彼が機智に富んでゐたといふ逸事が「古事談」に見えてゐる。併し宇治の別荘で往徠の者の話を聞書したといふ傳へは勿論信ずべき限りでないが、これに就いて佐藤誠実は藤原忠文が宇治の別業に請暇避暑をした談（江談抄第二）と混じたものであらうと言つてゐる。また坂井衡平氏の如きは、隆國作の説は信憑するに足りないと言つてゐる。又かゝる浩瀚な書が一人の或る一定の時期の作かどうか、後人の増修の跡はないか、といふやうな問題もあるが、本書が佛學の素養があり、博く漢籍國典にも通じて居り、しかも世故に長けた學究的な人の手に成つたものである事だけは推察に難くない。而して著作の動機を見ても、單に諸説話を蒐集するといふだけでなく、やはり世道人心の誘掖といふことを考慮に入れて居り、その点で彼の「日本靈異記」に於ける景戒が諸悪莫作、諸善奉行の道念を勧めた趣旨が、こゝにも継承されてゐる。

「各稱」「今は昔」云々」の冒頭語を以てした物語集であるからこの名がある。本書は「今昔物語集」と稱すべきもので、「今昔物語」は寧ろ俗稱である。

「異稱」「宇治拾遺物語」「宇治大納言物語」とも稱せられてゐるが、現存の「宇治拾遺物語」「宇治大納言」（三巻・續群書類從雜部所收の「世継物語」も同系統のもの）は別物である。

「解説」本書はこれを説話學的に観ると、印度説話、支那説話、並に日本説話の一大結集である。先づ佛陀傳を以て始まつてゐる。佛陀の一生は史実と云ふよりも、幾多の傳説的要素の添加せられてゐる点に、却つて説話的の興味が存するのである。例へばその降誕の事情が摩耶夫人の夢見に因る神秘的な事、又その出胎にしても夫人の右脇から生れ大光明を放ち、天人が手をかけて七歩を歩ませると、足を擧げるところ、蓮華が生じたといふやうな奇瑞、凡そかう云ふ稀有の事を語るのは印度説話の最も得意とする所で、これを十二部經の一として、未曾有經と云つてゐるのである。さう云ふ神話的叙述は、更に輪廻轉生の思想と結合して摩訶不可思議な因縁談を構成してゐる。それが闍多迦即ち本生經である。一体古代の印度人は無比の話好きで、種々な民間説話を持つて居つたが、この本生説話の一類は、その最も顕著なものである。本書巻五の「師子哀猿子割肉與鷲話」は、民間説話が佛傳中に取込まれたプロセスの明らかに知られるものである。同巻の一角仙人の説話も、一角仙人は佛自身で、婬女は耶輸陀羅であるといふ本生談となつてゐるが、一角仙人の説話自体は古傳説であらう。前生は何々で、それが現身の何々だと云ふ因縁果談は、善因が善果を生み、悪因が悪果を来すといふ倫理的観念を伴ふから、これを説法の用に供するのは當然で、利益談や靈験談や報恩談は禽獸に関するものである。禽獸説話も譬喩に富み寓話に長じた話好きの古代印度人独得の物とも云へる位で、本書巻三・五にいろ〳〵見えてゐる。彼のパンチャタントラ（Panchatantra）即ち五巻書や、その略鈔と云ふべきヒトパデッシャ（Hitopadesa）即ち嘉洲として欧州に弘通し「イソップ」を生むに至つた所のものが、一方には佛典の漢訳によつて東遷し、遂にこの「今昔物語」に入つたのである。印度説話の支那へ、更に日本への東漸は、説話の比較研究上頗る興味がある。震旦部及び本朝部の佛教傳説は、大体に於て印度説話とタイプを同じうしてゐる。幾多の高僧傳も往生傳も、畢竟するに佛佗傳を源泉として模倣潤色の迹著しいものであり、種々な靈験談・功徳談乃至悪報談を所詮は類型的のものである。支那説話の史話や教傳は、彼の土特有の地方色が存するが、夙に漢學の行はれたわが國にはよく傳播し浸潤した。特に白樂天の作による文學的説話の如きは、最もよく消化せられて、平安朝の文學を培養する資となつた。本朝部の世俗談は、民間説話の寶藏とも稱すべく、最も興味ある部分である。巻二十四の藝能傳説、巻二十五の武勇傳説、巻二十七に見える迷信関係のもの。巻二十八の滑稽に富んだ説話、巻三十の人情傳説等、我が國民にしてこれを生み、我が國情として始めて意義があるといふ種類の説話が多い。個人の説話に十分研究の價値のあるものが尠くない。我が歴史と時代と人情とが酵母となつて醸し成された日本説話には、亦自ら世界説話に比較して際立つた点の存することは閑却せられない。また本書の文章は佛語や漢語を交へた國文体で、各條「今は昔云々」と起して「何々トナム語リ傳ヘタルトヤ」と結んでゐる。そして旧本は宣命書きの書式に據つてゐる（円鶴叢書本や、篁訂本の如き）。恐らくこれが原本に近いものであらうか。而して本書の著者は佛典や漢籍の原文を國文化するに努めた形迹が著しいが、その態度や大体に於て自由訳である。寧ろ飜案に近いものと言へる。而して文体一般に就いて言へば、素樸簡潔といふ点が最も目立つてゐる。これは平安朝末に生れた一つの文体で「榮華物語」と「平家物語」との中間にあるものの如くである。又その行文は「伊勢物語」に甚だ似てゐる。對話の部分は、語彙が殊に當時の俗談に近いものと想はれる。巻二十八の諸説話に於て特にさうである。

「史的地位」 本書は文學作品としての價は必ずしも高くないが、一大説話集たる点に於て、國文學史上、独歩の地位を占めるものである。「日本靈異記」「三寶繪詞」「大和物語」を先駆とした説話文學が、本書を加へることによって一層の生彩を添へたといへよう。さうして、これが機縁となつて、鎌倉時代に、「宇治拾遺物語」「古今著聞集」等大小幾多の説話集を起したのである。而して本書は、これを世界屈指の説話文學と比肩せしめても、決して遜色のないものである。なほ本書は、文學研究・傳説研究の秀れた資料たるに止まらず、風俗史料としても重んずべきものである。又芥川龍之介の如きは本書によつて多くの創作を發表してゐる。（野村八良氏）

次に、日本文學全史中の平安朝文學史（下巻）に於て、五十嵐力博士は左の如く述べて居られる。

「最後に述べたいのは『今昔物語』に於ける、強い男性的な筋骨の逞しい文致である。『今昔物語』には前後に通じて一種独特の文体がある。けれども、それは首尾に通じて全く同一であつたのではない。それは或は書き継いだ作者が違つた爲めでもあらう。或は同じ作者が書き進む中に特殊の題材に刺戟され、若しくは取材した原文の影響を受けた結果であらう。とにかく『今昔物語』の文章は、終はりに近づくに従って段々に活氣を見せて來た。同時に文句の連續する面白味を見せて来た。例へば巻第二十五「平維成罰《うつ》二藤原諸任一語」の中に、

餘五さこそは有らめてと思て、軍《いくさ》も皆返し遣て緩みて居たるに、十月の朔《ついたち》頃の程に丑時ばかりに前に大きなる

池の有るに居たる水鳥の俄に譟《さわが》しく立つ音のしければ、餘五驚て、郎等共を呼んで軍の来たるこそ有りぬれ。鳥の痛く騒ぐは。男共起きて調度負へ。馬どもに鞍置け、櫓に人参れ、など俸《おきて》て、郎等一人を馬に乗せて馳せ向つて来《こ》とて遣つ。即ち返り来て云く、此の南の野に國幾許とは否不二見給《り》一軍眞黑に打散つて、四五町許りに可レ戰《き》也と云て、軍の寄り可レ来き遂々—に、外四五騎許り、楯を突いて待懸けさす。


とあるが、それで天竺・震旦乃至本朝の最初の部とは、文章の風趣がすッかり變はつて居ることが見出だされる。同時に、こゝに至ると、鎌倉の軍記がもう目近に迫つて来たことが感ぜられる。思ふに『今昔物語』の作者が時代に超越した此の種類の文章を書いたのは『伊勢』『源氏』式の流麗典雅な文章に嫻はなかつた爲めであらう。鎌倉の男性的な剛爽な文章が、『靈異記』のやうな粗雑な文章もしくは絶対に入るべからざるものであつた爲めであらう。即ち『今昔』の作者はたまたま時代生粋の文章を能くせざる爲の、倖にして時代に超越した文体の魁をなし得たわけであるが、とにかく四百年間のあらゆる王朝文學の中、次ぎの時代を豫想することに於いて、最も水際だつた失陣振を見せたのは『今昔物語』であつた。特に『今昔物語』の武人を寫した部分であつた。

立ち寄らば大樹《おほき》の蔭とは云ふが、大樹に立ち寄らぬ小さい孤立者にも大いなる功名の道は開かれる。」と。

之を要するに、今昔物語は、文學分野では特に説話文學の領土にその正身を匂はせるものと云ふべきである。しかるに、之を先行戰記文學の横顔として眺めたのは、この物語が戰爭説話も扱ひ、更に文体に於て、戰記文學特有の文体の先駆としての光栄を擔つてゐるからである。

その四、陸奥話記

「作者」本書の巻尾に「今抄三圖解之文於二衆國三話一註二之一巻一。但少生千里之外、定多二紕謬一知レ実者正乞而已」

とあるから、本書の作者は官辺の人らしく思はれるけれども、何人かわからない。

「名稱」「みちのくばなし」と讀むこともある。又「陸奥物語」ともいふ。「奥羽軍記」といふ名稱は、普通には「奥州後三年記」の別名として用ひられてゐることもある。

「成立」 上に擧げた卷尾の附記から察すると、康平五年九月、前九年の戰役が終つてから、あまり年月を經ない頃に書かれたものと思はれる。

「梗概」 陸奥の豪族安倍頼時が、六郡に横行して人民を却掠し、賦貢を齎さず、徭役を勤めないけれども、代々の國司がこれを制することが出来なかつた。永承中、國司藤原登任が陸奥の兵を率ゐて頼時を討つたけれども、却つて破られた。その事が京師に聞えたので、朝廷では源頼義を陸奥守鎭守府將軍として頼朝を討たしめられた。依つて頼義はその子義家義綱等を具して陸奥に下つた。たまく大赦があつて頼朝の罪を赦されたので、頼時は大に喜んで歸服したのであつた。その後、數年間は國境が靜謐であつたが、頼義の任期が滿ちて歸らうとするに際し、頼時はまた衣川に據つて反した。朝廷は頼義の任期が滿ちてゐるので、新に國司を補したが、頼時謀叛の事を聞いて赴任しないので、頼義を重任して頼時征伐の事に從はしめられた。天喜五年九月、頼義は頼時を攻めて遂にこれを殺した。頼時の子貞任は父に代つて、軍を督し、勢ひが相変らず盛んである。頼義の軍は糧食が乏しく、人馬共に疲れて苦しんだ。十一月、頼義は貞任を川崎柵に討つたが、貞任は精兵を率ゐて出で、鳥海に戰ひ、頼義の軍を破つた。頼義は清原武則の来援を請ひ兵を合せて小松柵に貞任の弟宗任の軍を破つた。次いで貞任が來り襲うたので、頼義はそれを迎へ討つて破り、衣川柵を燒き、鳥海柵を抜いた。貞任等は退いて厨川柵に據つたが、頼義は火を放つてそれを攻めたので、貞任は戰死し、宗任・家任等は降り、餘黨も亦悉く平いだ。

「解説」 本書は、前九年の役の顚末を記したもので、記述の体裁は、大體「將門記」と同じく、和臭を帯びた漢文を以て記してある。叙事は素より合戰の次第を叙するのが主体となつてゐるが、事件が割合に変化に富み、且つその表現にも故事出典を引擧するとか、對照法や比喩法を用ひるとかいふやうな戰記物語に特有な修辞過程を運用してあるので、質実簡素な裡に、一種の生彩があり、説話の筋もよく纏まつてゐる。これは「將門記」と共に、漢文戰記の先行作品であり、戰記物語の先駆として、相当な歴史的の價値を具へてゐる。併し「將門記」に比すれば、成立が少し後れてゐるし、記事も幾分單調なるを免れず、その價値も、同書よりはやゝ低下してゐる嫌ひがある。

「影響」 本書は、戰記物語の先駆として、「將門記」と共に、後代文學に少からざる影響を及ぼしてゐるが、漢文で書かれてゐて、叙寫も簡單素朴であり、近古時代に出た戰記物語のやうに、廣く普及しなかつた。從つて、その影響の如きも餘り著しくなく「義家一代記」（黑本）「前九年奥州軍記」（黄表紙）「頼義義家二代記」「傾城奥州前九年後三年手管」（以上合巻）「前九年記」（軍記実録）「奥州安達原」（淨瑠璃）等が散見するくらゐに過ぎない。（高木武博士）

その五、奥州後三年記

「名稱」 繪卷物としては、「後三年合戰繪卷」「後三年軍記繪卷」などといひ、又「八幡太郎絵詞」とも稱せられ、詞書だけを集めた物語としては、「奥州後三年記」といひ、又「後三年合戰記」「後三年軍記」「奥羽軍記」などの別稱がある。

「**成立**」この繪卷の原本は、今、池田侯爵家の秘藏にかゝり、初には貞和三年と明記した玄慧法印の序文があり、畫は飛驒守惟久、詞書は上卷仲直朝臣、中卷左少將保脩朝臣、下卷從三位行尹卿と記してある（これ等は何れも貞和頃の人である）。併し、「吉記」（承安四年三月十七日）の記事によると、承安の頃、靜賢法印の手に成つた「後三年合戰繪卷」があつて、現存繪卷の前行をなしてゐるやうである。又、「実隆公記」（永正三年十一月十二日）に、「自禁二裡一後三年合戰繪司レ被レ見之由云々。詞源玄慧法印草也。第一尊圓親王、第二公忠（千時大納言）、第三六條中納言有共、第四仲直朝臣、第五保脩朝臣、第六行尹」とあるが、これによると、この繪卷はもと六卷あつて、玄慧がその詞を草稿し、他の六人が、それを各卷に筆寫したものゝやうに解せられる。而して惟久は承安の繪卷をそのまゝ摸寫したものか、或は別に創作したものかは不明である。惟久が畫いた繪卷は玄慧の序文によると、貞和三年頃に出来た事になつてゐる。併し、これはその後、前部が闕逸して、現在は武衡が家衡に加擔するところから以下の部分が殘つてゐる。この繪卷の跋文によると、その敗壞の箇所を元祿十四年に修補した際には、既に現在の如く三卷となつて、前部が闕逸してゐる。然るに「奥州後三年記」には、現存の繪卷に闕失してゐる部分即ち發端からの詞書を採收してあるから、詞書を拔き集めて物語の体裁にしたのは、元祿十四年以前であることは明らかである。

「**梗概**」永保の頃、清原眞衡は奥州六郡を領して權勢があつた。事によつてその一族の吉彦秀武といふ者と隙を生じたが、秀武は同族の清衡・家衡を語らつて眞衡に當つた。偶、源義家が陸奥守として任地に至り、眞衡を援けて秀武・家衡等と戰うたが、家衡の叔父武衡も家衡に應じて共に金澤の柵に據つた。義家の弟義光はこれを聞いて兄を援けんがため、官を辭して奥州に下り、義家と協力して金澤の柵を攻めたが、敵の備が嚴重で容易に陥ちなかつた。然るに秀武は、清衡と共に志を変じて義家に降り、長囲を築いて兵糧攻にしたので、武衡は義光を介して降を請うたが義家は許さなかつた。寛治五年（実は元年）十一月に至り、城中飢寒の苦しみに堪へず、武衡・家衡等が自ら柵を焼いたのを、義家の兵が追撃して之を鏖殺し、爭乱が平定した。よつて義家は朝廷にこの旨を奏し、有功の将士に賞を行はんことを請うたが、廟議はこれを私闘と見做して義家の請を許さなかつた。

「解説」 後三年合戰の顚末を畫いて、それに詞書を加へ所謂繪詞としたのが本来の姿であるが、後でその詞書だけを抽出して物語風に纏めたのが、「奥州後三年記」である。繪詞はもと四巻あつたのが、第一巻が失せて現在は三巻だけ残つてゐるといふ説（畫圖品類・貞丈校本跋）ともと六巻あつたといふ説（実隆云記貞丈奥書）とある。本文を按ずるに、繪詞には「奥州後三年記」に見える眞衡と秀武とが不和になつた事、秀武が清衡・家衡を味方に引入れること、眞衡が義家を厚く饗して援助を求むることなどの條がなく、武衡が家衡に加擔するところから記されてゐて、巻首が闕失してゐる。なほ本書の上巻に於て、義家が家衡に敗られる次第や、上巻と中巻との間に於て、秀武と清衡とが義家に降る次第が記してなく、文意の連絡がとぎれてゐるところから見ると、このあたりにも、記事の闕失があるやうである。よつて、この繪巻はもと四巻乃至六巻くらゐあつたものかと思はれる。記述のさまは質実な和漢混淆文を以て何等の技巧を施さず平板に叙してあるから、他の戰記物語に見るやうな四六駢儷の絢爛優雅さはないが、簡朴にして眞率な趣致がある。

「影響」 分量も少く叙寫も平板で詩的興趣が乏しいためか、餘り広くは流布しなかつたらしいが、後代文學への多少の影響は認められる。古浄瑠璃の「後三年」浄瑠璃の「後三年奥州軍記」（並木宗輔）合巻の「後三年手練《てくだ》義家」（六巻、市川三升作、歌川圓貞畫）実祿の「後三年記」（十六巻）などの如き、即ちこの例である。（高木武博士）

第二節　鎌倉室町期戰記文學の概観

その一、保元物語

鎌倉室町期の所謂純粋なる意味での戰記文學を概観したものは極めて多く、その量枚擧に堪へない。而して、観る所考へる点各〻種々であつて、未だ定説たらざる未詳未拓開の分野も相當な範囲にのぼる。隨つて、今私は異論もあるであらうが、日本文學書誌に於ける石山徹郎氏の述べられる所を以下傾聴したい。

内　容

久壽二年近衞天皇崩御の前後より筆を起し、保元元年鳥羽法皇崩御の後、崇德上皇と後白河天皇との御仲破れて兵火を以て相戰ふに至り、源義朝の夜襲によつて白河殿が攻め落され、崇德上皇の御出家並びに讃岐御遷流となり、上皇に味方した人々、殊に源爲義父子が非運の末路をみるに至つた保元の乱の顚末を中心として、その間に悪左府頼長のこと、源爲朝豪勇のことなどを配し、嘉應二年爲朝が鬼ヶ島に自刃することに終つてゐるが、書中に見える最も新しい記事は、元暦元年白河殿址に崇德の御廟を造營すること、並びに頼長の贈官贈位のことで、それは保元の乱から二十七年後のことである。

書　名

書名は保元の乱を中心とした物語の意味であることはいふまでもない。

史実との関係

一般に軍記物語は歴史的事実を材料として作られたものであるが、作中の事実は必ずしも史実に一致するとは限らない。「保元物語」は比較的史実に忠実であるといはれるが、やはりその例に洩れないのである。保元の乱のことは兵部卿平信範の「人軍記」（一名「兵範記」）の如き記録にも見えて居り、また「一代要記」「百錬抄」「愚管抄」「今鏡」等にもそれに関する記事があるが、「保元物語」中にはこれらの史書と記載事実の一致しない点が少なくない。つまり歴史的事実と作者の空想とを織りまぜて成つた文藝作品であつて、歴史そのものではないから、それは当然のことである。

著　者

本書の作者については、一、葉室時長説　二、中原師梁説　三、源喩僧正説などがある。

一、時長説は「醍醐雑抄」（群書類従雑部所收）「平家作者の事」の條に見えるもので、「或平家双紙奥書云、當時命世之盲法師了義如一《実名》之説云、平家物語中山中納言子息左衛門佐盛隆其子民部少輔時長作レ之、又将門保元平治巳上四部同人作云々」とあり、「参考保元平治物語」にもこの説を引いてゐるが、この説の確かな根據のないものであることは早く故星野恒博士が「保元平治物語考」に述べて居る所で、故藤岡博士・野村八良氏もこれに同意してゐる。

二、師梁説は「参考保元物語」凡例に「大外記仲原師香所二午書一上二保元物語一状云、故師梁所鈔、師香乃師梁子

也」とあるのに基づくものであるが、所鈔とは著作したことを意味するものか疑はしく、また師梁は嘉暦元年に早世した人で、それは保元の當時を去ること百七十年の後であるから、本書を著作した人と考へられないことは星野氏の既に説かれた通りであつて、この説の取るに足りないことは明らかである。

三、源喩僧正説は伊勢貞丈の「安齋隨筆」巻三十一に「旅宿問題」なる書を引いて記す所であるが、「旅宿問答」は武藏別府郷の彦右衛門といふ神職の大夫と上總行願寺の心玄といふ僧との問答を永正四年十二月八日に記したと稱するもので、書中に妄誕説が多く、信ずるに足らないものであるから、これも有力な説と認めがたいことは野村氏の説いてゐるところである。

かく以上三説は皆不慥かなものであるが、これに代る有力な説はまだ現はれてゐない。唯藤岡博士は本書に儒教的色彩が濃い所から作者は儒者なるべしといひ、野村氏は巻一新院御謀叛露顕の條に「三十番神朝家を守り給ふ云々」といふ文句があつて、三十番神は天台宗の信仰する所であり、又巻二朝敵宿所燒佛事の末段、將門調伏に関する挿話に著しく山門を稱讃した語があるから、作者は叡山に関係のあつた人であらうと述べてゐるのは注意に價する。

年代

製作年代にもまだ確説がない。藤岡氏・野村氏は共に本書を「源平盛衰記」や「平家物語」の後に作られたものと推定してゐる。両氏共に「保元物語」と次にあげる「平治物語」とは同一作者の手に成つたとする從來の説を継承してゐるが、藤岡氏の説によれば「保元」「平治」共に源平爭乱の後に出来たものであるが、さうとすればまづ大事件たるその爭乱を中心とした物語即ち「源平盛衰記」の如きものが作られ、それに倣つてその缺を補ふ意味で、更に溯つて保元平治の乱の物語が作られたと見るのが至當であるといひ、なほ傍証として「盛衰記」「平家」とこの両物語との類似の文を比較して後者が前者にもとづいて書かれたのであるとして居る。野村氏もこの説を承けて

「愚管抄」中に「保元乱後のことを書いたものがまだ見えない」といふ意味の記事があるのを根據として、「愚管抄」の書かれた頃には、「保元」「平治」の両物語との類似の文句・類似の記事を比較して藤岡氏のあげた例證の缺を補ひ、この両物語が「盛衰記」「平家」の後に成ったとする説に賛成してゐる。しかし「國文學通史」の著者坂井衡平氏らはこれに反して「保元」「平治」を「平家」「盛衰記」の前とし、且「平治物語」は「保元物語」に摸して作られたもので作者も同一ではないといってゐる。但しその論據は明らかでない。

原　形

かく本書の作者及び製作年代については諸説紛々としてまだ定説と見るべきものがないのであるが、これを決定するには更に一層精密なる本文批評をする必要がある。即ち本書は他の軍記物語と同様語り物として行はれたものらしく（これについても異説があるが）、従って一種の流動文藝成長文藝としての過程を經て傳はったものであるから、今日見るところのものをそのまま原形と同一のものと考へることが出來ず、その原形が明らかにされない以上は原作者と最初の製作年代とについて正しい判断を下すことが不可能であらうと思はれるからである。しかし本書の如き作品にあっては、原作者が誰であるか、最初の製作年代がいつであるかといふことを考へると共に、その原形が流動成長の過程に於て如何に變化したかを考へることも極めて重要なのであるが、その方面の研究はまだ殆んど行はれてゐないのである。

構　造

構造は大体に於て、巻一は戰乱の起るまでの事情、巻二は白河殿の夜討に始まって両軍合戰の顚末、巻三は戰乱の結果といふ組織を取り、軍記物語として割に單純で挿話も少なく比較的よく統一が保たれてゐる。ただ原因の記述説明が不十分で、結果たる敗将の悲運を述べる方に多くの力を注いでゐる点は看過し得ない。殊に末段爲朝鬼ヶ島渡りのことなどは成長過程に於て附加されたものではないかと思はれる。

思　想

思想の上からは藤岡博士も指摘された様に儒教的の色彩が濃いことが注意を惹く。たとへば義朝が父爲義を斬る件（巻二）の孝道論、巻三の皇位継承論（齊國無塩君の故事を引いて鳥羽院対崇徳院重仁親王の関係に論及す）の如きはその著しい例である。その他義を重んじ、勇を尚ぶやうな思想が随所に散見する。これらの儒教的道徳観は一面政治論的性質を帯びてゐることも注意しなければならぬ。野村氏のいはれたやうに佛教的思想もあるにはあるが、「平家物語」等に比べるとその色合は遙かに稀薄である。

文　章

文体は当代の新文体たる和漢混淆体で、文章概ね簡潔、剛健である。まま七五調の韻律で調子を整へた所があり、四六文の技巧を用ゐた所もあるが、「平家物語」などのやうに、彫啄洗錬された修飾の多いものではない。この点からも「平家」とは原作者を異にしてゐることは疑ひがないと考へられる。

その二、平治物語

内　容

保元の末、信頼・信西不和の事より筆を起し、いはゆる平治の乱の顚末を中心として成つた物語であるが、最後の一章に於て頼朝の擧兵（治承四年）よりその薨去（正治元年）まで、約二十年間の事が簡單に書き添へられてゐる。

保元物語との関係

本書は「保元物語」の姉妹篇として、古来一緒にして取扱はれて来たもので、これに関する考察研究も單独に切り離してはあまり行はれなかつた。それは両者の中心材料たる事件が一聯をなしてゐるばかりでなく、物語の全体の分量・構造・思想・文章等も類似してゐる関係から来てゐると思はれるが、文藝作品としてこれを見れば、両者はそれぞれのまとまりを持つて独立してゐるので、一個の作の二つの部分とは見がたいものである。随つてその原作者も無條件に両者同一人とすることは出来ない。しかし作者・製作年代・諸異本等については、「保元物語」の條に述べたところがそのまま本書にもあてはまるのであるから、こゝに再説する煩を避けることにする。

その三、平家物語

平家物語は軍記物中の白眉で、平家一門の盛衰榮枯を叙べた一大叙事詩であるが、いはゆる平曲として琵琶に合せて語られる間に多くの異本を生じ、それぞれ辞句文章を異にし、叙述事項も出入精粗一様ならざるに至つた。巻數も流布本（巻尾に「一方検校衆以吟味合開拓三者也」とあるもの）は十二巻であるが、他に二十巻四十八巻などのものがあつて一定しない。

原　形

本書にかく多數の異本があるのは、その成長流動のいかに激しあつたかを語るものに外ならないが、最初の原形をそのまま傳へたと思はれる本は今日存在してゐない。古来本書ははじめ三巻であつたのを六巻にし更に十二巻にしたものと言ひ傳へられたが、山田博士は延慶本の編次に基づいて六巻本の存在したことをたしかめ、かつその以前には三巻のものがあつて、それが「平家物語」の原形であつたらうと推測してゐる。とにかく本書は多くの流動文藝・成長文藝がさうであるやうに、はじめは簡單で形の小さかつたものが、流動成長の過程に於て、次第に詳細・長大なものになつたものと見られる。

作者

本書現存本の成立を以上のやうに考へれば、その作者を一個人と見ることが出来ず、多數の人の手が加はつたものと見るのが至當である。古来「平家」の作者として傳へられるものが多數あるのも一つはさうした事情があるためと思はれる。しかしそれらの、本書の成長に關與した人々を一々指摘することは到底不可能のことであるから、平家作者として問題になるのは、やはり原作者「平家物語」の最初の形を製作した人が誰であつたかといふことである。しかし從来の作者説にはその点についてのはつきりした自覺がなかつたものが多い。

古来本書の作者に擬せられた人々を擧げれば、信濃前司行長（中山行隆の子）、葉室時長（盛隆の子、行長の從文兄弟）吉田資經（參議、左大辨、建長二年歿、年七十）源光行、菅原爲長（長守の子、寛元四年歿、年八十九）玄慧法印（正平五年寂、年八十二）その他がある。

行長説は「徒然草」（二二六段）に見えるもので、行長が遁世後慈鎭和尚の世話になり、「平家物語」を作つて生佛といふ盲人に語らせたといふ説である。

時長説・資經説・光行説は共に「醍醐雑抄」（群書類從雑部所收。僧隆源の抄する所）「平家作者事」の條に見えるもの。爲長説は「臥雲日件錄」（瑞溪周鳳の日記・抜抄を「續史籍集覽」に收む）文安五年八月十九日の條に最一といふ琵琶法師の説話として記すところである。

玄慧説も同書（文明二年正月四日の條）に琵琶法師薫一の語として載せる所で、それには悪七兵衞景淸が武家合戦の様を書き、平大納言時忠が文官歌詠等のことを書いたが、その後爲長がそれらの記録を集め、玄慧（玄会とあり）法印が手を入れて一書とし、これを「平家物語」と名づけたといつてゐる。

その他「平家勘文錄」（續群書類從、遊戯部）には「平家」の作者として信西入道の子女四人と櫻町中納言成範《しげのり》（繁教）や権大納言助高をあげてゐる。

これらの人々の中には加筆者即ち「平家物語」の成長に干與したものはあるだらうと考へられるが、「平家」原形の作者が誰であるかは結局明らかでない。たゞ「徒然草」に見える行長説などが比較的有力な説と考へる可能性のあるものである。

年代

著作の年代についても、菅茶山の「筆のすさび」中に見える鎌倉將軍藤氏二代間（藤原賴經・同賴嗣。承久元年より建長四年まで三十四年間）に作られたとする説を初め、いろいろの説があり、明治以後の學者も書中の記事を根據としてその年代を推定しようと試みた人が少くないが、現存諸本が何れも本書の原形を傳へない以上は、この方法によつて原作の年代を確實に定めることは至難の業であるといはなければならない。

山田博士は原形の製作時代を建久から建保の末まで約三十年間、即ち後鳥羽天皇の御在位中又はその御院政中にあるとし、その後藤原氏の將軍時代に多くの加筆增補が行はれたものであらうとされたが、その後後藤丹治・五十嵐力博士らの研究によつて、原本作成の時はほぼ建保頃と推定されるに至つた。

構造

諸本によつて記載の繁簡・出入・失後があることは前に述べた通りであり随つて細部の構造は一様でないが、前半に於て平家一門の繁榮を叙べ、後半に於てその衰亡を叙べるといふ基本的構造は皆共通である。そしてその大綱をなす物語の推移を中心人物と関係させて見る時は全体を三大部に分けることが出来る。第一部は平家一門榮華の物語で、始めこの勃興を叙べ、次いでその全盛の有様を表裏より描き、やがて源氏の蜂起によりて形勢不穩の兆を呈するに至るまでを叙した部分で、その中心人物は平清盛である。第二部は高倉院の崩御より清盛の病死に至つて形勢一変し、木曾義仲が都門に迫つて、平氏はこれを支へることが出来ず、東奔西走するに至ることを叙した部分で、義仲の活動が中心になつてゐる。第三部は宇治川の合戦に始まつて関東勢が義仲を滅し、次で平家を壓迫して之を壇の浦に全滅せしめ、天下が源家の手に歸するに至ることを叙した部分で、その活動の當面の主人公は源義經である。この構造を十二巻の「平家物語」にあてはめて見れば、第一部は巻一より巻五まで、第二部は巻六・七・八、第三部は巻九より巻十二までとなる。然るに山田博士の調査によれば、この三部分の發端の記事のみは諸本皆同一轍であるから、この三段落は最も基本的なものであり、隋つて「平家」原形の組織も同様のものであつたと考へられ、それが三巻から成つたとすれば、三部分の各々が一巻づゝになつてゐたものであらうと推定し得るやうである。

「平家物語」は以上の三大部を根幹として成るが、この根幹に對して枝葉をなす説話が頗る多く、それらが全体の構造に對して持つ関係は輕重親疎いろいろである。即ち中には全体の構造に對して有機的な関係を持ち、これあるがために、全体の完成を助ける種類のものもあれば、反対に全体に対する関係が稀薄で、その有無が大局に影響を及ぼさない純然たる挿話も少くない。後者は恐らく原作にはなかつたもので、後に次第に附加されたものと思はれ、諸本によつてその出入がまちまちである。

内　容

「平家物語」の全体を構成する説話の種類は多種多樣である。その世界は武家と公家の両面に渉り、一方に合戰勇武の話があれば他方に風流韻事の話がある。榮えるものと衰へるもの、興るものと滅びるもの。古きものと新しきもの、傳統を守るものと破るもの、豪快なものと優艶なもの、強者と弱者、すべてそれらの間に釀し出される色とりどりの話が入り交り、綜合はされて走馬燈のやうに展開して来る。

「平家物語」を讀んで誰しも気づくことは、すべての事象が二元的なものから成つてゐることである。根幹をなす事件が源氏と平氏との相拮抗する二つの力であることはもちろん、その他あらゆる方面に於て相對應し、相鬪爭する二つの力が働いてゐることが知られる。これはこの物語を悲劇的なものにしてゐる所以であると同時に、この物語の美もまたそれら二元的なものの交錯によつて構成されてゐるのである。

かく事物を二元的に取扱ふ傾向は作中人物の取扱ひ方にも現はれてゐる。清盛に對する重盛、義經に對する景時といつた風で、我欲に生きるものと道理に生きるもの、勇敢なものと怯懦なもの、信心なものと不信心なもの、風流なものと武骨なものなど、互に相対應する性質を持つた人物が設けられてゐる。そしてそれらの人物は或は作者に好遇され、或は冷遇されてゐる。さういふ風であるから、人物の取扱ひ方は甚しく類型的であるを免れない。これは個人的創作といふよりも衆團的産物たる性質を有し、個性の反映よりもより多く時代性の反映が見られる。この種の文藝に於ては、當然のことであるといはなければならない。

思　想

「平家物語」はその思想に於ても新舊公武いろいろのものを含んでゐる。即ち武士の道德を説き、忠勇義烈の行ひを稱へるが如き武家的新思想と、風流韻事を讃美し、戀愛に同情するが如き公家的思想とが併存し、敬神の思想もあれば、崇佛の思想もある。しかしその全体を貫いて最も濃厚に現はれてゐるものは佛教の無常観であり、厭離穢土欣求淨土の思想であると思はれる。

文　章

文章は諸本によつて多少の差がある。便宜上流布本をもとにして見れば、全体として和漢混淆文の新時代的文体から成つてゐるが、題材の如何によつてその書方が一様でないことが注意を惹く。即ち武人の行動、合戰の有様等を敍するには漢語漢文脈の勝つた剛健な文を用ひ、風流韻事乃至情的場面を敍するには和文脈の勝つた優雅な文を用ひるといふ風で、それらが交互に入交り、適度に混ぜ合はされてゐることによつて單調を破り、複雑性を加へて獨特の美をなしてゐるのである。殊に流布本は語り物たる性質を多く具へてゐるために、七五調の快い諧調を持つた文章が多く、對語・對句の技巧もよく成熟したものとなつてゐる。なほ文章史上に於て注意すべき点は、会話の部分に當時の談話体を交へ、往々俗語を使用してゐること所謂讀み物たる當時の往来の文、謠物たる和歌・朗詠・歌謠の類を多く含んでゐる事などである。語法については國語調査會編纂の「平家物語の語法研究」二册がある。専ら山田博士の努力に成る劃期的な研究である。

平家物語の影響は重要であり興味ある問題である。研究に慣すると思ふ。

その四、源平盛衰記

概　説

「源平盛衰記」は「平家物語」と中心材料を一にして成り、流布本「平家物語」に比べると、部分的には文章も殆ど同一の箇所があるけれども、その記事が遙かに、精細、複雑で、全体の規模も大きい。

「平家物語」との関係

由来「平家物語」と本書との関係についてはいろいろの説があるが、両者の間に密接な関係があるといふことには異論がない。從來の代表的な説の二三を擧げれば、菅茶山は「筆のすさび」に於て、「盛衰記」は「平家」と「吾妻鑑」とを合せて作つたものといひ、故星野恒氏は「盛衰記」は「平家」を最後に増訂修補したものと論じた。一方近藤芳樹は「梅櫻日記」に於て「盛衰記」を流布本「平家」よりも古いものと想像して居り、故藤岡博士はこれに理由を附して「盛衰記」を先きとし、流布本「平家」を後とする説を立て、野村八良氏またこれに従つてゐる。しかし今日では山田孝雄博士らの研究により、「盛衰記」は「平家」の一異本であつて、「平家」の原本から派生したものであることが明らかになり、隋つて「平家」と「盛衰記」との関係に對する見方が従来の説よりも一歩を進めて、一層精密な考察を必要とするに至つた。即ち漠然と両者の先後を論ずるのは無意味であつて、「盛衰記」が「平家」諸本中にあつて如何なる地位を占めるものであるかを明らかにすることが必要になつて來た。そしてその爲めには同時に「平家」諸異本の各々の先後が問題になるわけで、その解決は今日未だ十分には出来てゐない。たゞ流布本の「平家物語」も「源平盛衰記」も爾余の異本も共に假定せられたる「平家物語」の原本から派生したものであることは争はれない事実と認められるから、假りに問題を限定して、原本と流布本「平家物語」と「源平盛衰記」との三者の関係を考へるとすれば、次の三つの假説が成立つ譯である。

(1)　原本
- 流布本平家
- 盛衰記

(2)　原本—流布本平家—盛衰記
(3)　原本—盛衰記—流布本平家

(1)は流布本「平家物語」と「源平盛衰記」とが原本を一にするのみで、両者相互の間には直接の親子関係を認めないのであるから、成立の前後は重要な問題にならない。
(2)は流布本「平家物語」の形が「源平盛衰記」よりも先に出来、後者は前者を増補拡大して出来たと見るもので、今日でもこの考へを支持する學者が多いやうである。（津田左右吉氏の如きは「源平盛衰記」の成立を南北朝時代と見てゐる。）
(3)は(2)と反對に「源平盛衰記」が圧縮・洗錬されて流布本「平家物語」の如きものになつたとするもので、前記藤岡博士・野村氏らの説はこれであり、坂井衡平氏も同様の考へを述べてゐる（「鎌倉室町時代文學史」「鎌倉時代文學新論」「國文學通史中巻」参照）。しかしこの説は山田博士らの研究によつて否定され、今日ではこれと反対の意見を持つ學者が多い。(1)と(2)とはいづれが正しいかを確言しがたいが、「平家」諸本中「盛衰記」が最も後に出来たものであることは、ほぼ間違がないやうである。

特　色

流布本「平家」と「盛衰記」とを比べると、いろいろな違ひがある。流布本「平家」が語り物たる性質を持つてゐるのに對し、「盛衰記」は讀み物として書かれたものであり、随つてその文章が前者程韻律的な美しさを持たないこと、また記事の精疎・繁簡・規模の大小等については前に述べた通りだが、構造に於て前者には往々記事本末体のところがあるのに對し、後者は概ね編年体で説話の構造が粗漫になつてゐること等が注意される。なほ「盛衰記」には、挿話が非常に多いこと、異説を多く載せてゐること等が特色である。「平家」諸本中長門本は叙述の精密な点に於て、延慶本は記事の豐富な点に於て、「盛衰記」に近似したものである。

その五、太平記

概　説

四十巻本の「太平記」は後醍醐天皇の御即位に筆を起して、元弘の乱・北條氏の滅亡・建武の中興・足利尊氏の叛逆、及び南北朝の對立抗争等の事蹟を記した軍記物語で記載事項の年紀の明らかなものは、文保二年から後村上天皇の正中二十二年（北朝、後光嚴天皇貞治六年）まで、前後五十年間に亘つてゐる。

書　名

「群書一覽」所引「太平記理盡抄」の説によれば、本書は名を改むること四度、はじめは「安危来由記」次に「國家治乱記」次に「國家太平記」最後に「天下太平記」と稱したといふが、「太平記」の名は洞院公定の日記、應安七年（文中三年）五月三日の條に見えて居るから、早くからこの名が行はれてゐたことが分る（慶安七年は正中二十二年より七年後）。但し今日見られるやうな「太平記」の形が當時既に出来上つてゐたのではないと考へられる。

成　立

本書の成立についても「理盡抄」の説を「群書一覽」に引いてゐるが、それは頗る詳細なもので、本書各巻の製作の由来・順序・筆者等を一々擧げて述べて居り、もしこれが信じ得べきものならば、本書の成立問題は議論の餘地がない位であるが、「理盡抄」の書かれたのは文明年間で、本書の原形が成つたと思はれる時から百年近くも後のものであるから、これをそのまま信用するわけに行かない。しかし本書が一時に一人の作者の手に成つたものではなく、數十年に亘つて数人の手に書きつながれたものであることは認めてよいと思ふ。（近時高野辰之博士は「太平記作成年代考」に於て「銘肝腑集鈔」太平記断簡を材料としてこれを一層具体的にされた。）

著　者

「理盡抄」には本書の作者として擧げたものが玄慧法印を始め、十數に及んで居るが、これもどの程度まで信用出来るものか疑問である。さきに擧げた洞院公定の日記（應安七年五月三日）の條には、「傳聞、去廿八九日三間、小島法師圓寂去々、最近日翫天下、太平記作者也、凡雖爲卑賤之器・有名匠聞、可謂無念」とあり、この日記は史料として相當高い價値を認むべきものであるから、小島法師を「太平記」原本の作者の一人とする説は信じてよいと思ふ。ただしこの法師の如何なる人であるかは全く不明である。兒島高德の後身だとする説もあるが、單なる想像で未だ確證が得られない。要するに本書の成立や作者に關してもなほ今後の研究に俟つ所が多いのである。（坂井衡平氏は「國文學通史」に於て、現傳流布本の出来上つたのは、その記事の内徵によつて後小松天皇の至德三年以後嘉慶・明德の頃であらうといひ、亀田純一郎氏は岩波講座の「太平記」に於て、應安三年頃から至德三年をあまり降らぬ頃までの間に成立したと見て居られる。）

組　織

流布本について見れば本書には殆んど纏まつた組織がなく、後醍醐・後村上の二代五十年間に於ける時勢の幾変遷に伴ふ大小無數の事件を書き列ね、著作の態度に於ても前後一貫を缺く点が認められる。しかし文體はほぼ統一され、漢文直譯調に近い和漢混淆文で、對句・半對句の技巧が盛んに使はれてゐる。部分的には俊基の東下りや大塔宮の熊野落の道行など七五調の韻律を用ひた箇所などもあるが、全体の感じは流布本「平家」等に比して遙かに散文的で「盛衰記」の文に一層漢文的修辞の彫啄を加へたやうなものである。

特色

なほ表現上内容上の特色として注意すべきものを擧げれば、事件の記述に大袈裟な誇張の多いこと、儒教的色彩が濃厚で、支那の故事、逸話の類を夥しく引用してゐること、應報冥罰の思想を根底として政治の是非曲直を論じ、治國の道理を説いてゐることなどで、全体として主情的であるよりも、主知的・批判的であり、空想的であるよりも現實的であり、而も啓蒙的・衒學的傾向が著しく眼につく。

影響

本書は「平家物語」等の如く語り物としては行はれなかつたが、武士の間に盛んに讀まれ、後には太平記讀みと稱する一種の藝人を生じて、いはゆる講釈師の源をなし、「保元」「平治」「平家」と共に室町時代以後の文藝に影響するところが甚だ多い。

その六、義經記

戰爭を中心として治乱興亡の跡を叙することを主眼とした軍記物語は、その一分身として、武家社会に於ける國民的敬愛讃美の的となつた一二の個人の傳記を中心とする物語を派生せしめるに至つた。その今日現存する代表的なものは「義經記」と「曾我物語」とである。

内容

「義經記」は半ば傳説的に纏められた源義經の一代記であるが、前半はその生立奥州下向・秀衡館・辨慶との関係等から平家討伐に従てするまでのことを叙し、後半は腰越狀・堀河夜討・吉野落・靜の訣別・北國落平泉入高館の最後等、その失意時代のことを主として書き、「平家物語」や「源平盛衰記」に叙述された平家討伐に當っての彼の武將としての動功談は全く省略されてゐる。前半の彼には武道の達人たる俤が隨處に見えてゐるが、後半の彼は不遇多感の可憐な一貴公子として取扱はれ佐藤忠信・武藏坊辨慶・靜御前等、彼を廻る一團の人々の忠義貞節などが主として語られてゐる。殊に辨慶はその生立ちから、彼の股肱としての働き衣川の戰死に至るまで殆んど全篇の副主人公たる地位を與へられ、主人公の引立役として活動させられてゐる。

書名

その書名も伴信友の「比古婆衣」(巻十三)、山崎美成の「海錄」(巻十一の五十一)「義經記考」等によれば、もと「判官物語」といつたといひ、また「考古畫譜」によれば「牛若物語」といつたといふが、現存する古寫本中「判官物語」と題するものの本文は流布本と殆んど差異がないらしいから、これを流布本成立以前の原作とは考へ得られない。

成立

本書に別に原作があつたとすれば、その製作は鎌倉期にまで溯るかと考へられるが、現存流布本の成立は明らかに室町期に入つてからである。それは用語文章等が、「舞の本」や「御伽草紙」のそれに近似してゐること、主人公の性格が鎌倉の武將といふよりも室町の貴公子風であること、材料を「吾妻鏡」にとつたらしいこと、文中「太平記」の影響を受けて成つたと思はれるもののあることなどによつても知られるが、書中靜のことを記した部分に「てんりうじ」（天龍寺）といふ名が見えて居り天龍寺の命名は暦應四年七月であるから、それ以後に書かれたものに相違なく、しかもその直後ではなくて天龍寺創建の時代がいつであつたかが忘れられる程の時がたつた後の作と見なければならない。しからばその下限はいつ頃かといふに、それには明確なる證據がないけれども「義經記」を粉本として成つたと思はれる「謠曲」や「舞の本」との關係から考へて、大体室町中期以前、義滿の晩年から義政の頃までに成つたとする島津久基氏の考へに從つてよいと思ふ。

作　者

「義經記」の作者が誰であるかは全く所傳もなく、それを推定する材料もない。ただ流布本についていへば、その作者は多少の學問のある都の人らしいが、文藝上さまで名のある人の手に成つたものではなからうと思はれる。

性　質

「義經記」には他の軍記物語に見るやうな挿話的分子が殆んどなく、また當時の時代色たる佛教的臭味も甚だ稀薄であることが注意を惹く。本書はそれだけ義經傳説の集録書としての純粹さを多分に持つものといへよう。

影　響

義經傳説の文藝化は「舞の本」や「御伽草紙」「謠曲」等に夥しく行はれ引いては近世の小説・戯曲等の材料として多大の影響を與へてゐるが、「義經記」はその有力な源泉の一つとなつたものでありその点で本書の歴史的地位は相當重大なものがあるといはなければならない。

その七、曾我物語

概　説

同族工藤祐經のために父伊東祐泰を殺された曾我十郎祐成・同五郎時致の兄弟が、十八年の辛苦を重ねた末、建久四年五月二十八日、將軍源頼朝によつて行はれた富士の裾野の大牧狩の際に、その讐を討つて本望を遂げるに至つた顚末を中心材料とし、史實と空想とを織交ぜて物語化したものである。この仇討に關した事柄は「吾妻鏡」中諸所に記されて居り「平家物語」劍の卷にも「曾我十郎祐成・同五郎時宗（中略）親の敵心のままに討ちおほせて、日本五畿七道に名を揚げ、上下萬人にほめられけるも云々」と書かれてゐる位で、大きなセンセイションを巻起し、廣く世人に喧傳されたのであるから、その事蹟を中心としてこのやうな物語が生れたのは、武人の行動の盛んに傳説化・物語化される當時の趨勢から見て甚だ自然のことであつたと思はれる。

特　性

流布本は諸異本に比べて挿話が多く且、佛教臭味が濃厚である。その挿話は和漢天竺に亘つて種々雜多な故事傳説から成り、數十項の多きに及ぶ、説話の中心を成す曾我兄弟の事蹟の約三分の一位の分量を占めて居る。全体に著しく衒學的・啓蒙的で、且往々迷信化した本地説などが見えて居り、教化説話の具たらしめようとして筆を執つた跡が歴然としてゐる。それだけ文藝作品としては「義經記」等に比べて遙かに不純な分子が多いといはなければならない。

作者

作者は「義經記」同様不明であるが、流布本の作者が僧侶であつたらうことはほぼ疑へない所である。ただそれが京畿の僧であるか関東の僧であるかについては異説がある。山崎美成が「曾我物語考」に、巻一「惟喬惟仁位爭の事」の條に比叡山のことを「わが山」と書いてゐるのを根據として作者を叡山の僧と推定して以来この説が一般に行はれてゐたが、叡山以外に居住した僧侶でも宗派その他の関係上叡山をわが山と呼ぶ場合はないと限らず、なほ他に関東地方の僧侶の手に成つたと思はせる点が多いから、この説は必ずしも正しいとはいへないのであつて、近時箱根又は鎌倉の僧侶を作者とする説が出るに至つたのは注意に價する（江波凞氏「曽我物語」について及び古典全集本解題等参照）。

年代

本書の成立年代についても精確なことは未だ分らないが、流布本の出来たのは室町期に入つてからであることは間違ひがあるまい。それは書中「太平記」に據つたと思はれる部分があること南北朝頃に在世した歌人藤原爲世の歌を古歌として擧げてゐること（この点は「安齋隨筆」中に指摘された）等によつて証明されるが、室町期のどの邊まで下るかは未だ明らかでない。隨つて本書と同材の「謠曲」との関係等についても研究の餘地がある。

影響

曾我傳説の文藝化されたものは舞の本・謠曲などから淨瑠璃・歌舞伎・小説などに亘つて夥しい數に上り、いはゆる「曾我もの」の一群として義經傳説の文藝化された「判官もの」に拮抗する勢を示してゐるが、「曾我物語」はその源頭に立つものの一つとして、文藝史上閑却し得ない地位を占めて居るのである。

第三節　軍記類群落の瞥見

その一、承久記

「作者」　未詳

「名稱」　異本の中には承久兵乱記・承久軍物語《いくさ》と稱するものもある。

「成立」　室町時代には既に異本が現はれてゐたやうであるから、それ以前の成立である。

「梗概」　後鳥羽院は御讓位後、院中にあつて政務をみそなはしたが、たま〳〵将軍実朝が薨去したので、鎌倉には、幼少な藤原頼經を将軍として迎へ、執権北條義時が實権を掌握して万事を處理したが、朝廷を輕んじて專横の振舞も屢〻あつた。よつて後鳥羽上皇は北條義時追討の宣旨を下し、諸國から軍勢を召集せられたが、三浦胤義以下、召に應ずる者多く、先づ血祭として京都守護伊賀光季を誅し、威勢が盛んであつた。義時はこれを聞いて、舎弟時房、子息泰時を大將として二十八萬餘の大軍を差向け、海道・仙道・北陸の三道から、京都へ進發せしめた。よつて官軍も進んで、敵を尾張・美濃に迎へ防いだが、支へきれず更に退いて宇治・勢多で大に防戰したがまた敗亡してしまつた。こゝにおいて時房・泰時は急使を鎌倉に遣はして戰勝を報告し、義時の指令を仰いで、事変に関與した卿相・官兵等をそれぞれ罪科に處し、後鳥羽上皇を隱岐に、土御門上皇を阿波に、順德上皇を佐渡に遷し奉つた。

「解説」 本書は承久の乱の顚末を叙したものである。承久の乱は、朝廷と幕府との間に横たはつてゐた暗流が或る動機によつて爆発したものであるが、その主因をなすものは、朝廷と幕府との利害や感情衝突であり、両勢力の代表的主体は後鳥羽上皇と北條義時とである。本書では、事変の顚末を追叙的に叙し、最後に成敗の跡を評論してあるが、叙寫の筋はよく通つてうまく纏まつてゐる。又その組織は、戰記物語に通有なる串刺式により、章節を分つて題目を挿み、和漢混淆体によつて克明に叙寫の筆を進めてゐるが、事件の叙寫を主として微妙な心情の動搖や優雅な趣致の描寫を閑却してゐるので、文學的の色彩と價値とは割合に乏しい。併し本書の記事は、よく史實と吻合して居り、殊に京都方の動靜の如きは本書によつて知らるゝところが多いから、史的價値は相當に高いものと思はれてゐる（日本文學大辭典、高木武博士の解説に據る）。

その二、源平軍物語

本書は序文に記して云、「平家物語に洩れたるを拾ひ、或は載すると雖、委しからざるは再び記す。元より詳なるは、平家物語に讓りて悉く記すに及ばず。然りとて記さゞれば、事の始終明かならざる故に、大意を取りて記しぬ。治承四年の頃より始めて、平家亡びし後、源家世を治むるに終りぬ。されば源平の榮枯を交へ記して、源平軍物語と名づけ侍る」と見えたるにて、本書編纂の作意のある所を知るべし。要するに平清盛一家の繁昌より筆を起し、源頼朝平家を討伐し、尋で弟義經を逐ひ、朝許を得て諸國に守護地頭を置きたるなり。されば本書は平家物語と對照せんに、彼の足らざるを補ひ、委しからざるものは更に之を詳載しあれば、是彼互に参観すれば、覺えず讀者をして興味津々として盡くる事なからしむべし。憾むらくは作者の詳ならざることを。

されど巻尾に明暦三年丙申孟春吉旦と明記しあれば、出版時代は此の時ならん。恐らくは本書も同時代の作なるべしと思考せらる。猶後考を俟つことゝせん。（國史叢書、黑川眞道氏）

その三、賴朝最後物語

本書は鎌倉將軍源賴朝が、建久十年（正治元年）正月五日、畠山六郎といふ者に、誤つて刺殺される事を記したるものにして、之が爲め畠山六郎の因緣物語をも記したるなり。本書は元繪詞にして、所々に繪を挿みたるものなれば、詞書の間には、此所繪と記せり。

たゞ賴朝薨去の異傳として、或る坊間に唱へられしものなるべければ、聊興味を以て一讀するの價値あるものと思はるゝなり。本書作者及び時代詳ならず。按ずるに建久十年より四百年後は即ち慶長年間に當れり。されば恐らくは本書も慶長年間何人かの作なるべしと考へらるゝなり。又云、本書は文政三年若州小濱藩士興田吉從の自筆寫本にして、同藩士伴信友翁の舊藏本を採收せり。（國史叢書、黑川眞道氏）

その四、八島檀浦合戰記

本書最初に源平八島檀之浦合戰之緣起と記せり。内容は元曆元年三月廿九日、武例《むれ》（牟禮）高松の合戰より平家八島を落ちて長門に赴く迄を記せしものなり。而して奥書によれば、同年同月廿九日、南面山沙・門龍胤之を記す由なり。南面山は八島寺にして千光院と號す。其の寺僧の記す所なり。猶それに後人の附加へて添へたる文あり。文章の古体なると充字等ありて容易に讀み難し。幸にも齋藤彦麿翁が朱墨を加へ讀みたれば漸く其の意を通ずることを得たるなり。（國史叢書、黑川眞道氏）

その五、泰衡征伐物語

本書は鎌倉將軍源賴朝、奥州藤原秀衡が、源義經を隱匿せしを憤り、之を討たんとせしに、秀衡卒去し、子の泰衡家督す。賴朝之に乘じ、泰衡をして強ひて義經を伐たしむ。泰衡命を拒ぐこと能はず。遂に義經を襲ひてこれを殺し、首を鎌倉に致す。然れども賴朝の憤猶解けず、更に泰衡討伐軍を起し、自ら奥州に至り攻む。泰衡防戰すといへども衆敵せず、平泉の館を逃れ、途中重代の良從河田次郎の爲めに殺され、河田某の首を以て、梶原景時につきこれを献ず。然るに河田も亦數代思顧の主人を殺したる科たとふるに物なしとて、やがて誅せらる。清衡・基衡・李衡の三代の榮華も、泰衡に到り滅亡せり。本書は其の事蹟を記したるものなり。又云、本書作者詳ならず。寫本を以て採收す。

その六、源平盛衰記補闕（一卷）

本書は、源平盛衰記・平家物語等の普通流布本に漏れたる事蹟を、平家物語異本と八坂本平家物語・長門本平家物語等により、其の闕を補ひ、また玉海・吾妻鏡等を引用し、これを折衷して、始めて完全なる事蹟を見ることを得るにより、源平盛衰記の後附として、參考に備へんとの意より、編輯したるものなりといへり。其の箇條は十條なり。

第一、土佐冠者希義事。第二、信太三郎先生義憲事。第三、十郎藏人行家事。第四、土佐守宗實事。第五、伊賀大夫知忠事。第六、佐藤忠信附堀彌太郎事。第七、上總五郎兵衛忠光薩摩宗資事。第八、上總悪七兵衛景淸事。第九、主馬八郎左衛門盛久附盛國事。第十、越中次郎盛嗣附阿波民部成良事。

以上詳細考證したるものにして、作者のいふ如く、源平盛衰記・平家物語等を讀まんには、何人も其詳細を知らんと欲するものなり。幸に本作者が、かく考證したるを以て、茲に採收して紹介することゝしたり。但作者の名を掲げざれば、何人の作なるか知るべからざるは、遺憾とする所なり。（國史叢書、黑川眞道氏）

その七、源平拾遺（二卷）

本書は、源平盛衰記・平家物語の二書に掲げられたる、有名なる武士の言行を記したるものを、或家に秘藏したりしを、藤井翁がこれを見出し、独特の和文に書きなし、且は詳論を交へて論じたるなど、普通學者の及ぶ所に非ざるなり。さればこれを讀みもて行くに、武士の言行は、さながら目のあたりに見る心地して、さもやと思惟せらるゝ事多かり。これ翁の文才の然らしむる所なりといふべし。本書天保七年の出版なり。

藤井高尚は、松屋また松齋と號す。吉備津宮の宮司なり。初め國學を小寺淸先に學び、後に本居宣長の門に入り、其の名高し。和文は最も翁の得意とする所にして、其方面の著書多し。天保十一年卒す。年七十七。（國史叢書、黑川眞道氏）

その八、辨慶物語（貳卷）

本書は辨慶の生立ちより義經に臣從して奥州に下るまでの間を叙せる武勇譚なり。抑辨慶は吾妻鏡を始め、平家物語・源平盛衰記には僅にその名を見るのみにして、何等の武勇を記さず。義經記に至つて始めて大立物として現はれ、演義三國志の諸葛孔明はたまた忠義水滸傳の黒旋風李達の位置を占めたり。本書の叙述の如き豪膽勇武の荒法師として發展したるのみならず、極めて愛嬌ある好漢として、滑稽諧謔の妙を盡さしむ。実に室町の時代には頓に辨慶をして高上せしめ、この他、謠曲に舞曲に好題目として、これに関する作多し。後世兒童走卒の間にも辨慶の喧傳せらるゝもの因ちこの辺に発せるなり。本書の如きはこれに與つて大に力あるものといふべし。（室町時代小説集、平出鏗二郎氏）

その九、政宗公軍記（二卷）

本書は伊達政宗が、奥州に於ける軍記を記したるものなり。内容は、政宗十八歳にして家督を継ぎ、附近の大名を切從へ、數度の合戰に勝利を得、結局政宗一人威を東北に振ふ次第を記したり。此の書、黒川藏寫本を採收す。本書は同名異本あり。帝國圖書館藏に、政宗卿御軍記と題せるものこれなり。

卷數二卷にして、伊達成実と作者の名を擧げたる本なり。此の採收本とは別本なれば一言そのよしを注意す。（國史叢書、軍記類纂、黒川眞道氏）

その一〇、土岐齋藤由来記（一巻）

本書は、美濃國に於ける土岐氏と齋藤氏との由来を記したるものなり。土岐氏は、源氏にして、土岐光衡といふ者、源頼朝より美濃國の守護職を授けられ、子孫繁昌継續す。然るに四代の孫頼貞の一族多治見國長・後醍醐天皇の勅を奉じ、北條氏討伐を謀りしかど、六波羅勢に襲はれ討死す。頼貞の子頼遠は足利氏に屬し功あり。後裔頼藝に至り、家臣西村勘九郎といふ者の為めに攻められ、大野郡岐禮の里に落ち行き、其の後、常陸或は尾張等に流浪し再び本國岐禮の里に歸り卒す。土岐氏は、光衡より頼藝に至り廿五代にして嫡家滅亡す。然しながら一族支流は、同國に散在すといふ。

齋藤氏は藤原氏にして、土岐頼康の家臣なりしが、是れ亦子孫繁昌して、一族支流多し。嫡流は天文年中に至り断絶す。

本書往々に事蹟の重復に亘れるところと、文意の徹底せぬところあるは遺憾なれども、止むを得ざるなり。これ或は文事に達せざる古老などの記せしものならこと察せらるゝなり。此書、黒川藏寫本を採收す。（國史叢書、軍記類纂、黒川眞道氏）

その一一、備前軍記（五巻附録一巻）

本書は、播磨の守護職赤松則祐が、足利尊氏より更に備前美作の守護を受けられければ、其の身は播州白旗城に在りて、家臣浦上宗隆を三石城に派遣し、彼の國を治めしめしより筆を起し、嘉吉元年、山名教之が、赤松満祐を討ちたる功により備前の國を授けられしが、赤松次郎法師政則が、再擧して播州及び備前に入り、赤松氏を再興す。又浦上氏が、主家に背き、敗北したる事蹟と、浦上氏の家臣宇喜多常玖と島村貴則とが爭鬪の事蹟と、宇喜多氏は直家に至り、勢力次第に加はり、備前備中に於ける活動の機會を得、直家豊臣秀吉と和睦をなし、尋で直家の子秀家家督を継ぎ、宇喜多氏、天下に其の名を知られたりしが、德川家康に背き、関ヶ原の一戰、敗北に終り、秀家遠流の身となり、領國は小早川隆景に授けらるゝに至る。隆景薨じ断絶し、池田氏之を領する事となり、岡山城にて子孫繁榮の基を開くに筆を止めたり。

附錄一巻には最初に記して云、

備前侍の成立・働・武功・高名等の抜羣なる事共本書に記し餘せる事を茲に竝べ抄す。

とありて、内容は元備前出身なる黑田職隆を始め、戸川平右衛門・浮田忠宗・岡利勝・長船越中・明石飛驒守・延原土佐・岡本權之丞・馬場職家・中吉與兵衞・其の外數名の傳記を掲載せるものなり。本書黑川藏寫本を採收す。（國史叢書、軍記類纂、黑川眞道氏）

その一二、備前常山軍記（一巻）

本書は、備前國兒島郡常山城主三村上野介高德と其の一族備中松山城主、三村修理亮元親の両人が、織田信長に屬し、彼の命を奉ぜんとせしを一族三村孫兵衞尉義成、之に異議を唱へ反対す。結局是より一族間の不和となり、互に機を見て討たんとす。折節義成は將軍義昭より密に依頼を受けたれば、之を幸とし、將軍に乞ひ、藝州備後の加勢を以て、天正三年五月より六月に至り、遂に一族たる三村高德・三村元親等を攷亡したる事蹟を記したるものなり。此の書、黑川藏寫本を採收す。（國史叢書、軍記類纂、黑川眞道氏）

その一三、肥後隈本戰記（一卷）

本書は、天正十五年六月、豐臣秀吉・佐々成政に、肥後國を賜ひければ、成政入部す。然れども下知に從はざるもの多し。成政之を討伐して、漸く鎮定せし事蹟を記したるものなり。本書表紙に記して云、

佐々又兵衞殿聞書野尻彌惣兵衞山田新九郎輝之

と記したれば、佐々氏の家臣の記したる事明らかなり。此の書、黑川藏古寫本を採收す。（國史叢書、軍記類纂、黑川眞道氏）

その一四、黑田長政記（一卷）

本書は、長政十三歲にて、豐臣秀吉の命を受け、備中すくも山の城を攻め、軍功を建てしより筆を起し、以来天正十四年、紀伊國雑賀へ根来の戰爭同十五年秀吉に從ひて九州を攻め、特に日向表に於ては軍功著しく尋いで島津攻めに從ひ、或は朝鮮の役には所々の働、抜羣なりし事蹟と、豐太閤薨去後に於ける長政の態度、関ヶ原の役には德川家康を援けて、德川氏に非常の利益を與へたれば、家康自ら長政の手を執り、之を戴き、其の功を賞したる等、長政一代の軍功を記し、筆を止めたるものなり。（國史叢書、軍記類纂、黑川眞道氏）

その一五、島津貴久御軍記（一巻）

本書は、島津貴久一代の軍功を記したるものなり。内容は貴久幼名虎壽丸と稱し、後貴久と改む。貴久天文中、日向大隅薩摩に於ける數度の合戰に、結局勝利を得て、三州の權を掌握する事蹟を記し、卷尾に貴久を稱し「天道御武軍偏に不レ及二凡慮一奇特也」と記して、大に貴久の武功を表彰したるものなり。然して、作者の名を記さざれども、恐らくは、島津の家臣の筆になれるものたらんと、察せらるゝなり。此の書、貴久記と題し六卷本あり。朝鮮人爲善の漢文にて記せるものにして、同名異本あれども、今簡單に記せる本書を、採收する事としたり。（國史叢書、軍記類纂、黑川眞道氏）

その一六、筑紫軍記

十六卷。主として大友宗鱗の事蹟を叙し、島津龍造寺等との交戰を記せり。宗鱗は即ち義鎭にして戰國の末に於ける一代の雄者なり。加藤清正の家系を叙して、天御中主尊より天八下尊・天三下尊・天合尊・天八百日尊・天八百節魂尊・數十代の系統を列ねたるは滑稽と云ふべし。明曆三年大友内藏助義孝の德川に召出されて五百俵を賜ふを以て筆を收む。著者を知らず。刊行せられたるは元祿十六年。即ち赤穗義士四十七人に死を賜へる年。（戰記叢書第一篇、芳賀矢一博士解題に據る）

その一七、石田軍記

石田軍記は主として関ヶ原戰役の顚末を叙したもの。太閤薨後家康を除かうとした三成の計略が、遂に天下分目の大戰爭を惹起したのはいふまでもないことで、三成を中心として石田軍記といふ名稱も不都合ではない。三成の家系や生立を詳敍せず、秀吉の寵童より立身せしものとして姦佞の人物として敍述してある。但し其の生捕られの條の如き多少同情した筆つかひも見える。同名の書いく色もある。内容も大同小異である。これは十五卷本の刊本。作者不詳。かういふものも德川時代には發賣を禁止せられたのであつた。（戰記叢書第一篇、芳賀矢一博士解題に據る）

右の外、尚左の如きものがある。

その一八、長條合戰物語
その一九、星月夜顕晦録
その二〇、多田五代記
その二一、難波戰記
その二二、秋田治亂記実録

第四節　近世戰記文學の諸相

その一、西鶴と武家物

同じ近世期の文學でも、西鶴と近松と芭蕉とは各〻異なる分野で夫〻に偉大であつた。さうして、西鶴の本領は、飽くまでも、町人物・好色物にあつたと思はれるが、天才西鶴は、同性愛或は敵討心理・武士氣質等の横たはる武家の世界にも進出した。彼がこゝで如何程にその天才振りを発揮してゐたかは暫く譲るとして、こゝに描かれた世界は、最早中世の戰記文學の世界とは凡そ似てもつかぬものである。時代相の窺はれる所以である。

日本文學講座第八巻江戸時代篇（上）に於ける片岡良一氏の説明の要点は概略次のやうである。

一、好色本の作者として両性愛慾生活のあらゆる断面を見盡した西鶴は、轉じて同性愛の種々相への観察と諦視とに沒入した結果、期せずして武士の生活と気質とに立入つた。さういふ彼が更に轉じて、武士生活其物武士気質其物を材料とし主題として取扱つた作品が、即ち彼の武家物であつた。武道傳来記（或は諸國敵討）八巻、武家義理物語六巻及び新可笑記五巻が、普通に彼の武家物の全体と考へられてゐる。

二、西鶴はその武家物に於て、まづ念友関係と敵討とを通して武家気質と武家生活の諸様相を諦観し、次いでそれらのもの、理想的な形への関心を示して行つたものと云ふことが出来ようと思ふ。

三、西鶴はかうした複雑多岐な敵討に對して、果して如何なる感懐をよせてゐたのであらうか。時代の子として、殊には時代の常識を彼の思想として語るのを常としてゐた西鶴は、矢張り敵討を武士的気稟の凝つて発する道義的行爲と観ずる固襲的観念に捉はれて只管これを讃美してゐたのであらうか。私にはと何うもさうとは思はれない。四、討つも討たぬも、或は討つのも、討たぬも、或は討つのも、討たれるのも、所詮は同じ事だ。人生を支配して流れ去り流れ来る大きな力の前には、敵を討っての歓びも、討ちそくなつての悲しみも、結局同じものに過ぎないのだ。—彼はそんな風に云はうとしてゐるのではないであらうか。

その二、近松と時代物

近松の時代物の取材は、神代、王朝時代、源平時代、鎌倉時代、南北朝時代、室町時代、太閤時代、外國物等々、その範囲は実に廣汎無比である。

而も就中、源平時代以下に降って取材せるものは、戦記物語と深甚の関係下にある。これ、こゝに「近松と時代物」を考察する所以である。

黒木勘藏氏の説く所に従へば、近松の時代物と戦記物との関係は凡そ次のやうである。(「近松時代物研究」黒木勘藏氏、日本文學講座第八巻)

時代物の世界

一、神代二、王朝時代省略

三、源平時代

傾城懸物揃（將門）

栬《もみぢ》狩劒本地（惟茂）

賴光四天皇中心　多田院開帳　文武五人男　忠臣身替物語　嫗山姥《こもち》　酒呑童子枕言葉　傾城酒呑童子　関八州繫馬
鎌田兵衛各所盃（平治合戰）
源三位賴政（一名扇の芝）
龍々横笛
娥歌《かほよ》かるた
賴朝伊豆日記
賴朝七騎落（改題、源氏徒移悅）
出世景淸
薩摩守忠度
盛久
戀塚物語（文覚）
一心五戒魂（文覚）
大原問答（熊谷）
念佛往生記（熊谷）
判官物　門出八島（改題、津戸三郎）　凱陣八島　源氏島帽子折　十二段　盈《はらみ》常盤　源氏冷泉節　𦯶静胎内捃
　吉野忠信
源義經將棊經
平家女護島

佐々木先陣（改題、佐々木大鑑）

四、鎌倉時代

傾城島原蛙合戰

曾我物

世継曾我

曾我七以呂波（改題、義經追善女舞）

團扇《だんせん》曾我（改題、百日曾我）

根元曾我

曾我五人兄弟

大磯虎稚物語

本領曾我

加増曾我

曾我扇八景

曾我虎が磨《いしうす》

曾我會稽山

最明寺殿百人上　臈

日蓮上人記

柏　崎

五、南北朝時代

相模入道千疋犬
本朝用文章（日野資朝と阿新丸）
つれ〴〵草（兼好法師）
兼好法師物見車
碁盤太平記
吉野都女楠（身代り新田）
大覺大僧正御傳記

六、室町時代
藍染川（後小松の應永年間）
雪女五枚羽子板（赤松満祐の謀叛）
東山殿子日遊
津國女夫《めをと》池（義輝時代）
當流れ栗判官
今川了俊
傾城反魂香
雙生《ふたご》隅田川
信州川中島合戰

七、大閤時代
傾城吉岡染（石川五右衛門）

本朝三國志（秀吉）

八、外國物

釈迦如来誕生會

國姓爺合戰

國姓爺後日合戰

唐船噺今國姓爺

九、時代不明

賀古教信七墓廻

下関猫魔達

三世相

これによって見れば、我國の史譚傳説に関してはあらゆる時代を通じて、甚だ廣汎な範圍に亘って居るのに驚く程である。その中で王朝時代物中で殊に最も上代に屬する平安朝以前の事件を仕組んだ作、即ち「日本武尊吾妻鏡」より「持統天皇歌軍法」に至る迄の八篇中「聖徳太子繪傳記」と「善光寺御堂供養」との二篇は、宗教的色彩の殊に濃厚なもので、佛教信教者と外道との葛藤を主眼として居るが、その他すべて戀の三角関係に悪王子又は悪臣の反逆暴戻を取合せたもので、悪人の迫害を受けて王子や高貴の人などが、その情人と共に流離の苦を嘗められる。その間に忠臣烈婦の献身的の活動があり、又神佛の加護も伴って悪人は滅びるといふ筋が多いが、大時代の題材を選んでこれに劇的葛藤を與へる條件の一つとして近松が反逆といふ事柄を取入れたのは、歌舞伎の脚本にお家騒動物が多く、又武家時代物の淨瑠璃に謀叛物の多いのと軌を一にするものといふべきであると共に、傳へられる史譚にそれが多いのにもよる事は勿論である。それが平安朝時代の物となれば戀愛本位なのが、大部分を占めて居るのも、これ亦題材上當然の結果である。

降つて源平時代を世界とした作になれば、武將や勇士の活動が中心となつて居る作が多いが、就中賴光四天王を中心とするものが、七篇あるのは先づ目につく。蓋し賴光四天王は當代一般の人々に取つて殆んど神に近い國民的英雄であり又勇士であり謀將であり、當代武士道的精神の標準に照して殆んど理想的の人物であつた事も近松が好んで詩材とした一つの原因であつたらうが。又一方に於ては、井上播磨掾の藝風を傳へて、金平張りの人物を語り生かす事が得意であつた義太夫の藝に對しては、四天王の活動などは、誠に適して居たからといふ点も見遁し難いと思ふ。次に義經主從及びその関係者を題材とする判官物、曾我兄弟の生立ちより復讐前後迄を題材とする曾我物が、共に十一篇といふ多數に上つて居るのも注目に値する。判官贔屓といふ言葉さへあり、義經記は言ふ迄もなく謠曲に幸若舞曲に古淨瑠璃に多くの題材を與へて最も國民に愛慕されて居る義經主從及び孝子の儀表敵討の模範として走卒兒童も熟知する曾我兄弟は、民衆的詩人たる立場にあつた近松としては洵に絶好の詩材であつたに相違ない。斯くの如く近松は、過去の國民的の英雄豪傑佳人孝子及びその反対の人物等を素材としたと共に、昔の世界に當代の事件を假託する劇作者の所謂當込といふ常套手段の先例をも示してゐる。例へば室町時代の事として作つた「碁盤太平記」に赤穗義士の復讐を託したのや、鎌倉の世界である「相模入道千疋犬」に犬公方綱吉の弊政と之を改革した新井白石の働きとを利かせたのや、賴朝時代の奥州秀衡の殘黨の事件と見せかけて実は天草騷動を仕組んだ「傾城島原蛙合戰」の如きは、その顕著な物である。思ふに時代物中には以上の諸作の外にも、當代の政治上の諷刺や樂屋落の類であつて、心ある観客讀者をしてハヽアと首肯せしめたやうな假託も相應にあつたかも知れないが、今日に於てはその穿鑿は容易でなからう。

その他開帳や遠忌などの當込も行はれた事は特に近松に限つた事ではなく、一般に興行上人氣を呼ぶ一手段であつた。

「戰記物と近松」

次に戰記物との関係如何といふに、保元物語・平家物語の影響はさう多くはないやうであるが、平家物語を始めとして、源平盛衰記・義經記・曾我物語等に負ふ屍は極めて多い。のみならず太平記に題材を求めた作も少くはない。例へば北條氏の滅亡を描いた「相模入道千疋犬」の如き、父の仇を討つた阿新丸を主人公とした「本朝用文章」の如き、又は身代り新田で名高い「吉野都女楠」の如き、或は高師直が鹽谷高貞の室に懸想する事件を仕組んだ「兼好法師物見車」の如き皆さうである。又「國姓爺合戰」の第二段濱づたひの鷸に於て和藤内が鴫と蛤との爭を見て兵法の奧義を悟る場面や「國姓爺後日合戰」で經錦舍が英雄亭に閉籠つて太平記を熟讀して楠の戰術を會得しようとする條の如きは、太平記の材料を挿話式に用ひて効果を收めて居るのであるが、これは當代に於て太平記が軍書として一般に讀まれて居た事を暗示すると共に、又太平記讀の行はれてゐたのを巧に利用して居るものとも見ることが出来る。太平記讀といへば、之を活用した顕著な例は、「大經師昔暦」の中卷赤松梅龍内の場であつて、太平記讀を糊口の資とする浪人の梅龍は、辯舌は講釈、道理は太平記、形は安東入道が理窟をこねるもかくやあらんと思はれるけんまくで、助右衛門をぎやつと言はせり、又は太平記廿一巻にある侍従の恋の取持を引いて姪の玉への訓戒など、いづれも手に入つたこなし方である。これについて思出すのは、同じく世話物で、例に引くは少し不適當かも知れないが、「心中宵庚申」の中卷上田村の場で平右衛門が娘のお千代に平家物語の祇王の條を讀ませてお千代を慰める趣向であつて、雙方同工異曲といふべきである。思ふに太平記と平家物語とは、戰記物中では近松の愛讀書で、常に座右にあつたものであらう。彼の時代物殊に武勇物の武人の活動戰爭の実況などを寫す場面の文章の雄渾勁健瑰麗崇重にして、その格調に於て太平記や平家物語の勝れたる箇所を聯想せしむるものあるは、固より作者の天稟によるとはいへ、又一面には此等戰記物の影響による事を示すものといつてよからうと思ふ。

その三、その他

坪内逍遙博士は、林和氏著「江戸俠客物語」に序して、次の如く述べられてゐる。即ち、「俠客傳と武者修行物語と復讐談とお家騷動記と心中談とは、我が德川期の特產物であつて、市井文學の尤なるものである。就中、武家全盛の當代に在つて、特に平民の爲に氣を吐いた俠客の諸傳記は或は各種の異なつた傳說的形式のまゝで、或は意識的に潤色・附会・変形を經て、幾たび隨筆家の筆に、乃至劇場藝術家の演技に上せられたか分らない。隨つて、題材としては、隨分古臭い、黴の生えたものではあるが、今でも尚新聞紙の最も人氣のある讀物の一つであることを思ふと、それと我國民性との間には何か一寸言ひ顕しにくい、一種の深いコンジニヤリチーがあつたもの、又あるものに相違ない。少くとも封建時代の我民俗精神の特殊の一表現として、在來よりも更に深い研究を要求する價値があると言へる。」と。

以て、簡單乍ら、江戸時代の半面を伺ふことが出来る。

以上は、概略の近世戰記文學の諸相を瞥見したのであるが、尚この他に前代の謠曲舞の詞や當代の淨瑠璃・馬琴の諸本・黃表紙・赤本・青本・合卷等々の諸文學を概觀しなければならぬのであるが、それは別の形に於て第二篇第二章第一節に於て述べる機會があると思ふ。省略に從ふ所以である。

第五節　肉彈その他と近代戰爭

前述した如く肉彈は、近世期までの戰記文學乃至戰爭文學とは別の系統にあると流別を與へてもいゝ程のものである。若しわが國に於て、眞に戰爭文學としての鑑賞に耐へるものは、先づこの肉彈であつたと思はれる。近代戰爭の進歩せる機構を扱つて成功したのも、これが最初ではなかつたか。ともあれ、この肉彈その他の生れた當時の感激は察してあまりがあらう。

すべては、現代日本文學全集㊾卷、戰爭文學中の「序詞」に明らかである。即ち曰く、

「或國土に棲む人々にあつて、國土を愛慕しないわけはない。それが愛國心である。けれども愛國主義がまことに自覺されて来たのは、きはめて近代である。委しく云へば、イタリイの独立以後である。國家の對立といふ形式が、はつきり國民に認められて来てからである。國家意識が芽生え、國家の對抗意識が尖鋭化されて来るとともに、國家の存亡を賭けるところの、戰爭もまた一層眞劍になる。わが國において、戰爭文學と呼ぶべきものが古くから無いとは云はない。――たとひ、それは大部分歴史の挿話としての「軍記」としてであつたにしても――。けれども、颯爽として近代國家意識の尖端を、それだけ息づまるやうな國民感情を、初めて一字の微にすらも滿したものは、櫻井忠温《たゞよし》氏の「肉彈」「銃後」水野廣德氏の「此一戰」の出現を待たねばならなかつた。明治三十七八年の日露戰役は、日本あつて以来日本國民の持つ純眞な國家意識が、戰爭を通じて、初めて最も潑剌に最も熱烈に電光ニュウスの如く、世界の大空に描き出されたものであり、二氏の戰爭文學は、明らかにその鮮明な電光線の役目をつとめたものである。明治二十七八年の日清戰役から、日露戰役までにかけて、わが國にも無數の戰爭小説は現はれた。けれどもこれは一つの小説に過ぎない。現実の戰線と戰士の血みどろな愛國心を捉へて、こんなに國民の胸を搏ち、

こんなに力強く、心臓を鼓動せしめる戰爭文學は、二氏を俟つて初めて國民の當面に提供されたのであつた。

第二、近代戰爭の機構や内容は、この三部の戰爭文學において、初めて日本文壇に、いな、文壇のみならず、一般國民の前に、霧が晴れたやうに精確に傳へられるのであつた。これは二氏が実戰の第一戰上に立つたといふ好位置にあつたからばかりでない、二氏の奥深い專門知識と、一つ處に立ちながら、いつも全体の展望を見失はない洞察力とは、遺憾なく戰線の全貌を何人の前にも展開して呉れる。これは誰にでも望めることではない。日露戰爭は、いな近代戰爭の纖維は、二氏を得ることによつて、初めて絶好な記録者を見つけ出したのである。

この三者は、出版後一千版以上を重ねた。どこがそんな國民からの需要であつたかは、以上の理由にもあるのであるが、もう一つ、どうしても、取り落せない一つの要因がある。それは主に二氏の、敍述の迫力によるものである。たとひ前の二つの要素があつたにしても、この第三因を缺いたならば、かゝる空前な、國民の感激を呼び起すことが出來ないであらう。と云つても、二氏の技巧や敍述の巧みさは、同じ惚れ惚れする巧みさであつても、全然違つてゐる。水野氏の「此一戰」が、整然たる叙事詩であるならば、櫻井氏の「肉彈」及び「銃後」は情熱と血とで描いた一大敍情詩である。云ふまでもなく、文學は感情の高潮を捉へるものである。國家に對する信念や生死の断崖に立つた刹那ほど、人類を眞劍にし、それだけ最高度に感情を昂揚させるものはない。二氏の羨ましいほどの自由な筆路が、この刹那々々を巧みにスナップして、息ぐるしいほどの実感を讀者に刺戟する迫力においては、まことに驚嘆に値ひする。眞實の經驗ほど卓越した藝術美を作るものがないと教訓は、此の三部を讀んで、今更に痛感されるのである。まして二氏のやうな藝術素の豊富な人々にあつて、恐らくこの三部は戰爭記録として戰爭文學として、世界的に不朽な價値を持つであらう。」と。

第六節　日支事変と新戰爭文學の創建

日本古来未曾有の大戰と稱せられた日露戰役を經ること一世代三十餘年にして、更に未曾有の國難が將来した。昭和十二年七月七日午後十一時四十五分、北支蘆溝橋に於ける支那軍の不法なる一發が、今や全支に戰炎をひろがらせる因となり、爾来聖戰は丸三ヶ年を經るに至つた。その間、わが陸海空の緊密なる共同作戰は、終始支那軍を壓倒して、蔣介石は重慶に最後の断末魔の悲泣をあげてゐる。

日本がかくの如き広漠の地域にわたり、かくの如く長年月を要する時間的予想の下に、かくの如き規模の宏大なる戰爭を遂行するのは眞に名実共々未曾有のことと云はねばならぬが、また文學分野に於ても、この聖戰下、清新溌剌たる新戰爭文學を創建せずにはおかなかつた。

特に驚異とすべきは、勇躍征途にのぼり、激烈死忙の実戰闘に從事參劃しつゝ、その微細なる餘暇に、「西部戰線異狀なし」以上の傑作が續々とうまれたことである。それも、一介の兵の手になつたもの、下士官の手になつたものが多い。

例へば、火野葦平氏のわが戰記三部作「麥と兵隊」「土と兵隊」「花と兵隊」等はその代表的作たるべく、日比野士朗氏の「呉淞クリーク」しかりであり、特に建設的部面に堅牢の筆を揮つた上田廣氏の「黄塵」「建設戰記」「續建設記」すべてしかりである。

その他、内地の文士連中で、從軍した所謂從軍作家群の作品も多い。

しかも、眞に不朽の作品は、而して眞に偉大なる戰爭文學の數々は、なほ今後にむかつて大いに期待すべき狀態にある。

かくて、現下最前線にも銃後にも両々共に新戰爭文學の一大金字塔を築くべき努力は孜々として續けられ、その生れの香たかきもの芽生え結實の日の近きことを感ずることは、眞に愉快の極みである。

かつて、阪口玄章氏は、文學（第六卷第十號）の「戰記物語と現代」と題する論文に於て、かの戰記文學の現代的意義として、保元平治両物語に見る素朴性、平家物語に見る教養性、太平記に見るその國民精神に及ぼす教育性を指摘されてゐたが、これらの諸作品を貫いて溢れたつ敍事詩的精神は、今や大東亜共榮圏の建設に邁進する我々の心情の奥底に鬱勃としてたぎりつゝあるのであり、こゝに形式こそ異なれ、その文學精神に於て、中世の戰記文學と最近世の戰爭文學とは、緊密に相聯繫するのである。

第二編　戰記文學と我が國民性

第一章　戰記文學の我が國民性顕示

序説　我が國民性と文學

久松潜一博士は、教學局編纂の國体の本義解説叢書中に於て、「我が風土・國民性と文學」なる示唆多き論文を發表されてゐるが、その中に、序説として次の様に述べて居られる。「本来文學は具体的な存在としては言語による藝術であるが、更に或る國に屬するのである。………日本文學は日本の國語によつて書かれた藝術である。從つて日本文學に於ては、言語的性質と藝術的性質とが、日本的性格もしくは國民精神や國民性と融合して形成されて居るのである。そこに日本文學と日本の國民性と離すべからざる關係が見られるのである。いはゞ日本文學を通して、國民性が反映して居るのである。この意味に於て國民性の文學的表現が、その國の文學であると言ひ得るのである。かくして文學と國民性とは、相互の密接なる関係に於て明らかにされるのである。」と前提し、[1]「國民性は日本國民の生活や文化のすべてにわたつて顕現して居るのであるが、文學はさういふ國民生活や精神の表現であるから、文學に即して國民性が端的に見られるとともに、日本の文學も國民性の顕現として見られるのである。日本文學の特質は國民性の一面を現して居るのである。その意味で日本文學の特質を述べて見たい。さうして文學は言語による芸術であるから、日本文學の特質は國語の特質と関聯して居るのであり、國語の特質は國民性の顕現でもあるのである。」と述べて、

㈠「國語の語彙に於ても、文章法に於ても、省略を主として、多くの内容を尠い語で表さうとするに拘らず、敬語や代名詞等の却て豊富な所に國民性をよく具現して居る。」

㈡「かくの如く國語によつて表現される日本文學の特質も、國語の特質と同様な國民性を具現してゐる。」と見られ、「道理を重んずることは、文學に現れた國民性としても常に存したのであつて、道理に對してはこれに従はざるを得なかつたのである。」とし、更に「日本文學が情理備はつて居ることをその特質とし、又それが一つの重大なる國民性であると考へられる」のである。

以上によつて、文學は國民性の反映であり、随つてまた文學に即して國民性を見得ることが明らかにされたと思ふ。振返つて、文學の一分野である戰記文學の領土に立つも同様のことを云ふことが出来よう。

しかも、戰記文學は、國民文學として最高の地位に立つべきものである。嘗つて、沼澤龍雄氏は、[2]國民文學の要件として、

第一、すべての國民にらくに讀めること。

第二、すべての國民に強い感銘を與へること。

第三、國民性の諸方面をなるべく多く包含すること。

の三要件を擧げられた。

戰記文學がこの三要件に適することは、云ふを俟たない所である。而して、第三の要件は、また小稿に試みる結果と相関々係にあるものとも云へる。

ともあれ、戰記文學に即して、我が國民性を見ることは無意義でないと思ふ。

註（1）教學局編纂「國体の本義解説叢書我が風土・國民性と文學」（久松潜一博士）中、「ニ我が國民性と文學」「イ日本文學の國民的性格」

（2）日本文學聯講中世篇「平家物語と時代精神」

第一節　まことと叙事詩的精神

まこととは、久松博士[1]によれば、明かき淨き直きまこと――即ち、情理相備はる調和の境であつて、分析と反省との鍬のまだ耕さない以前の素純と素樸とを固有する原野の謂である。かゝるまことは、日本國民性の根柢を貫いてをり、又日本文學の根本に一貫してゐるものである。

而して、この「まこと」が根柢となつて、それは中世の道に見るが如き究極としての「まこと」の存在でなくて、發端としてのまことの存在として見るのであるが、このまことが根柢となつて、發現する文化が、前述する如く「質」の文化である。「質」の文化は、まことを根幹とする、いはゞ磨かれざる玉とも云ふべきであり、磨かれずとも尚單なる瓦石と差異する光をもつてゐる所に、原始未開粗野野蠻と嚴別されるまことの閃きを窺ひ得る文化としての相を持つと云へる。このまことを根柢として、更に「情」が加はり、この境地が洗錬修練されて來る時、そこに「ものゝあはれ」をそこはかとなき基調として、しつくりした日本的なるものゝ源である和の境地から光輝を放つ「文」の文化があらはれてくる。しかも、この王朝文化として、一つの極にまで到達した「文」の文化は爛熟と共に衰滅を兆し、こゝに「武」の文化――理の文化が胎生してきた。

この「武」の文化の胎生・成長・発展を通じて最も顕著に――それは初期胎生期に特に力強き横溢を感ずるので

あるが――発現したものは、叙事詩的精神であり、この素朴勇健な文學精神がこもつて、こゝに戰記文學が現前したこと、既に第一篇で述べた如くである。

　而して、この文學に即してその地下莖に窺はれる叙事詩的精神の躍動に、われわれは、やはり素純にして素朴なまことの精神を見ずには居られない。かくて見れば「まこと」は、「文」の文化をして「質」の文化の有する勇健に復古せしむべき努力を以て、一つの「質」の文化に理の加はつた「武」文化を創造したものとも云ひ得るであらう。

　かくの如くにして、我々は、戰記物語の本質をなす叙事詩的精神を創りあげた、國民性の根柢を貫く、まことを考へないではをられないのである。

註（1）久松潜一博士著「我が風土・國民性と文學」

第二節　美と人間性（もののふの一面）

日本人的性格――我が國民性の根本には、「まこと」と「美」とが根柢となつてゐる。しかも、この美は我が風土と特に季節感と密接に結びつくのであるが、なほその底に、「まこと」を根柢として認めなければならない。[1]久松博士も云はれる如く、上古の「明」「浄」「直」も美観を表はすものではあるが、中古に於ける「ものゝあはれ」「をかし」は、この美観の尤なるものである。この「ものゝあはれ」と「をかし」との美観が、わが國民性を美的に教養する所以ともなつたのである。「武」の文化を背景として現前されたものゝふが、よく美的鍛鑄に耐へてゐたことは、誰も日本人的奥床しさとして感激するところであるが、これはこの美観が如何に根本深くわが國民性を貫くものとなつてゐたかを示す證左ともなる。

ともあれ、前述来の「まこと」と「美」とが、わが國民性の根柢を貫いて、人間性を深化し幽化し、限りなく奥床しいものとした、なつかしく、神々しく、すがすがしいものにしたことは注目すべきところである。

かゝる美的一面を持つ無限にゆかしい人間性を吐露した場合は、戦記物語に於て、尠からず見ることが出来るのである。

今、二三を擧げてみると、

㈠櫻への愛情
㈡箙の梅
㈢月への憧憬
㈣道行文
㈤歌道のたしなみ
㈥歌の功徳
㈦音樂のたしなみ

註（1）久松潛一博士著「我が風土・國民性と文學」

第三節　ことあげと時代と戰記文學

我が上代人は、わが國は「言靈の幸ふ國」であり、「ことあげせぬ國」であるとした。これは言靈信仰思想によるもの、即ち言語精靈の活動を常に信じてゐたためで、彼等は善言によれば、善なる言語精靈の活躍により、隨って幸福安寧を將来するものと信じ、却って凶言によれば、凶なる言語精靈の活動によって、隨って不幸災禍を將来するものと信じたのである。であるから、言として放たれたものは、必ず実現する作用《はたらき》を持つ。從って己は言行一致とならざるを得ない。

こゝから、能ふ限り凝收した形式で國語で、最大の内容を盛りあらはさうとする傾向が生れ、これが國語の特質となる。

しかも、「まこと」は眞言であり、同時に、眞事であって、言は眞に軽々しく口にさるべきでなく、又、実行の伴はぬことあげは、絶對に避けねばならぬ。こゝに、「ことあげせぬ」風が自らにして立ったと思はれる。

「ことあげせぬ」こと――それもやがてまことである。

しかし、「ことあげせぬ」風は上代のことで、中世戰記文學に於ては、軽々しきことあげのみ見るかに思はれる。これは、時代が降り、「武」の文化の胎生發展期にあって、「正しき相の文化」が見失はれ、混乱してゐた時代であつたゝめ、一般民衆の知的レベルが低下してゐて、これを啓蒙するために、衒學的態度による「ことあげ」もなされたものと思はれる。

かゝる「ことあげ」は、云ふまでもなく上代に於ける用法――即ち本質的な意味で、云ふべきことを云ふべく行ふべくして云ふに對する意味で用ゐられてゐた――とは、いくらか差異するであらうが、和漢の先蹤故事が本系的叙述とは何等有機的結合なく、たゞ傍系記事として羅列される結果を将来した。しかも、これがまた、戦記文學の組織構造形態の一特色となつたところに少からぬ興味を呼ぶ。

ともかく、この「ことあげ」に、當時の時代風と國民性の移動とを知り得るのである。

第四節　戦記文學に顕著なる我が國民性

その一、敬神崇祖

前述した「まこと」と「美」との二方面が根柢となり、こゝに櫻花を以て全的に象徴し得る我が國民性が、その具体的な顕現をするのである。

その第一は敬神崇祖である。こゝに敬神と云ひ崇祖と云ふも、実は二にして一である。敬神即崇祖であり、崇祖即敬神である。報本反始の行が、敬神崇祖をして実ならしめるのであるが、これは具体的には「まつり」の形式をとる。

例へば、久松博士も云はれる如く[1]、敬神と云ふことは、我が國にのみ限らないが、「しかし日本に於ける如く敬神と忠君愛國とが一體になつて居る場合は外には見られないのである。それは日本に於ける最高の神は國家を肇められた神であり、天照大神に在すのである。かくて敬神の精神は、肇國の神に在す天照大神に對する絶対の信仰であり、大神のみことをもちて國をしろしめす天皇に對する絶対の随順となるのである。天照大神をあがめ奉るのは、國家を中心とする思想に外ならないのである。

天照大神の御子孫に在す神が天皇として、國家を統治せられるのであるが、それは天照大神の御精神によつて國家を継承せられ、統治せられるのであるから、天皇は天照大神の現実に於ける御現れであるのである。天皇が現御神に在すのは、この点によつて明らかである。従つて天皇に対する忠は、天照大神を敬ふ精神と同一であり、國家を愛する精神と同一になる。即ち、現御神としての天皇に忠を盡すことは神を敬ひ、國家を愛する精神となるのである。この神と君と國家とが完全に統一されて居り、従つて敬神と愛國と忠君とが同一の精神の上にたつて居ることとは、日本の國体の精華であつて、萬國に類例がないのである。この敬神忠君愛國の三精神が一になつて居ることは、日本の肇國の事実から出発して居るのであつて、この点から日本文化のすべてが展開して居るのであり、國民性もこの点に基礎を有して居るのである。」と。

戦記文學に於ては、この敬神の思想は特に顕著に見られる。

高木武博士[3]は、之を、

イ、神國思想
ロ、祈誓祈願
ハ、神明の照覧
ニ、神明の加護
ホ、神明の冥罰
ヘ、氏神と氏子

とに分類して説明してをられる。

かくの如き敬神思想が、戦争機構の底深く融けこんでゐて、極めて自然につとめてゆかしく描かれてゐるところに、かゝる思想が意識をこえて、我が國民性の中に流れてゐることを見ることが出来る。時に或は、それは迷信的行爲とまで見えることもあるが、それすらなほ、迷信のための迷信ではなく、その底に清明な敬神思想が血脈にとけこんでゐることを思ふべきである。

佛法に於ける、加持祈禱或は御修法等が、われわれに何かしら不純の感を傳へないではおかぬのに対し、この敬神的場面の数々は如何にわれわれの心情を清々ならしめることであらう。

例

イ、神國思想

○保元物語巻一、將軍塚鳴動の事

○平家物語巻二、大教訓

○源平盛衰記巻二十九、白山権現垂跡の事

ロ、祈誓祈願

○平家物語巻十一、那須與一

○太平記巻十七、鬼切を日吉に進ぜらるゝ事

○曾我物語巻四、箱王箱根へ上る事

○平家物語巻二、源平盛衰記巻九、康頼祝詞

○平家物語巻四、鵺

○同巻七、木曾願書

○源平盛衰記巻十二、師長熱田社琵琶の事

○同巻十八、文覚頼朝に謀叛を勸むる事

○太平記巻五、大塔宮能野落の事

○同巻十、稲村崎干潟と成る事

○義經記卷七、三の口関通り給ふ事

ハ、神明の照覽
○平家物語卷二、大教訓
○義經記卷四、腰越申狀の事
○平家物語卷十一、腰越
○義經記卷四、土佐坊義經の討手に上る事

ニ、神明の加護

○平家物語卷二、卒都婆流
○平家物語卷七、木曾願書・倶利伽羅落
○太平記卷十八、先帝吉野へ潜幸の事
○太平記卷三十一、南帝八幡御退去の事

ホ、神明の冥罰

○保元物語卷二、左府御最後の事
○平家物語卷二、西光斬られ

ヘ、氏神と氏子

○平家物語卷五、富士川
○同卷七、主上御都落
○同卷五、物怪
○同卷四、鵺。謠曲、鵺
○同卷六、廻文
○同卷七、木曾願書
○同卷十一、壇浦合戰

○源平盛衰記巻二十三、若宮八幡宮祝の事
○太平記巻九、高氏願書を篠村八幡宮に籠めらるゝ事
○太平記巻十、天狗越後勢を催す事
○平治物語巻一、公卿僉議の事
○平家物語巻一、我が身栄華
○同巻八、大宰府落

註
（1）（2）久松潜一博士著「我が風土・國民性と文學」
（3）高木武博士著「戰記物語と日本精神」

その二、忠君愛國

敬神の思想はやがて忠君愛國の思想であり、尊皇大義の精神である。

この敬神即忠君愛國が、我が無比に尊く輝かしい國家を実ならしめてゆくのである。

この忠君愛國の思想は、「文」の文化を背景として、個性の自覺の目覺ましかった平安文學には、菅公を除いてあまり見られない。

ところが、中世—特に吉野時代に於ては、國運艱難の折に際会して、忠君愛國の精神は鬱勃として興つた。

これは特に太平記に於て見ることが出来る。

尚、この他に武士道について見るべきであるが、今はやめて後述することとする。
(1)「戰記物語と日本精神」によれば、次の如く分つて説明して居られる。即ち、

イ、安國愛民の聖慮
○太平記巻一、関所停止事
○平家物語巻六、紅葉
ロ、尊皇忠君の大義
○保元物語巻三、大相國御上洛の事
○平家物語巻二、大教訓
○太平記巻一、至上御夢の事附楠が事
○太平記巻十六、正成兄弟討死の事
○太平記巻七、吉野城軍の事
ハ、大義の傳承
○太平記巻十一、筑紫合戰の事
○同巻十六、正成兵庫に下向の事
○同巻十六、正成が首故郷に送らるゝ事
ニ、皇室の御稜威
○太平記巻一、告文を下さるゝ事
○平家物語巻五、朝敵揃
○太平記巻十六、日本朝敵の事
ホ、朝敵滅亡思想
○太平記巻十六、日本朝敵の事
○太平記巻七、千劍破城軍の事
○太平記巻七、船上合戰の事
へ、神器の神聖

○平家物語巻十一、教經最期
○平家物語劒巻
○太平記巻三十一、南帝八幡御退失の事

註（1）高木武博士著

その三、家の尊重

「國民性の中心は敬神と忠君愛國とにあるが、更に重要な特質として家の尊重の精神が擧げられる。家の尊重の精神は、親への孝の道となり、子への愛となるのであるが、同時に忠君愛國の精神を基礎として成立して居るのである。日本が家族國家であることは、忠君愛國の精神を修錬すべき道場となつて居るのである。我が國家を肇造し給うた皇神の御裔が天皇であらせられ、皇室であらせられるとともに、臣民も肇國以来皇神に奉仕し奉つた祖神の子孫であつて、そこに皇室を宗家と仰ぐ一大家族國家が実現され、天皇は臣民を赤子としていつくしみ給ひ、また臣民はこの家族國家の一員として代々忠節を竭して来たのである。

今上天皇陛下御即位式の勅語に

皇祖皇宗國ニ建テ民ニ臨ムヤ國ヲ以テ家ト爲シ民ヲ視ルコト子ノ如シ

と仰せしれたのを拝しても、この家族國家の御精神を窺ひ奉ることが出来る。

かういふ意味で日本に於ては、忠と孝とは同じ精神の上にたつて居るのであり、家を尊重する精神は即ち國家を愛する精神であるのである。こゝに忠孝一本・家國一體の我が國体の精華が見られるのである。忠ならんとすれば孝ならずといふことは、我が國ではあり得ないことであつて、忠を盡すことがそのまゝ孝になるのである。忠と一致しない孝は眞の孝ではあり得ないのであつて、忠の精神と孝の精神とは全く一致するのである。同時に敬神と崇祖とが一致することも明らかである。

かくして家を尊重するといふ精神は、國民性として文學的表現を通じて常に見られるのであり、また家を中心とする種々の文化現象も見られるのである。家の祖先の崇拝をはじめとして、系圖の尊重、お家の寶物、藝道の傳授等もさういふ家を尊重する精神より起つて居るのである。この家の尊重の精神を悪人が出て破らうとする時、お家騒動が生じ、またその家の名譽を汚す時、勘當といふ事も起るのである。中世・近世に於てかういふ点は、文學作品の上にも常に見られるのである。中世の軍記物語に於て、武士が戰場に出て名乘を擧げる時、祖先の功業を語るのは、さういふ功業をもつた祖先の子孫として、その家の名譽を傷つけまいとする精神に基づくのである。………この家を中心として親子の愛が見られるのみならず、夫婦愛・兄弟愛も家のつながりといふことの上に成立して居るのであつて、こゝに日本の國民性の大きな長所があり、特質があるのである。」

と、久松博士は述べられてをる。(1)

家は、親子の至情によつて立ち、親子の道によつてつゞく。永遠に縦の系列に於て家は発展存續する。この家の尊重の本となる親子の道をよく教へて、「民族性のみを頼みにせず」(2)、「我が國民性の保持存續に努力するは、國家の前途、民族の将来のため油断してならぬ所である。」(3)

高木武博士は、(4)これを三に分けて

㈠傳統尊重

㈡純愛思想

㈢名譽尊重

とされ、次の如く細分擧例して居られる。以て、戰記文學の顕示する我が國民性の広汎さを知りえよう。

㈠ ㈠ 祖先崇拜

㈡ 愛家心

○平家物語巻一、祇園精舎

㈧ 庭　訓

㈡ ㈠ 親子間の恩愛

○平家物語巻十二、六代

○保元物語巻三、爲義北の方身を投げ給ふ事

○曾我物語巻三、母嘆きし事

○平家物語巻三、有王島下

○平家物語巻九、二度駈

㈡ 孝　行

○平治物語巻三、常磐六波羅に参る事

○平家物語巻三、少將都還

○太平記巻四、人歳宮御歌の事

○同書巻二、阿新九の事

○同書巻六、人見本間抜駈の事

○曾我物語巻三、九月十三夜名ある月に一萬箱王庭に出でて父の事を歎きし事

㈧ 友　情

○義經記巻四、頼朝義經に對面の事

○平家物語卷九、二度駈
○同卷十一、八島軍、義經記卷四、頼朝義經に對面の事
○平家物語卷十二、六代、長谷六代・六代斬られ

㈡　夫婦愛（貞節）

○保元物語卷三、爲義の北の方身を投げ給ふ事
○平治物語卷二、忠致心替りの事
○平家物語卷九、小宰相
○源平盛衰記卷二十二、土肥女房消息の事
○同書卷十九、文覚発心の事
○太平記卷四、中宮御歎の事
○同書卷十八、一宮御息所の事
○同書卷十一、越前手原地頭自害の事
○同書卷十一、越中守護自害の事
○同書卷十一、佐介貞俊の事

㈭　寛容義俠

○保元物語卷二、白河殿攻落す事
○平家物語卷九、二度駈
○平家物語卷九、敦盛
○平家物語卷五、伊豆院宣、卷十二、六代・長谷六代
○曾我物語卷三、兄弟を梶原請ひ申さるゝ事、由井の濱へ引出されし事、人々君へ參りて兄弟を請ひ申さるゝ事、畠山重忠請申さるゝ事
○平家物語卷十、千手

○曾我物語巻十、五郎斬らるゝ事、巻十一、兄弟神にいははるゝ事

(ヘ)　博　愛

○太平記巻二十六、正行吉野に参る事
○太平記巻三十六、秀詮兄弟討死の事
○源平盛衰記巻三十七、義經鵯越を落す事

(三)　名譽尊重

(イ)　家名尊重

○平治物語巻一、光頼卿参内の事
○太平記巻三十三、京軍の事

(ロ)　武士の面目

○平家物語巻四、信連合戰
○平家物語巻九、敦盛
○平家物語巻十一、八島軍
○平家物語巻十一、弓流

(ハ)　名　乗

○平家物語巻九、宇治川
○同、二度駈
○太平記巻十、長崎次郎高重最後合戰の事

(ニ)　功名手柄

○平家物語巻九、宇治川
○同巻十、藤戸
○同巻九、一二駈

○同巻九、二度駈
○同巻十一、逆櫓
○太平記巻六、人見本間抜駈の事
　(ホ)　辭世の書置
○太平記巻二十六、正行吉野に参る事
○同巻六、人見本間抜駈の事
○同巻十、信忍自害の事

註
(1)　久松潜一博士著「我が風土・國民性と文學」
(2)(3)　西晋一郎先生著「我が國体及び國民性について」
(4)　戰記文學と我が國民性

第五節　河野博士の三性説

國學院大學院長、河野省三博士は「日本民族の信念」なる著に於て、「日本民族性の特色」を次の如く述べられてをる。即ち、

「日本民族の傳統的情操を學術的に云へば民族性である。これを考察して次の三つの特色に分ける事が出来る。

第一　統一性。

日本民族は纏める事が好きであり、得意である。億兆一心といふ事はこの事であつて、日本民族の持つ擧國一致

の大なる力である。之れあるが爲め、日本民族は一君萬民といふ國体を造つたのである。

戴季陶の「日本論」の中に、明治維新を実行した力は日本民族の統一力であると述べて居るが、正しくその通りである。統一性は凡ゆるものに現はれて居る。家屋でも、藝術でも、庭でも、皆統一性が現はれて居る。日本は氏神を中心にして氏子となり、氏神に集つて統一して皆纏つてゐる。國民生活は國民の間に氏神に統一されて纏つて行き、この統一が軍隊に於て特に立派に凝集して居る。日本軍隊が非常に強いといふのは実は、天皇を中心に纏められて居り、その基礎に統一性があるからである。自分だけといふ頭がない。日本民族は斯ういふ力を発揮して外國文化をも取り入れ、然も同化して居るのである。

第二　永遠性。

日本民族は子孫から子孫に向つて永遠に發展しようとする氣持を持つて居る。之が大自然と結び付いて、所謂天地と共にといふ観念を造つたのである。古典を見ると実によく現はれてゐる通り、天照大神の御出現迄にも無限の過去があり、無限の過去があるから、無限の未来に展開するのである。天照大神より天孫降臨までも実に容易ならぬ長い年月を經て居る。神武天皇が大和に都を定め給ふ迄にも長い年月を經て居る。天智天皇の御出現までも長年月を經て居る。大化の改新は長い年月を經て、日本民族の努力が爲したものである事を、國民は常に顧みる必要がある。

斯くの如く日本民族の歴史は萬難の克服と永遠の努力とに依つて造り上げられて居る。それを吾々の祖先は、天壌のむたと称した。困難にたゆまず、常に一致して將来に發展する事が日本民族の使命であり、これが即ち天津神の命である。今後幾度困難に出会はなければならぬか知れぬが、その時に当つて本質の力を失はず、かういふ心を失はず、大いに努力する必要がある。日本民族は永遠性を持つて居るから、永遠の使命を考へて鎭守の神が出て来るのである。即ち日本の皇室は永遠であり、「天壌無窮」の神勅が出て来る譯である。之は日本民族の永遠性に基いてゐる。

第三　純眞性。

純眞性のある事は日本人の特色で、清廉潔白、淡白な事、あつさりした事が好きで、噓僞りをせぬ事が好きである。眞に正直を尊ぶ國民であつて、諺にも「正直の頭に神宿る」といふ事を云ふが、正直は傳統的の信念である事が知れる。即ち純眞さである。この純眞さを基礎として「うらやすの國」といふのを造つた。「うら」とは「心」といふ事である。即ち、心の安らかな國であつて、純眞で自然を重んずるといふ國である。浦安の國といふのは、表に対する裏の國といふ意味ではない。簡単に云へば、正しき、明るい國家といふ事である。それは純眞性が基礎となつて発展して居るのである。而もかういふ純眞さが我が國民道德を生むのであるから、國民性を知らずして、國民道德の眞髓を深く理解する事は出来ない。

以上のやうな底力強い民族性が基礎となつて我が國体を造つて居るが、この民族性を靜かに考へると、吾々は非常な愉快さを感ずる。統一性といひ、純眞性といふ國民性が基礎となつて、日本の歴史が斯様に発展をするが、かういふ民族性を基礎とした國体が永遠に光りを放つといふ事は、宇宙発展の原則であり、進化の大原則に合してをるからである。

宇宙の千古不変の発展に無くてならぬものは統一といふ事である。此の太陽系一統を見てもわかる通り、太陽を中心にして無數の凡ゆる星辰が、整然たる組織に依つて整然たる統一ある運動を爲してゐる。天行健の運動といふ事は、動かすべからざる事実である。同様に宇宙の發展こそは正に永遠の活動である。従つて永遠性を持つて居ないものは、凡て宇宙發展に参加し難いのである。人間一人の生命は短かい。併しながら子孫に、未来に、營々として發展して已まない。現代文化を作ると共に次代の文化へ展開せしめる事に依つて、永遠の宇宙發展に参加しつゝあるから人間は尊いのである。宇宙の發展の道筋に添ふものが一番尊いのである。然もこれ程の嚴肅なる大原則を持つて居りながら、宇宙はおほらかであり、純眞である。寔に尊き大自然を持つて居るのである。その永遠性を有たざるものは次第に消滅する。軍隊でも統一のない行動を取る事は許さない。好きな處に兵士を自由に行動させるのでは戰争にならない。故に軍律でも、又社会の秩序でも、之を乱すもの、統一を保たず活動するものは處罰される。即ち統一の原理永遠の原理に背くものは忌避し處罰されるのである。「天網恢々疎にして漏さず」と云つて居るが、実に支那人は甘い事を云つたものである。日本の國体はこの宇宙の發展原理と同じ方向に立つて居り、宇宙の進化と同じコースを進んでゐるのである。故に日本の國体は斯様に力強い發展をして居るのであり、日本民族は斯様に光輝あり、神々しい成績を残して居るのである。この意味に於て日本の國体は最も合理的であると考へる事が出来る。

民族性といふ立場から見ると、以上のやうな名稱を以て呼ばれるが、これが大和心と同じであるが、或は違ふ所があるのかと矢張り同じ事である。即ち

統一性＝なつかしさ

永遠性＝神々しさ

純眞性＝清々しさ

である。それ〴〵相近似した性質である。統一があるからなつかしくなるのであり、永遠性があるものは、神々しくなるのである。神々しさを感ずる事は、永遠性があるからである。尊いものは、そのものに永遠性があるからであつて、即ち、太陽の尊いのは、太陽に永遠性があるからである。私の持つて居る萬年筆には、どう見ても神々しさがない。併し弘法大師が御持ちになつた萬年筆だといふ事になれば神々しくなる神武天皇が大和に都された時代のものだとなれば、一層神々しくなる。斯様に古い歴史のあるものは神々しさを持つ事になる。

それから懐かしさは統一性に當る。懐かしいから統一をするのである。萬年筆を人のものだと思へば懐かしさが

ないが、自分のものだと懐かしくなる。要は、纏つたものは懐かしいのである。懐かしいから纏まつて行く訳で、不思議にも自分のものだとなれば、其れが非常に懐かしくなる。汽車に乗つても初は隣りに居る人は何處の人ともわからないので懐中物を用心する事があるが、併し段々長く一緒に乗つて居ると遂に話をするやうになり、煙草一本如何と勧めるやうになる。近寄つて来ると懐かしくなつて来るのは自然の心理状態で、汽車に乗つてゐる人の状態も暫らく纏まつてをるから自然に懐かしくなる。吾々の話をするのもさうであつて、懐かしく話さうと思つたら口調を短くしなければならぬ。同時に神々しさを感ずる爲には、どうしても調子を長く云はねばならぬ。嚴肅に、神々しくしようとならば、口調を長く莊重に云へばよい。祝詞を讀む時に早口に讀むと、神々しさや嚴肅味も缺く。演説する時にでも早口であると重々しさはない。又歩いてゐるのを見ても、神々しく歩まうとすれば、ゆつくり歩くのである。ちよこちよこ歩きには神々しさはない。音樂に就いて見るならば、何ういふのが嚴肅であるかよくわかる。長調子のものは嚴肅で、宮廷音樂の如きは調子が長いが、子供の歌は調子が短い。例へば、桃太郎の歌でも、又「モシモシ亀ヨ、亀サンヨ」でも調子が短いから子供に懐かしさが感ぜられるのであるが、若しこれを宮廷音樂の様に長くて「モーシ、モーシ亀ーヨ」とやつたのでは懐かしさは無くなつて仕舞ふ。要するに嚴肅な気持の現はれるものには言葉を長く引張り、歌の調子を長くするし、懐かしみを表す時には短くするのである。子供の歌でも、歌により音調を長くしたり或は短くしたりして、神々しさの音調と懐かしさの音調を巧みに取り混ぜてあるのは、統一性と永遠性とを表現しようとするからである。「雲に聳ゆる高千穂の」の歌には実際この調子がよく現はれてをる。又儀式の場合とか葬儀とか、歓迎の辞は簡潔がよいのであり、長くてはいけぬ。

文化は清々しい事が必要であり、清々しさがなくては、よい文化よい藝術は出来ない。魂を打込んでやるには、清々しさを持たなければならぬ。周囲の環境に心を奪はれては、決して偉大なる藝術は出来ない。清々しくする事が必要である。その清々しい純眞さに解されて居るとよい事が出来る。かういふ対照に依つて、我が民族性の是等の特色があるが、それは大和心の特色とよく一致すると思ふ。これを基礎として種々歴史の研究文化の研究が出来て来るのである。

以上は日本精神を基礎にして、我々日本人の有する文化の奥底に横はる民族性の働きとしての、我が傳統的情操に就いて解剖したのであるが、日頃の教育、若くは色々の教材を研究される場合に相当参考になると信じて疑はない。殊に将来の日本國民性を導く上に、現代世相は何處に缺陥があるか、何處に我が日本精神の弛みがあるか、無理があるかといふ事を深く考へるならば、一層よりよき考への浮ぶ事を疑はぬものである。日本精神、日本國民の民族性、日本の國体の精華を益〻発揚せねばならぬ今日に當つて、世界に於ける日本精神の力及び世界の文化に於ける日本文化の特色、更に進んで、日本民族と大和心とに就いての透徹せる観念を築き上げる時、我が皇國体の本義は益〻明かに世界にその光輝を放つに至るであらう。」と。

今この三性即ち、

㈠なつかしさ＝統一性

㈡神々しさ＝永遠性

㈢清々しさ＝純眞性

を戦記文學の顕示する所から、考へれば、なつかしさ＝統一性は叙事詩的精神であり、神々しさ＝永遠性は、常に皇位を泰山の安きにおきたてまつらむがためのみいくさの精神即ち御稜威発揮の尚武の精神であり、すがすがしさ＝純眞性は、日本的性格の潤ひのある一面即ち美的風雅性であると思はれるのである。

第六節　武士道と戰記文學

その一、武士道概説

日本武士道・武士道史を説ける書は種々ある。例へば、磯野清氏の「日本武士道詳論」、重野安繹日下寛氏共著「日本武士道」、亘理章三郎氏の「日本武徳論」、永吉二郎氏の「日本武士道史」がある。が今は、高木武博士の「太平記と武士道」に於ける「武士道概説」を傾聴したい。

「武士道は日本國民の固体なる性情に立脚し、武徳の正しい發揚を眼目としてゐるから、その淵源は遠く肇國の古代にある。

伊弉諾尊と伊弉冉尊とが、天つ神の詔命によつて、最初に我が國をつくり固めなさつた際には、天つ神から授けられた天瓊矛をお用ひになり、天照大神が天孫瓊杵尊を（我が國に）降臨せしめられた際には、神鏡と神璽と神劔とを皇位の御標《みしるし》としてお授けなさつた。この天瓊矛や神劔は、我が國に於ける武徳の本質をあらはしたものであるが、それは破壊的でなくして、創造的であること、國家的であること、尊嚴にして永遠の生命を宿してゐることなどの重要なる意義を有してゐる。

また、武神たる武甕槌神・經津主神は、靈劔を携へて葦原の中つ國を平定し、天孫降臨の途開きをなされ、武徳を正しく発揚して日本武道の基礎を固められた。

かうして、我が國では、肇國の古代から武徳を重んじ、それを正しく發現することにつとめて来た。そして、武器の使用は破邪顕正を目標とし、戦は正義の観念によつて行はれて来た。併し武士道といふものが成立して、日本國民を支配する大きな力として重きをなすやうになつて來たのは、武士といふ階級が國家的社会的に重要なる使命を果すやうになつてからである。随つて武士道は武士の使命を全うすべき道であり、武士階級を中心として發達したものであるといふべきであらう。

武士の使命は武徳を修めて実行するところに眼目がある。武徳は單に戦闘力を発揮するだけでなく、寧ろ健全なる平和を齎して、國家國民の健全なる發達と文化の向上發展とを促し、人類の最高理想を実現するのを目標とするものである。

「武」の字は元来「戈」と「止」とを組合せたものであるが、「戈」は武器であり、戦争を意味するから「武」の字は元来平和を意味するものである。（筆者註。この「武」の字については、「戈」と「正」より成るものとし、「止」は正也として、武器が正しく発動され、正しくあることが武であるとする説がある。これは廣島學園、白木教授独自の示唆多き御説である。）

健全なる平和は人類の理想であるけれども、それは不用意の間に来るものではない。世の中には、善いことや善いものばかりでなく、悪いこともあり、悪いものもゐるのである。また、悪いとまでは行かなくても、正しい目的を達するに對して障害となる者もあり、或は、思ひ違をして無理に乱暴をしかけるやうな者もゐる。さういふ場合には、正しい力を以て、悪い者や障害となる者や亂暴をしかける者を征服しなければならぬ。それで、武徳はいつでも、善が悪に對する抵抗力として働くものである。併し、武徳の發揚は、いつでも戰爭によつてのみ発揮されるものとは限らない。武徳は一切の不善不正なるものに對し、それを排除し、制裁する正しい力となつてあらはれるのである。それで、武徳は正義の観念に立脚し、仁愛の精神によつて發動するものであり、人類の眞の平和と幸福とを目標とするものである。

武徳はかういふ性質のものであるから、日本精神、即ち「神ながらの道」が、「武」といふ道によつてあらはれたものであり、武士道精神は正しく日本精神と根本的に一體の関係を有してゐる。

日本精神の根本義は、萬國無比なる我が國體や健全有爲なる國運の進展を擁護し促進するところにあり、我が國体の尊嚴を傷けるとか、國運の發展を妨げるとかいふやうな障害があつたら、それを排除しなければならぬが、かういふ方面に發動するのは、日本精神の具へてゐる武徳であり、かういふ武徳を發揮する道が日本武士道である。

武士の使命は君國を擁護する爲に義勇奉公の精神を發揮するところに第一義がある。随つて、古くは武徳の發揚も、皇室を中心とする我が國家を對象として發揮せられてゐたのである。然るに、後世、武將又は領主が、家の子郎黨を養うて主從の関係を生じ、家の子郎黨たちが、武將や領主に對して忠勤を勵むやうになつてからは、國家的な意義が薄くなり、主家の擁護に力を注ぐやうになつたが、これは実は変態の現象であつて、その間に現れた忠義は派生的のものである。

併し、かうして主從の間に深厚なる情誼が成立つやうになつてから、家の子郎黨は、自分が直接仕へてゐる主人に對し、献身的な働をして、忠義を盡すことになつた。そしてまた、この主從の情誼といふものも、直接仕へてゐる主人を介して、君國の擁護に任ずるやうな場合も、固より少くなかつた。

封建時代に於ては、武士の身分は武將や領主などによつて支配せられてゐたから、武士の使命も、直接仕へてゐる主家に對して盡すことが多かつたが、明治維新により封建制度が撤廢せられ我が國は一君萬民、國民皆兵の正しい本姿に復して来た今日に於ては、日本武士道は日本臣民道となり、武士の徳目は我が國民道徳と全く一致するに至つてゐるのである。」と。

又、村岡典嗣氏は、「日本文化史概説」に於て左の如く述べてをられる。即ち、

「次に武士道に至つては、まさしく中世文化の新たな、而してまた最も社会的な産物と言へる。これその荷擔者

たる武士が、この期の新興階級であり、また社会的勢力であったことからもわかる。而して武士道とは、中古の中葉以来、地方殊に関東に住んだ豪族の主従の間におこり、多年の軍陣生活のうちに訓練され、陶冶された風習であり、道徳であった。忠義といひ、克己といひ、節制といふたぐひはいづれもその所産である。これは榮花生活に享樂を事とした中古文化に於いては、全く見るべくもなかったものである。一切の感傷や文飾とは正反対に、意力と質素とを特質としたものである。そは本来教學の知識の結果ではなくして、実際の体験のもたらしたところであったが、武士の社会的地位の向上に伴って教育が普及するや、儒教や佛教、また文學等の教養によって、ます〳〵純化され精錬された。かくて或は節義の嚴肅、或は人情の優美、或は信念の崇高等、その行動の間に、しばしば発露された事実は、はやく吾妻鏡や平家物語等のうちに、之を列擧することを困難としない。而してこゝにまた、新佛教や中古趣味との接觸を認め得るのであるが、就中前者、殊に禪宗との密接なる関係は著しいものがある。禪學的教養によって、その武士的人格を完成した北條時宗の如きは、その代表的の例である。」と。

その二、太平記と武士道

戰記文學中、武士道と最も密接なる関聯を有するものは、太平記である。戰記文學に描かれた人物も時代も、太平記のそれらの世界に於けるほど武士道に関する問題をはらむものはすくない。

しかし、そこに表出されてゐる武士道の理念、德目、発現等は、上来述べ来った國民性のそれと何等ことならぬ。換言すれば、それほど戰記文學の顕示する我が國民性は武士道に根ざしてゐるのであり、またそれらは武士道の世界に於てよく窺はれるのである。

或は尊皇忠君の大義と云ひ、主従の情誼と云ひ、敬神思想と云ひ、また傳統尊重といひ、武勇と名譽と云ひ、なさけと云ひ、禪の影響、女性の性格と云ひ、これらの発現は、太平記の篇中、随處に見得るのである。

而して、かゝる点に、戰記文學に即して我が國民性を考察する場合、太平記が相當重要なる地位を占めずには置かぬ所以がある。「太平記と武士道」とを扱つたものは、高木武博士に、「日本文學聯講」、中世篇の『太平記と吉野時代の武士』及び、「太平記と武士道」がある。

その三、義經記と武士道

源九郎義經は、世に判官贔屓と云はれる様に、古来我が國民に最も愛惜された、贔屓された一人である。しかも、その同情なり贔屓なりが、当然の數とは云へ、多く彼の幼時と悲風の中に放落する失脚期のみにかゝつて、却つて平家物語や源平盛衰記に描かれてゐる彼の活動期がともすれば、表面では涙の對象から除かれる結果として、判官贔屓を離れて、考察すべき種々の場合にすら、そのことが完全に果されぬことがあつた。

例へば、義經と武士道との関係を考察することに於て、このことは一例として云ひうるであらう。しかるに、これを黒板勝美博士が日本史談第一篇として、義經傳を出され、その書に於て、武士道の世界に於ける義經をも考察された。以下これを傾聽したい。

「我が大日本帝國は尚武の國である。神武天皇、日本武尊、神功皇后をはじめ、皇室の方々は申すも畏し、建國以來こゝに數千年、武を以て功を成し名を遂げた幾多の名將勇士が、炳焉として國史の上にその事跡を留めて居る。そしてその間に、我が國の精華ともいふべき武士道は、比類なき発達をなすに至つたのである。

さりながら彼の平清盛の如き、源頼朝の如き、さては東洋のナポレオンと稱せらるゝ豊太閤や日本のシヤーレマン帝と呼ばるゝ徳川家康など、武將から出た大人物が、必ずしも武士道の權化ではない、彼等は寧ろ大政治家の標本となるのが適役である。また武田信玄・上杉謙信をはじめ、戰國時代の豪傑も、多くは風雲に際會して、旗を京都に樹てんとした功名心に驅られたもので、余がこゝに傳へんとする武士道の典型ではない。

古來我が歴史に現はれた、最も武士らしい英雄の一人として、先づ指を屈すべきは坂上田村麻呂であらう。田村麻呂は、永い間叛服常なかつた蝦夷を討ち平げ、我が東北の邊土をして、全く王化に潤はしむるに至つた大將軍である。怒れば猛獸も慴伏し、笑へば赤子も懷くと傳へられて居るのでも、その人物が想像せらるゝではないか。

この田村麻呂に次いで、武士道に光輝を放つて居る名將は、何といつても八幡太郎義家である。義家は坂東武士を率ゐて前九年後三年の両役に勇名を轟かし、優に柔しき武士、物の哀を知れる大將として非常に將士の心を得、遂に源氏の根據を東國に置いたと言はれて居る。彼が安倍貞任を追懸けて弓を引きながら「衣のたては綻びにけり」と詠じたのに、貞任後振り向いて「年を經し絲の乱れの悲しさに」と、直ぐ上の句をつけた風流に感じ、彼が貞任を見逃した事は、武士道の美談として、世に名高い話である。また後三年の役に、義家が淸原武衡を討つのに困難せる際、その弟新羅三郎義光が、兄の危急を救はんため、檢非違使の官を抛つて、京都から遙々奥羽に赴いたことは、実にこの兄にしてこの弟ありといふべき武士道の佳談で、今猶ほ人々に噌炙するところである。

しかし田村麻呂も、八幡太郎も、はた新羅三郎も、武士道史の上から觀れば、まだ發展時代中の人々で、しかもその事功が、主として奥羽地方なる東北の邊陬に限られ、その當時の中央舞臺に大なる活動をした次第でない。若し今、その人出でずんばの感あらしむる程、我が國史の上に重大なる関係を有する人物にして、武士道の典型と仰ぐに足るものを捜さんとするならば、矢張り之を武士の黄金時代といふべき鎌倉時代前後に求めねばならぬ。

後醍醐天皇南狩以後にあつては、極めて少數の人々を除いて、武將の多くが只管権勢を得んとし、功名心の奴隷となつて了ひ、彼の戰國時代の如き弱肉強食の世となり、こゝに武士道の墮落時代が現はれて来た。されば英雄も出で、豪傑も出たであらうが、純粋潔白な、毫末の私心も挾まぬ、一身を犠牲にして武士道に殉ずるやうな武將は最早殆んど観ることが出来なくなつた。從つて武士道の権化と稱すべき武將は、源平時代から南狩時代初期までの間に、之を求むるの已むを得ざることとなるのである。

たゞこゝに一言すべきは、鎌倉時代を中心としても、歴史上に大なる関係を有する人物を物色すると、亦その多くは権略に長じ、政治家的色彩を帶びて居る。從つて武士道の典型権化として仰ぐべきものは、実に指を屈するに足らぬほどで、余はたゞ僅に三人然りたゞ三人を得たのみである。先づ至誠君に奉じ、擧族賊に斃れた楠木正成、皇國の興廃を双肩に荷つて、大勇猛心を決し、元寇を追拂つた北條時宗及び家のため親のために、獅子奮迅その身を顧みるに暇なかつた源義經、この三人に過ぎぬ。此三人は皆國史の上に至大なる関係を有し、その人出でずんば、如何に歴史が変化せられたであらうと思はしむる人物で、しかもそれ〴〵最も善く武士道の各方面を人格化したる我が國民の精華である。正成の忠君、時宗の護國、そして義經の孝道、それがすべて武士的に発現せられて、武士道の三方面が、この三人によつて最も高潮に達して居ることを、吾々國民に示して居る。

楠正成の忠魂義膽は、早く「太平記」で傳へられた、そして水戸義公が「嗚呼忠臣楠氏墓」の碑を建てられてから、楠公は永く國民崇敬の標的となり、今も湊川に祭られて居る。また北條時宗が護國の爲めに盡瘁した勲功は、北條氏の罪を償うて餘ありとまで、日露戰爭によつて我々國民に痛切なる感動を與へた、そして當時贈位の宣命まで賜はつて居る。

義經も「源平盛衰記」や「義經記」に先づ數奇の運命を書かれ或は謠曲に、戯曲に、恐らく義經ほど、多く主人公として我が文學に活動し、我が國民に好まるゝ人物は類がないであらう。しかし義經の歴史上に於ける地位をはじめ、その家のため親のために、身を犠牲としたことは多く世人に閑却せられて居る。或は、單に一個の兵略家たる武將として、寧ろ一般に知られて居るが、その兵略戰術についてすら、進んで之に十分研究を加へたものはないといつて可いのである。甚だしきに至つては、兄頼朝との不和を以て罪を義經に歸し、その人格まで之を疑ふものがある。が余は今こゝに明言する。義經は武士の花である、武士道の権化である。武士道から観た孝道親の敵を討つためには、その身をも、何物をも犠牲にした勇士であると。そしてこの武士道の権化たる義經にして、若し多少なりとも古来冤を蒙つて居るならば、これを雪ぐことが、実に幼少の頃から最も好きであつた九郎判官その人に對する、余の義務であるかのやうに感ずるのである。

尤も我が國の政治史の上から云へば、或は義經は大なる人物でないかも知れぬ、又た大なる事功を成した人でないかも知れぬ。しかし義經の出現は、当時の歴史に於て頗る重大なる関係を有して居る。頼朝が鎌倉に覇府を開き、遂に六十六國の總追捕使征夷大将軍右大將となることが出来た、其の一半の功は義經に歸しても差支ないのである。若しこの時義經が出なかつたとしたら奈何であらうか、栄華を極めた平家の潜勢力は猶ほ日本の半を支配し、北國を根據として崛起した木曾義仲は、京都に後白河法皇を擁して旭將軍の威を振つて居る。関東の勢力を集中して、嵎を負うた虎の如く自重して動かざる頼朝に、假令猛士林の如く、三代重恩の誼を報ぜんと構へて居るにもせよ、又北條時政の如き、大江廣天の如き、謀將策士を控へて居るとは云へ、殆んど手も足も出すことが出来なかつたであらう。此の時に當つて、先づ義仲を粟津が原の露と消えしめ、進んで平家を西海の波に沈めて、頼朝をして独り威力を擅にすることを得しめたものは、実に九郎判官義經其人であつた。しかも義經の末路を観よ、兄頼朝は其の事功を奪ひ、彼を悲惨なる運命に陷れて了つたではないか。是れ義經が天下後世に多大の同情を得る所以ではあるが、また彼の事功が多く蔽はれて居る所以であらう。

されど余が義經を傳せんと欲するのは、たゞその事功に重きを置くものでない、寧ろその人物である。武士の権化として仰ぐべき人格に存する。一言にしていへば、彼は日本人氣質を最もよく具備して居る、率直な豪勇なしかも情深い仁義に厚い武將であつた。彼が一代の歴史は、竹を割るやうな痛快な行き方に、変化に富んだ數奇の生涯を貫いて居る。その間に花も実もある武士的性格が憚るところなく流靈して、たゞに源平時代を飾れる随一の花形役者であるのみならず、我が國史を通じて最も尊敬し、最も追慕すべき人物である。

更に飜つて、前に擧げた坂上田村麻呂、八幡太郎義家・新羅三郎義光の事功人物と義經とを比較せよ。余は此三人を合せて造り上げたやうな武将が源平時代に出たのを、源九郎判官義經でないかと思ふ。

第一、義經を坂上田村麻呂と比較するのは間違つて居やうか。田村麻呂は桓武天皇の時代に於て、奈良朝以來幾度か失敗し、殆んど手古摺つて居た蝦夷征伐を仕遂げて、さしも兇暴な蠻族をして此後大に叛乱すること無からしめた人である。身の丈五尺八寸、體量二百斤もあつたといふ偉丈夫、其戰争の仕方は正兵堂々、先づ一歩を占むれば能くその一歩を守り、段々と進んで行く筆法、終に蝦夷の巣窟を覆した。義經は之に反して小柄な軽捷な體格であつたらしく思はるゝ、其の戰爭も寧ろ奇兵を用ふるに長じ、強襲を試みることに於て、古今独歩の妙を得て居た。しかも田村麻呂の相手は、唯頑強な夷といふだけで、今日に於ける臺灣の生蕃見た様なものであつたが、義經の相手は味方の兵と同等、若しくは同等以上に進歩したものである。

斯様に相手の相違があつたゝめでもあらう、二人の行方は、其の體格の相反せる如く、多く相反して居る。併しながら戰へば必ず勝つと云ふ点に於て、又其の戰略の見るべきものあるに至つては、異曲同巧と云はねばならぬ。啻に異曲同巧と云ふべきのみならず、其の戰爭の相手に依つて考ふるも、又た陸に於て水に於て、常に成功した点に於ても、義經は或は田村麻呂以上の大将と稱して差支あるまい。又啻に田村麻呂以上といふ計でない、彼は実に日本一の兵家であつた。義經を正成なり、信玄・謙信なり、さては秀吉、家康などゝ比べて観ても、若し其等の人々を義經の地位に在らしめたなら、果して能く義經だけの成功を収め得たかは、必ずしも断言することが出来ぬであらう。

八幡太郎義家は王朝時代に於ける源氏の最盛を致した人である。父頼義に従つて苦心をした前九年の役、猶ほ引續いて清原氏を討つた後三年の役、彼は永い間坂東武士を率ゐて、彼等と陣中に起臥を共にしたが、當時坂東の武士は必ずしも源氏ばかりでない、寧ろ平氏の方が多かった位であるにも拘らず、然ういふ人々が悉皆此の八幡太郎に心服して了った。そして義家の方でも後三年の役の後、朝廷から何等恩賞が無かった爲めに、私財を擲って将士を犒らったほどで、坂東の武士は遂に源氏と切っても切れぬ関係となったのである。後に頼朝が関東を根據として旗を擧ぐることが出来たのは、正しく是等の餘澤であると云はれて居る。

今此の八幡太郎を源九郎と比較することが間違って居やうか。義經は凭ういふ工合に永い間武士を率ゐて居たのではない、又実際其の率ゐた大部分のものは頼朝に從って起ったもので、唯僅かに幕僚ともいふべき極少数の人々が、股肱の臣として義經の左右を離れなかったのに過ぎぬ。而かもこの股肱といふのが亦、譜代恩顧の者とては一人も無かったといってよい。佐藤継信兄弟は、義經が奥州の藤原秀衡の許を辞して西上する時に、秀衡が特に附けて遣った人である。伊勢三郎義盛も、義經が奥州下りの折に主從の契約をしたと云はれて居る。鷲尾三郎經春の如きも、一の谷合戰の際に発見した一個の少年に過ぎないと傳へられて居る。

恁ういふ事情であったにも拘らず、継信兄弟を始とし、謠曲で名高い辨慶以下の面々が、如何に義經の爲めに粉骨碎身したかを思へば、義經が亦如何に好く其の臣下を遇して居たかといふことが解る。其其の妾靜御前の行動を見ても、彼の人物を思ひ浮べることが出来ぬであらうか。必ずしも是等左右の人々ばかりではない、彼が僅か一年計り京都に居った間に、大藏卿高階《しな》泰經の如きは、非常な好意を以て彼の爲めに斡旋した。又容易に人に許さなかった九條関白兼実の如きすら、其の日記『玉葉』の中に、義經を仁義の武士と云って賞讃して居る。

関東武士の間でも義經に心を寄する者の多かったことは、この兼実の日記にも記してあるが、唯種々の事情の爲めに兄頼朝と不和となった其の末路に於て、是等の同情を寄せて居た人々も、恐らく涙を呑んで知らぬ風をしなければならなかったのは、是非も無い次第であった。しかし義經が都落の場合に、如何に能く種々の方面が、彼を助け彼を匿まったかといふ事実に見ても、彼が人望のあったことは推察されるであらう。

無論義家と義經とは、一生の經歴も、主從の関係も、前に述べた如く異つて居るが、優に柔しい武士であって、能く將士の心を得て居たことは同一である。殊にその末路の特に哀なりし場合に於て、義經の家来は一層痛切に、義經の爲めに苦心し忠節を竭したといふ実例を我々に示して居る。

最後の新羅三郎義光との比較は、こゝに詳しくいふまでもなく全く同様である。頼朝がいよ〳〵旗擧をしたと聞いて、當時奥州にあつた義經は、その唯一の後援者たる藤原秀衡に頼つて自分の勢力を張るか、若くは木曾義仲の如くその起つた地方を征服して、自分の權力範囲とするやうな野心がなかつた。それは寧ろ秀衡の義經に勧めたところであつたが、義經はその諫をも聞き入れず、單身館を抜け出で西上し、兄頼朝の幕下に投じた。新羅三郎が検非違使の弦袋を解いて殿上に置き、密かに東國に馳せ下つたのに比べて、いづれか是昆弟の情に変りがあらうぞ。その後授者の言をも卻けて自ら犠牲的に身を挺んで、義光が後三年の役に義家を扶けた以上に、頼朝のために活動したことは、こゝにも武士道の權化として、義經を尊ぶべき所以が存在して居るのである。

武士道は前にも述べた通り、最もよく君臣主從や一族の関係に現はれて居るが、その精神は要するに犠牲的である。義の爲めには利を忘れ身を顧みざるところにその價値がある。義經に於て見らるべきこの犠牲的精神は如何なる方面に最もよく現はれて居るであらうか、君臣の関係か、主從の関係か、はた國家関係か、無論これらの関係に於て義經の武士的精神が発揮せられて居るところが多いが、しかし田村麻呂以下三人になくして、特に義經にのみあるものは、實に父子《おやこ》といふ関係から生じた武士道の産物である。父の仇は倶に天を戴かずと、親の敵を討つてその無念亡執を晴らすことは、我が歴史に於て早く上代から現はれて居る、それが武士階級の出現するに及んで、武士たるものゝ孝道となり、後には普通の人まで敵討に出掛くることゝなつた、その武士道的行動を爲せる最初の一人は実に義經であつた。

建久四年富士の巻狩に、曾我十郎五郎兄弟が工藤祐經を討つたのは、從来敵討の始と傳へられて、既に當時多くの人々が同情したのみならず、頼朝すら、後に赤穂義士に対する將軍綱吉の様な態度がなかつたとはいへぬ。曾我兄弟がその目的を達した後、頼朝は非常に感心して、兄弟が最後の折に母に送った手紙を出させ、稚い時から敵を討つ考へであったと、委しく書いてあるのを見て涙を流し、之を自分の手文庫の中に入れて置くことにした、そして五郎時致を助けやうとしたのであるが、祐經の子供の願に依つて已むを得ず之を殺し其の養父曾我太郎祐信には、特に領地の年貢を免じて、兄弟の菩提を弔はしめた程である。是を見ても、敵討の思想が既に源平時代に於て、深く人心を支配して居たことが了解される。

又『岩清水文書』を見れば、鳩屋といふ鷹が、母鷹の敵の鷲に復仇した話などが行はれてゐたのも、鎌倉時代の初と思はるゝ。或は彼の悪源太義平が六波羅を窺つたことを、敵討のやうに思ふ人もあるが、それは半ば彼自身の遺恨を晴すのであつた。が、義經の平家を討つたのは、全く父義朝の憤を安めんためで彼の言動は最もよくこれを説明して居る、そして源氏の再興といふことが、自からその問に含まるゝこととなつて居るのである。『吾妻鏡』の巻の一義經が始めて頼朝と會つた條に、「鞍馬に上つて出家になる筈であつたが、年頃になつて頻りに會稽の思を催ふし、手自ら首服をかへた」とある。この會稽といふ語は當時の言葉と見えて、その頃の書き物には、皆これを敵討といふ意味に用ひて居る、即ち義經は父の敵を討たんが爲めに、鞍馬を逃出して自ら元服をかへたのである。是は五郎の箱王が箱根の別雷坊を抜け出し、遂に北條時政を烏帽子親として元服したのと同じではあるまいか。若し平家が盛であつて戰爭をする様な機会が来なかつたならば、義經はきつと曾我兄弟の先駆を爲したに相違ないと思ふ。尚ほ又かの有名な腰越狀にも「累代弓箭の藝を顕はし會稽の耻辱を雪ぐ」とあるのみならず、讒者の言に依つて兄弟不和となつたことを悲しんでは、「亡父の尊靈再び誕れ給はずば誰か我が心の悲嘆を申し披かん」と言ひ、「述懐の様ではあるが義經は身體髪膚を父母に受けて幾日も經たず、左馬頭義朝が他界になり頼のない孤兒となつて母の懐中に抱かれ、一日片時安堵の思をせず、効なき命を長らへて此所彼所に身を匿し、遠い奥州までも下つて居たが、愈々天運熟して遂に平家の一族を追討することゝなり、或は一の谷に峨々たる巖石を馬に鞭つて下り、或は漫々たる海上に舟を出して底の藻屑となるも圧はず身命を竭したのは、全く亡魂の憤を安め奉り年来の宿望を遂げんとするの外は何にもない」と言つて居る。字に血涙、よく義經の心情が推さるゝではあるまいか。

　されば義經の一生は、この血を吐くやうな申條でも、半以上父義頼の敵を討つにあつたことを忘れてはならぬ。頼朝にも無論此考は有つたであらう、しかし是は頼朝に取つて主要な部分をなしては居らぬ、頼朝が伊豆に流されて居た間の事から旗擧の工合などを見ても、いよいよ時節が到来したので、平家を討つて、而して自分の勢力を得るのが、その大眼目であつたらしい。その行方によるも、或は関東だけ自分のものにすればよいと一時は思つたかも知れぬ位である。頼朝の人物は、義經のやうにたゞ率直な天眞爛漫の武將ではなかつた、寧ろ度量の大きい、沈重で、しかも冷靜な、その身の権勢のためには何物をも犠牲にすると云ふ政治家であつた、単に親の敵を討つためにその身の危きをも顧みぬといふやうな人ではなかつたのである。

　さて今日まで義經が親の敵を討つたといふ風に多く考へられて居らぬのは、その敵討の仕方が一騎打の勝負でなく日本國といふ大きな舞台の上で、戰争といふ大がゝりの芝居を打つた、其の蔭に居るのと、今一つ源平二氏の争といふ一層範囲の廣い問題の中に捲き込まれて了つて居るからである。義經は戰争をして居る際には、無論頼朝の代官として、頼朝のために働くといふ考も有つたであらうし、又た源氏の一員として、源家一族のために平家を滅ぼすといふ考があつたとしても、彼の本色は寧ろ親の敵を討つといふのに発揮されて居る。

　義經が、子として亡父の仇を討つといふ、彼に取りて一層切実なまた一層強烈な念を抱いて居たことは、多くその事蹟に現はれて居る。屋島や壇の浦の合戰で、彼迄《ある》に思ひ切つた行動を取り、頼朝が非常に気にかけて居つた神器の問題すら、或は忘れてゐたのではないかと思はるゝ程であるのも、此の最後の一念に激成された結果で、頼朝の代官となつたのは、その弟たるの位置を忘れなかつたゝめである。従つてこの考で義經の一生を観察して、はじめてその行動の眞相が解決せらるゝのみならず、その犠牲的の精神が如何によく溢れて居たかも之が爲めであることが分明《わか》る。余はこの敵討がこの後武士道の重要なる一綱領となつたのを見ても、その先駆者たる義經を、この方面に於ける武士道の権化として必ず傳へねばならぬことを断言する。」と。

第七節　判官贔屓と曾我贔屓

義經記及び曾我物語は、嚴密なる意味に於ける戰記物語としては、傳記的歴史的方向にやゝ異分子的なものを含んでゐるが、これに即して我が國民性を眺める場合には、特に興味深い事実がある。それは義經記を通じて、判官贔屓と云ふことがあり、曾我物語を通じて、曾我贔屓があることである。

かく、判官贔屓を生れしめ、曾我贔屓を生れしめねばならぬところに、わが國民性の仄かなる閃きがある。

判官贔屓については、種々の場合に説かれるが、今我々は、漆山又四郎氏の所説をきゝたい。

「判官贔屓といふのは、義經の事蹟を書いた平家物語・源平盛衰記・吾妻鑑はもとより、義經記の一頁も見た事の無い七八才の兒童を初め、それらの書を閲讀した七八十才の老翁までもが所有して居るやうだが、事蹟の記事を讀まない者までが所有して居るのを見ると、それは世の傳説家庭爐辺の昔がたり等から来て居るのは疑ひない。家庭爐辺の昔がたりで、牛若の鞍馬の兵法脩練鏡の宿の強盗退治・五條の橋の辨慶との仕合ひ（義經記では五條天神と清水寺の二箇所になつてゐる）屋島壇の浦の武功等を聞かされた兒童は、義經がより幼年時代に活躍して居る事で、感興が多いやうである。太閤秀吉の幼年の事蹟としては矢矧の橋一箇條で物足りない、であるから秀吉よりは義經が贔屓される譯ではあるまいか。

然るに七八十才の老翁に贔屓されるのは、瀬田宇治の義仲征伐屋島壇の浦の平家追討の二大勲功がありながら譖者の爲に寧日なく遂に奥州で悲惨の最後を遂げたのに同情しての贔屓ではあるまいか。もとより單に贔屓といふだけの言葉では幼年から老年まで一貫してゐるけれども、其處に同情の二字をさしはさむと、老年期の人に屬するのである。

此の同情から来た贔屓をいふと他にも多くある。楚の項羽などがそれである。司馬遷が史記の本紀に項羽を入れたなどは贔屓からと見れば、少くも私からはさう見られる。併し敵手の漢高祖は悪まれてゐないが、義經の對手の頼朝はひどく悪まれる。一代の成功者の頼朝は、世人から想像されてゐる程の猜疑心の権化だけの頭脳の所有者ではあるまいが、義經が贔屓されればされるだけ頼朝は悪まれるのである。

ところが、義經記を讀んだ人の所見を聞くと、義經の吉野入りから北國落、高館の切腹と、義經をあまりに女々しい者のやうに見て、贔屓が薄らいで、むしろ蔑むやうになるかの感がある。或人は義經が意気地なく辨慶が活躍してゐるので、義經記は義經記だけでなく辨慶記だとまで評した者がある。そして義經記に義經としての第一要件たる、義仲征伐や平家追討の記事が無いのを以て、いたく物足りぬやうに思ふ人がある。私の所見は夫等とは大いに異つてゐる。順次それを言つて見よう。

第一、義經記に、瀬田宇治・屋島壇の浦等の戰記の無いのは、其の事実は人目にも觸れ、時の記録にも載せ、從つて源平盛衰記や平家物語等に巨細を盡してゐるから、其の後に述作した義經記には載せずもがなのものである。むしろ義經記は一代の名将義經の事蹟の平語や盛衰記に漏れた事実を補つたものと見てよろしいのである。從つて記事は外くの目に觸れる事の出来ない内情に立ち入つてゐるのが多くある。

第二に、義經記の前半は、小壯客気が進取的時代の記事で、爰には近頃流行語の武士道の言行が充ち満ちてをる。

第三には、義經記の後半は、退嬰的ではあるが、これ亦近来流行語の人間本能の行爲が率直に記述されてをる。

此の前後を対照して見ると剛柔善く調和して「強いばかりが武士ではない」の諺が百姓出の私にも能く味はれる。

三十数才で死んだ義經としては退嬰的行爲は早過ぎた感がないではないが、十六才で由利の太郎や藤沢入道等五人の強盗を一手に斬殺した早熟の義經は、從って其の思慮も早く老成に達したのであらう。いや斯うも言へば言へるが、義經の進取的気性も、武道としての成功も、皆父祖の仇平家を亡ぼさんが爲の権化であったからである。其の平家が滅亡した後の義經は、好敵手武田信玄死しての後の上杉謙信や石田三成が滅後の浅野長政の比ではあるまいか。平家滅亡して後の義經は如何にもして安穏の地秀衡が許に到着するのを只管こひねがふより外はあるまいではないか。これが即ち本能的とも老成者の退嬰的とも見れば見られるのであるが、一代の英雄義經はさうばかりではなかつた。時運変換して、あは善くば逆櫓の論庭で斬りそこねた讒臣梶原父子の首を取らうと胸中に秘めて居ったでもあらうし、義經も亦梶原を其時討たなかった事を悔んでゐる事が義經記中にも載せてある。

さて義經記に就いて如何なる点が武士道の言行かと言ふと、先づ武士道とは如何、武士道といふ言語が如何なる處から發露してゐるかを検討したならば、義經記より溯って大伴の家持が「海行かばみづくかばね山行かば草むすかばね大君のへにこそ死なめかへりみはせじとことだて」の歌などは君に忠義の武士道の歌ともいふべく、甲賀山で賀茂次郎義綱の子息三人が、父を諫めて自害するところは孝道を匂はした武士道でもあり、義經記以前の事でこれこそ武士道といふべき事柄を猶ほ穿鑿して見ると、長谷部信連が高倉宮を落し奉って一人踏み止まり「臆病して逃げけるかなど、平家の申沙汰せんも遺恨なるべし、弓箭取る者の習ひ、假にも名こそ惜しく候へ」と言ったのは武士としての名を重んじたからである。これらは私は特に穿鑿しての事だが、穿鑿なしに率直に武士道の發露は何で見られるかと問はれると、直ちに先づ第一に義經記に在りと答へるのに躊躇しない。

今其の二三を省略して擧げて見る。巻之二鏡の宿強盗が金商人吉次信高が宿した家に押し入ると、「吉次是に驚きがばと起きて見れば鬼王の如く出来る、これは宗高が財宝に目をかけて出で来るを知らず、源氏の公達を倶し奉り奥州へ下る事六波羅に聞えて討手の向ひたると心得て取る物も取りあへず貝吹いて逃げにける。遮那王殿これを見給ひて、すべて人の頼むまじき者は次の者（等級卑き者の意）にてありけるなり、形の如くも武士ならば此くは有るまじきものを、兎ても角ても都を出でし日よりして屍をば鏡の宿に曝すべしとて大九の上に腹巻取つて引きかけた太刀取つてわきはさみ唐綾の小袖取つてうち被き、一間なる障子の中をするりと出で屏風一よろひ引き疊み前に押しあたる八人の盗人を今や〳〵と待ち給ふ。下略。此くて盗賊五人を切り伏せ二人に手を負はせ、明くれば宿の東のはづれに五人が首をかけ、札を書いて立てた文言に「音にも聞くらん、目にも見よ出羽の國の住人由利の太郎越後の國の住人藤澤入道以下の首五人切りて通る者を何物とか思ふらん、金商人三條の吉次が爲には由縁あり、是を十六にての初業よ、委き旨を聞き度くば鞍馬の東光坊の許にて聞け。承安二年二月四日。」とぞ書き立てられける。とあり、又伊勢三郎義經の臣下に初て成る事の條。伊勢の三郎の留守居の女が、夫は世に恐ろしき者なれば過ちあらんも知れず餘所に御宿あれと言ふのを押して宿かるところに「女申しけるは此家の主は世に超えたるゑせ者に候、相構へてかまへて見えさせ給ふな、燈火を消し障子引き立てて御休み候へ、人聲の鳥も鳴き候はば、御志の方へ急ぎ御出で候へと申ければ、承はり候へぬとぞ仰せけるが、如何なる男を持ちてこれ程には怖づらん己れが男に超えたるみさゝぎが家にだに火を懸け（前にみさゝぎの待遇を怒りて義經其の館を焼き拂った）散々に焼き拂つて是まで来りつるぞかし、ましてやいはん女の情あつて止めたらんに、男来りて悪くげにも申さば、何時の爲に持ちたる太刀ぞ、これござんなれと思召、太刀抜きかけて膝の下に敷き、直衣の袖を顔に懸けて空寝入してぞ待ち給ふ。閉て給へと申しつる障子をば殊に広く明け、消し給へと申しつる火をばいとど高く掻き立て、夜の更くるに従ひて今や〳〵と待ち給ふ」云々。そして女の言葉によつて伊勢の三郎も心觸け、「何事ある共苦しかるまじきぞ、今宵一夜明かさせ参らせよ」と言ふのを聞いて、「御曹子あはれ然るべき佛神の御惠みかな、悪気なる事をだにも言はゞ由々敷大事は出で来ぬるとぞ思召しける」とあり、此の由々敷大事とは敵を切るか敵に斬らるるか二つに一つと言ふ武士道の意気込が躍如として現はれてゐるのではないか。大敵平家を討ち亡ぼすべき大望を懐き居りながら、切るか斬られるかの境に立つて鏡の宿の強盗にも今又今伊勢の三郎にも一歩を引かないのは、取りも直さず、名を惜む武士道の精神からでなくてなんであらう。四十超えての分別盛りの大石内藏助に到つては此うではあるまいが、客気盛りの源氏の御曹子としては此う出るより外はあるまい。こゝが即ち七八才の幼童にも贔屓される所以でもある。

それから義經としてではないが、義經記として武士道の見逃し難いものは股肱の臣佐藤忠信の事蹟である。湯浅元禎も、其の者常山樓筆餘に「諸葛孔明の出師表を讀んで涙を墮さざる者は其人必ず不忠なるべしと昔の人いへり、予も亦思ふに義經記に、四郎兵衛忠信雪の上に跪いて申しけるといへる詞を讀んで、涙を墮さざる者は、必ず節義を忘るる人なるべしと思はる、凡そ忠臣義士の傳記を讀んで、世の常の物語と思ひて見過ごす人は、萬卷の書を讀みたりとも、何の益有るべき」と言つて居る。湯浅常山は其著常山紀談を見ても多讀の人に相違ないが殊に義經記を採つて、人を感動すること、出師表と伯仲の間にあるかのやうに言つたのでも、義經記の眞價は、今更私等の呶〻を要さないのである。爰の忠信は一人吉野に留まつて、敵を防ぎ主義經を心安く落させようとする忠節を盡す場面であるが、これも武士道の確固たる發露で、武士道の發露は何にあるかと問はれたならば、うろ覺のものまでも並べ立てようとはするが、私には思想の感化は馬琴の小説に負ふ所が多いが、武士道のどんなものかは、岩見重太郎や荒木又右衛門の武勇談でも大石貞雄の忠臣藏でもなく、此の義經記が先入主となつてゐる。もとより後の三者は後世のものであるから、根本探求には爰に論ずる必要もない譯ではある。それで忠信が詢〻義經に説くところ讀み去り讀み来つて恐らくは常山の所謂涙を墮さない者は無いであらう。さうして吉野山ばかりでなく、忠信が吉野山で敵に勝ち、京都の元の堀川御所の明き屋で討死する場面は、高倉宮で長谷部信連の働きと勝るとも劣りはしないし、吉野山での献身的の働きは後の物語ではあるが大塔宮の身代になつた村上義光と伯仲の間であらうが、吾人の涙をそそる事は忠信の言説の方が多い。

以上は武士道の書義經記、勇気凜然たる義經、主思ひの忠信を言つて見たが、義經記後半に現はれた人間味の義經を言つて見よう。なるほど芝居でする勸進帳を見ても辨慶がシテで義經がワキに相違ないが、平家を亡ぼして後も勇気の有つた事は、土佐房が堀河を夜討した時でもわかる。晝の内に江田源三の口から土佐房の事を聞いて居ながら、其夜辨慶初め股肱の臣を宿所に歸し、物の用に立つ者としては喜三太一人、あとは女の靜だけを置いて、其の夜は殊に酩酊して居つた。それといふのは、何土佐房が七八十人の郎等共何事か仕出ださんや、と高をくつて居たからである。併し私が臆測するに、義經が都落ちの時一萬五千餘騎で四國に渡らうとし、大物浦で暴風に遭つて、手勢僅かで吉野山に入る事になるが、大物浦では項羽が最後の時のやうに、戰の罪にあらず天我を亡すなりの嘆があつたのでは無からうか、それで急に気弱になつたのではなからうかとも想へば思はれぬでもないが、吉野を落ちて奈良の勸修坊の所に厄介に成つて居るとき、但馬の阿闍梨和泉美作一辨の君などいふ悪僧六人を一手に斬る所などは勇気と言はんよりは寧ろ暴虎馮河的の一面がある。そして天我を亡すなりの歎きが無かつた事は、勸修坊が好意を以て義經に出家を勸めたが聞き入れなかつた。これは佛道者として敵も味方も無い、唯父祖の仇とは言ひ條、平家の數千萬の兵を西海に亡ぼした冥罪を消滅される爲と、賴朝の嫌疑を避ける爲の方便を計つて勸めたのであつたが、覇気未だ存して居る義經は諾はなかつた。それから北國落であるが、義經記を讀んだ二三の人の評に義經が餘りに女〻しいといふ。それが私の見解とは違ふ。なる程、三の口関でも、平泉寺でも、如意の渡でも辨慶が活躍して義經が引つ込んでゐるが、もと〳〵世を忍んで作り山伏とまでなつて人目を晦まして落ち行くのに、義經自ら大將づらしたり、家来を頤使するやうな擧動があつたならば、直に看破されるといふ事は女〻しいといふ評者も分り切つて居る事で論爭する必要も何もない。それで先達と見立てた辨慶に何も彼も一任するのが當前で、先達は又引つ込まずに活動するのも亦當前の事である。目的は唯〻虎口を逃れて奥州著一事であるから、義經初め從者いづれも踵で息する思ひで北陸を通過したのである。それであるから、流石の辨慶ですら、北の方が兒《ちご》の拵へで居るので平泉寺の長吏に兒は笛を吹くものと一曲を望まれ、北の方は琴をひくとも笛を吹けぬので、易き事と返事はしたなれども、當迷の餘り辨慶が両眼眞暗になるやうにぞ覺えける。とある。無茶坊辨慶とも云ひ度い辨慶でさへ、両眼眞暗になつたのは、平泉寺の長吏の一人二人恐ろしいのではないが、それ等を相手に斬伏せては鎌倉に早馬で注進され和田畠山等の追手がかかり、安穏に奥州著が望み得ないからである。直江の津で笈士がさわの時などは、よくも堪忍して佩刀を引つこ抜かなかつた、流石は名將義經であると歎稱こそすべき、女〻しいなどとは以ての外の愚評である。

それから高館での敵なき最後であるが、東の方の奴ばらが郎等に向ひて弓を引き矢を放さん事あるべからず、と對手に取つて不足なりとして、衣川合戰では從者八人に働かせて義經自らは戰の庭に面をちつとも出さずに北の方と二人の子供と從容こして自害した。此の時常陸房初め十一人の從者が朝から近所の山寺に參詣して合戰に立合はず其儘歸らずして失せにけりとあるが、これは自害したと見せかけた主君義經を擁して裏木戸から蝦夷に落ち延びた證據の一にも考察されるが、今は唯義經記に就いての論評であるから其處までは言ふまい。併し義經の自害に就いては判官贔屓不贔屓の的にはならない。何故といふと、成吉思汗が義經だといふ説には容易に左袒出来ないが、蝦夷渡りに就いては即座に否定されないからである。

これ等の事実に依つて、私は爐辺の昔がたりで知つた義經よりより以上に義經記を讀んでから判官贔屓になつた。判官贔屓の所以はこれで措いて、義經記其のものに就いて今少しく言つて見よう。義經記は好著であるが、拙作であるかを言ふと、平家物語・源平盛衰記・太平記等と比較して、兎に角文字の無い者の著作といふ事は窺はれる。まことに不束な文字の遣ひやうである。が併しそれだけに技巧を弄さず又虚飾なく、却つて餘韻と情趣の掬すべきものがある。古来から徳川の末期まで三人の偉文學者を選めと言はれたなら、私は源氏物語は一度素讀したのと須磨明石の篇あたりを抜き讀みにしただけで源語の徹底した面白味はまだ味はないが兎に角紫式部を三人の中に數へる。次に代表作は藩翰譜と讀史餘論位であるが、新井白石を擧げる、第三には曲亭馬琴である。それなのに好きな讀みものは何かと言はれると、前に言つた平語や盛衰記や太平記は一日も座右に缺くべからざるものであるが、好きなもの面白いものとなると第一に義經記と言ふのを躊躇しない。次には曾我物語か保元物語である。それは他の本と比較して此所はかうであるからだ、彼所はどうだからといふのではない。唯單に腹の蟲が好きだと言ふのででもあらうが、併し暫らく想つて見給へ、まだ十六才の源氏の御曹子牛若が、二月上旬馬蹄の水溜りが薄氷《うすらひ》する寒天に都を立つて、到るところ或は強盗を退治し、伊勢三郎のやうな豪の者を臣下とし、再び都に戻つては北白川の湛海を斬り、辨慶を心腹させるあたり鵯越の奇襲、牟礼高松の勇姿屋島壇の浦の弓流し八搜飛び等は無くとも何所にも刀尖閃閃鎧冑戛このひらめきも響もあるから、幼童子のあこがれの的は決して不足は無い筈ではないか。又色をも香をも知る本能子に採つては、千人の美人の中から一人選まれたと言はれる常盤の巻頭に其の片鱗だけより現はしてないが、一代の名妓靜が夫の仇頼朝を前に於いて舞ひながら惚気《のろけ》の和歌を詠じて関東武士の心膽を寒からしめるあたりから、久我大納言の姫君即ち義經の北の方が、足弱の足の血で愛発山《あくちやま》を色どるなど、古今東西何の書にか、かかる好景があるかと言ひ度い。

それから老成るに採つて賛歎すべきは、勸修房得業が義經に向つての諫言頼朝の前にての陳述畠山重忠が忠信の忠死の賞め言葉等々、数へあげるに暇ないが、墮涙の爲に文字曇りて讀みかねる箇所は靜が赤子を安達新三郎に取り去られる所よりも、北の方が亀割山で産の時、辨慶が暗夜谷間に水汲みに下りる所であらう。より以上に涙の多いのは、常山の言ふ通り吉野山に一人踏み止まる四郎兵衛忠信の詞を讀んでである。猶も數へると勇壯なのは堀川御所での喜三太の弓勢、勇壯と悲惨を兼ねたのは堀川の江口源三と、衣川の増尾の十郎兼房が最後である。後世贔屓される判官が生前にはもとより男からも女からも惚れられる人であつた。其の證據は言ふまでもなく、靜が八幡祠前での和歌で盡してゐるが、鈴木三郎重家が頼朝から甲斐の國を所領させられて居ながら遠く奥州に慕つて行き衣川で討死し、佐藤忠信は、北條義時の勢に一人囲まれて自害する時、「大の刀を抜いて引合をふつと切り、膝をつい立て居だけ高になり、刀を取り直し左の脇の下にがはと差し貫きて右の方の脇の下へするりと引き廻し、胸先に貫きて臍のもとまで掻き落し、中略、傷の口を摑みて引きあげ拳を握りて腹の中に入れて腹綿摑み出し、縁の上に散々に打ち散らし」云々とあつて、これでも死ねぬので、「命死にかねて世間の無常を観じて申けるは、中略、忠信如何なる身を持て身を殺すに死にかねたる業の程こそ悲しけれ、是も唯あまりに判官を戀ひしと思ひ奉る故に是迄命は長きかや、是ぞ判官の賜びたりし御佩刀、是を御形見に見て冥途も心易く行かんとて、抜いておきたりける太刀を取て先を口に含みて膝をおさへて立ち上り、手も放つてうつ伏しにかはと倒れけり、鍔は口に止まり、切手は鬢の髪を分けて後にするりとぞ通りける。惜しかりけるは命かな。文治二年正月六日の辰の刻に遂に人手に懸らずして生年二十八にて失せにけり」とある。誰か義經記を物足りぬかに見るか、忠信が最後の言葉の「是も唯あまりに判官を戀しと思ひ奉る故に」とあるやうに、誰か判官を戀はざらんや、贔屓せざらんやである。」と。

また、日本文學聯講中世篇に於て、島津久基氏は、「義經記と義經傳説の展開」と題して次の如く述べられて居る。

即ち、

「さてこの國民の義經愛好熱は、何故にかうして今日まで終始變らぬものがあるのでありませうか。それは前にも申しましたやうに、彼の性格と行動と境遇とに観まして、華やかな半面と、悲壮な半面とを併せ、豪快放膽な一面と、風雅温情の一面とを兼ね、純にして直、血と涙と、力と才とを具備した所謂花も実もある理想的典型的武人であり、しかもそれが正しからざる強き者に壓服せられる不合理は、実にして義ある者に共鳴し、正しくして弱き者に同情感奮せずんば止まざる、我が建國以来の任俠武勇の精神を昂揚せしめ来るが故であります。更に辨慶以下の従臣達が、この不遇の主將に對して落魄後は一層協力同心して、終始変らず忠誠を致し、艱苦死生を俱にするけなげさ、之をいつくしみ愛する主將の厚き情、まことに美しく淨き、日本武士道の発現であるからであります。即ち祖先英雄の崇拜、同時に國民的理想人への憧憬、弱者に對する人道的、武士道的任侠心、これら國民性乃至國民精神、或はその基礎はもつと強く深い人間性そのものに根ざすところ深きものあるが爲であります。これらの心情が、我が義經を中心にして結合せられた時に、生み出されました綜合的な心持、その内容は可なり纖細で複雜なところがありながら、そのはたらく方向と力とは極めて單純性を帶びてゐる熱情の結晶、之を表徴した判官贔屓といふ諺こそは、実に義經愛好熱の雄辨なる説明者であります。隨つてこの判官贔屓は同時に曾我贔屓でもあつたのであります。

我々國民の口耳に親しい数多くの義經傳説はこの判官贔屓の情から生れ出ました。その量に於てだけいへば、國文學の中で実に驚くべく多数を算してゐる義經文學は、この判官贔屓の念から創り出されました。判官贔屓は前に申したやうな精神に根ざしてをります上に、主人公が源平闘爭といふ大きな時代的背景の前に行動し、その行動が運命悲劇であると共に、その臣從に辨慶忠信の勇優義臣、妻妾に貞烈な靜御前、敵役に梶原、脇役に富樫といつた役々揃ひであります爲に、愈〻その判官贔屓の進展が的確に且興味多く理由づけられ、その極、骨肉に冷酷なるを憎む餘り、政治史上の人傑頼朝を忘れんとし、坂東武人中の風流人、平三景時をげぢ〳〵化してしまふに至つてゐるのであります。しかもこのやうな判官贔屓の情念の完成と、そして又同時に、無數の義經傳説及び義經文學の展開とは、いづれもそれ〴〵相互の間に密接な因果の關係を錯綜させてをるのであり、更によくよくこの判官贔屓の心持の兆して来る原據とその進展してゆく過程について點検し省察してみますと、所謂この判官贔屓の心情の対象となつてゐるものは、史的義經その人よりも、寧ろ傳説的義經、文學的義經の上に、より多く在ることを看のがすことが出来ないのであります。さうして國民乃至時代人の間に釀し出され遊動してゐたこの心持をつかんで、之を具体的に表現し小説化しようとした最初の試みが（或は少くとも最初の試みの一つが）、そして判官贔屓に愈〻はつきりした塑像を、信仰の標的を提供したものが、義經記であると申したいと思ひます。」と。

以上は、戦記文學に顕示せられたる我が國民性を極めて抽象的に、しかも大家諸氏の高説を常に傾聴しつゝ研究眺望して来たのであるが、これによつて聊かたりとも、我が戦記文學が我が國民性を自らに顕示せずにはおかない或意味での宝庫たることが明らかにされたと思ふ。

私は更に第二章に於て、戦記文學が果して如何に我が國民性を鍛鑄したかを考察したい。

註（1）現代語訳國文學全集第十八巻上（漆山又四郎氏）

第二章　戰記文學の我が國民性鍛鑄

第一節　直接的影響鍛鑄

戰記文學の直接的影響鍛鑄が如何に廣汎に亘り、如何に深長なものであつたかは、蓋し今にしては想像以上のものがあつたであらうと思ふ。

それは、戰記文學の一部を除き、その大部分は、眼からも耳からも國民各層に浸潤普及して行つたと思はれる。かくして、直接の影響のみでも可成りに目を瞠らしめるものがあるが、これが、後世文學に直接間接に影響し、更にこれらの文學が我が國民各層に滲透してその結果、戰記文學から云へば間接的にわが國民性を鍛鑄したことを思へば、その影響力の大いさは、恐らく日本文學の諸分野中、この文學分野ほどのものは或は見出し難いものではないかと思ふ。

われわれは、この間接的影響を第二節に於て考察したいのである。

今第一節に扱ふ直接的影響を數學的に明白ならしめることは、今日にしては聊か困難を感ずる所であるが、尚これらに關する挿話を拾つてこれを偲ぶよすがとしたい。

その一つとして、今吾々は太平記を見たい。魚澄惣五郎氏は、日本文學講座中室町篇に於ける「太平記研究」中に於て、「後世に於ける太平記の愛讀者」につき次の如く述べられてをる。

「以上縷々述べた如く太平記は軍事上の懸引やその実戰上の方略を詳細に批判し論議するのみならず、道徳的意識は極めて明瞭で、その述作せられた時代が足利氏の天下であるに拘はらず割合に御用學者的曲學阿世ぶりを發揮せないで正義に味方し、忌憚なく是を是とし、非を非として堂々と論じてゐる。此点は何としても後世に多くの讀者を得た所以であらねばならぬ。

林道春は二十二の青年で早くも慶長九年に太平記に於ける正成の條を漢文に飜訳して「楠正成傳」と題し正成の忠烈を賞讃してゐるが、これも太平記の與へた感化であらう。慶應十九年には遂に此書が上梓せられ元和・寛永・慶安・元禄と引續いて片假名本・平假名本などと各種のものが刊せられ、太平記といへば軍記物の代表であるかの如く思はれ、慶安太平記など云ふ類の書名さへ出て来た。

太平記は勿論その著者の生前にも讀まれてゐた。さきに引用した洞院公定の日録にも「近日翫天下、太平記……」の語があるのでも知られるし、古寫本から見ても、参考太平記によると、今川家本なるものは永正二年の奥書があつて、もと駿河今川氏親の藏本で、之を後には相模小田原の大立物北條早雲が書寫し、下野の足利學校でも學徒の嗜む所となつたらしい。毛利家本は長州の毛利輝元の藏本であり、北條家本は小田原の北條氏康の傳ふるもの、金勝院本はもと小西行長の家士のもので、後が藤清正の家臣に傳はつたものである。これらは何れも此書が如何に武家に愛讀せられたかを知らしむるので、吉川元春の如きも陣中にて太平記を寫したと傳へられてゐる。

かく太平記が愛讀せらるゝと共に之を批評し講じた書物も尠くない。中でも太平記賢愚抄二巻は天文十二年に出来、慶長十二年に活字版で刊行され、太平記鈔四十巻は慶長十五年頃の作と思はるゝもので、古活字版で出版せられてゐる。その他内閣文庫圖書目録によると、太平記全四十巻、太平記綱目六十巻、太平記綱要参考四十巻、太平記理盡抄十巻、太平記評判秘傳理盡抄四十巻、太平記年表四巻等其他多くの書目が掲げられてゐる。

江戸時代に於ける國民文化の普及は歴史物語の讀者圏を拡大したのみでなく、軍談講釈的に之を語るものが出来て来た。「太平記讀み」といふのがそれであるが、これは何時頃から始まつたものか明かでないが、元禄三年の刊行である人偏訓蒙圖彙には近頃太平記讀みが始まると云ふことが書いてある。西鶴の「小説伽羅女」には、大阪生玉社の境内で葭簀を張つて、見台を置いて扇子を開き太平讀を讀んでゐた有様が記されてゐる。かくて太平記は益〻普遍になつて来た。寛政の志士高山彦九郎は十三才で太平記を讀み感奮興起したと云はれ、彦九郎と竝んで宗教的熱情を以て勤王思想を宣傳した志士蒲生君平も十三才で太平記を讀み深く感激したと云はれる。幕末の志士眞木保臣も幼年の時繪本太平記を讀んで發奮したと傳へられてゐるので、江戸時代に於ける太平記の愛讀熱は、全くその書が正義を高潮した点に存する。而して足利末期の讀者は主として軍學書の意味に於いて重んぜられたかのやうである。

何れにしても本書は後世非常な讀者を有したもので、もとよりその文章が華麗であり、遒勁であり、而も和漢混和の時流に投じた能文であつたからで、到底平家物語の如き豊かな詩美に缺けて居るとしても、何としても所謂軍記物の一大傑作に推さねばなるまいと思ふ。」と。

第二節　間接的影響鍛鑄

その一、各作品の後世文學に及ぼせる影響

以下は、主として、新講大日本史第十五巻日本文學史中の、「戰記文學」に據る。この種の影響に関しては、同じく高木武博士に「日本文學大辭典」中のそれがある。今は時の新しい前者によつて傾聴したい。

Ａ　保元物語

保元物語は、戦記文學の代表作品として、廣く世間に愛讀せられたので、後代文學に及ぼした影響は相當に著しい。戯曲方面では、謠曲に「鵜の丸」淨瑠璃に「崇徳院讃岐傳記」「鎭西八郎射往来」「鎭西八郎唐土船」「鎌田兵衛名所盃」小説の方面では、お伽草子類に、「立烏帽子」黄表紙に「爲朝島廻」「爲朝飛島廻」「爲朝一代記」合巻に「爲朝一代記」「淸盛榮華の嚴島」「石橋山義兵白旗」軍記実録讀本類に「保元平治闘爭圖繪」「義經勳功記」「木曾將軍義仲記」「雨月物語」「椿説弓張月」滑稽本に「馬鹿手本忠臣藏」等がある。なほ、本書のどういふ箇所が後代文學に最も多く採られてゐるかといふことを調べて見ると、「義朝白河殿夜討の事」が最も多く、次いで「爲朝生捕遠流の事」「爲朝鬼島渡並に最後の事」等が最も多く「新院御經沈附崩御の事」「新院讃岐遷幸の事」「新院爲義を召す事」等が多い。

Ｂ　平治物語

平治物語も興趣に富んで、廣く愛讀せられたので、後代文學に及ぼした影響も相当に大きい。戯曲方面では、謠曲に「朝長」「悪源太」「兵揃」「石山義衡」「鎌田」「材木義平」舞の本に「伊吹」「鎌田」「伏見常磐」「常磐問答」淨瑠璃に「源氏烏帽子折」「伏見常磐昔物語」「悪源太平治合戰」「賴朝三嶋詣」「鎌田兵衛名所盃」「孕常磐」「待賢門夜軍」小説類では、浮世草子類に「義經倭軍談」「略平家都遷」「優源平歌袋」「風流誂《やさ》平家」草雙紙の青本に「義經一代記」黄表紙に「源平布引瀧」「実盛一代記」合巻に「伏見常磐」「石橋山義兵白旗」「賴朝一代記」「淸盛榮華の嚴島」「源平武者かゞみ」軍記実録及び讀本類に「義經勳功記」「義經磐山傳」「敦盛源平桃」「木曾將軍義仲記」等がある。尚後代文學に題材として取られてゐる箇所についていへば、「義朝野間下向並に忠致心替りの事」

「待賢門軍の事」「常磐六波羅を出づる事」「頼朝生捕らるゝ事」「悪源源太せらるゝ事」「牛若奥州下向の事」等である。

C　平家物語

平家物語は、戰記物語の白眉として、又、國民文學の代表的名作として、廣く世間に愛讀せられた上、語り物として琵琶に合せて語られ、その普及が一層助成せられたから、この物語に對する國民の感銘愛着は白熱の域に入つた。隨つて、これが後代文學に及ぼした影響の如きも、頗る多大なるものがあり、この物語から取材してゐる作品だけでも、優に數百種に上るであらう。後出の戰記物語たる「太平記」「義經記」「曾我物語」などが、平家物語から系統を引いて、一生面を開いたものであることはいふまでもなく、「明德記」「結城戰場物語」「大塔物語」「石山軍記」「難波戰記」以下室町時代から江戸時代へかけて續出した幾多の軍記類も、平家物語の流を汲んでゐる。

尚、一般の文學作品に及ぼせる影響に就いていへば、戲曲方面に於ては、謠曲に「兼平」「千手」「頼政」「実盛」「俊寛」「八島」「敦盛」「攝待」「大原御幸」「紅葉」「横笛」等、約七十餘番あり。狂言に「ひめ糊」「那須與一」「横座」「通圓」など散見してゐるに過ぎないが、舞の本には「硫黄島」「木曾願書」「腰越」「四國落」「築島」「堀川夜討」「八島」など十一番ばかりあり、淨瑠璃には「佐々木大鑑」「頼朝伊豆日記」「平家女護島」「凱陣八島」「門出八島」「御所櫻堀川夜討」「那須與一西海硯」「弓勢智勇湊」「新板腰越狀」「源三位頼政」「大政入道兵庫岬」「淸和源氏十五段」「番場忠太紅梅箙」「津戸三郎」「出世景淸」「吉野忠信」「義經千本櫻」等五十餘曲がある。小説方面では、お伽草子に「八島尼公物語」「横笛草紙」「六代御前物語」等、浮世草子では「寬濶平家物語」「義經風流鑑」「風流今平家」「略平家都遷」「忠盛祇園櫻」「風流西海硯」「互先碁盤忠信」等十餘種、靑本では「源家武功記」「源平合戰記」「義經八島軍談」「壇浦二人教經」「義經一代記」「実盛一代記」等十種ばかり、黃表紙では「畫

解平家物語」「頼政名歌芝」「木曾義仲一代記」「源平布引瀧」等十餘種、合卷では「淸盛一代記」「昔語兵庫築島」「袷鏡女俊寛」「源平武者鑑」「義仲旭軍配」「義經一代記」「義經千本櫻」等三十餘種、軍記実錄讀本類では、「俊寛僧都島物語」「義經勲功記」「義經磐石傳」「花実義經記」「靑葉笛」「義經義」「頼朝鎌倉実記」等二十餘種ある。

又、平家物語のどういふ事項が最も多く後代文學に影響してゐるかといふと、「宇治川」「木曾最後」「那覇與一」「嗣信最期」「土佐房切られ」「橋合戰」「敦盛最期」「壇浦合戰」「判官都落」「二度駈」等である。

D　源平盛衰記

本書は、平家物語を増補改修したものであるから、この影響の如きも、両者共通で、どちらから受けた影響か分らないやうな事が頗る多い。戯曲的作品に就いて見るに、謡曲に於て「箙」「眞田」「筐敦盛」「戀塚」「太刀堀」「空隠《うつぼかくれ》」「現在箙」「有る内侍」「七騎落」等十數番あるが、狂言では滑稽諧謔を主とするところからか、「七騎落」「文藏」など二三番あるに過ぎない。

舞の本でも「敦盛」「馬ぞろへ」「夢合」など、三四番見えてゐるだけである。然るに淨瑠璃になると、「頼朝七騎落」「源氏冷泉節」「菖蒲前操弦」「伊豆院宣源氏館」「一谷娵軍記」「渡辺橋供養」「石橋鎧襲」「源平布引瀧」「頼政扇子芝」「戀塚物語」「壽永忠度」等二十數篇に及んでゐる。小説作品に就いていへば、お伽草子に「嚴島本地」「戀塚物語」「猿源氏草紙」等數篇、浮世草子に「風流宇治頼政」「宇治川藤戸魁對盃」「壇浦女見臺」等数篇、草雙紙類の黒本で、「戀濃弓張月」「戀塚物語」「菖蒲前現左鵺」「箙梅接穗軍記」等數篇、靑本に「源平合戰記」「戀塚物語」「高尾文覚」等数篇、黄表紙で「石橋山合戰」「文覚勧進帳」「頼朝七騎落」「一谷娵軍記」「頼朝一代記」「実盛一代記」「鳴付四人與市」等十數篇、合卷で「源太梅ケ枝物語」、「繪本石橋山」「熊谷武功軍扇」「石橋山義兵白旗」「頼朝一代記」「盛衰記摺鉢無間」等十數篇、軍記実錄及び讀本で「靑葉笛」「頼豪阿闍梨怪鼠傳」「頼朝三代記」

「袈裟物語」「御伽平家」「敦盛源平桃」等十數篇等ある。なほ、源平盛衰記の内容事項について見ると、「石橋合戦の事」「兵衛佐殿隠臥木附梶原助佐殿事」「文覺発心事」「八收夜討事」「佐殿漕会三浦事」「熊谷送敦盛首並返状事」等の影響が最も著しい。

E　太平記

太平記は平家物語と共に、最も廣く國民の間に愛讀せられたのであるから、これが後代文學に及ぼした影響も頗る著しい。

戯曲方面に就いていへば、謠曲で「白髭」「鉢木」「藤栄」「武木」「義興」「幽靈楠」「大森彦七」「湊川」「檀風」等約四十番、舞の本で「新曲」淨瑠璃で「相模入道千疋犬」「吉野都女楠」「兼好法師物見車」「碁盤太平記」「假名手本忠臣藏」「蘭奢待新田系圖」「太平記忠臣講釈」「神靈矢口渡」「國姓爺合戰」等三十餘篇、歌舞伎脚本に「出世太平記」「女橘天下太平記」「婦楠覩粧鑑」「新舞臺巖楠」「求女塚身替新田」「吉野拾遺名歌譽」等十餘篇など太平記から題材を採つてゐるだけでなく、中には、文章までも、太平記の文をそのまゝ襲用してゐるものもある。小説の方面では、お伽草子に「俵藤太物語」「中書王物語」「李娃物語」「鶴の草子」「墨染櫻」「蓬莱物語」「はもち中將」等十餘篇、假名草子に「薄雪物語」「小倉物語」「花の名残」「山路の露」等數篇、浮世草子、殊に八文字屋本に「義貞艶軍記」「風流菊水卷」「北條時頼記」「曦太平記」「楠軍法鎧櫻」「忠臣太平記」「お伽太平記」「國姓爺明朝太平記」等十數篇、草雙紙類では黑本に「義興矢口渡」「繪本太平記」等數篇、青本に「大中黑本種」「太平記忠臣講釈」「秀郷龍宮巡」等數篇、黃表紙に「楠無益委記《すくだいき》」「大塔宮物語」「新例矢口渡」「化物世継鉢木」「楠三代記」「繪本尊氏勳功記」「太平記萬八講釈」「俠太平記向鉢卷」等二十數篇、合卷に「初時雨矢口渡」「嗚呼忠臣楠子の由来」「假名手本忠臣藏」「小夜衣」「惠花雨鉢木」「菊壽童」「雪貢身替鉢木」等二十數篇、軍記実録及び讀本類に「楠軍

物語」「楠廷尉秘鑑」「楠正行戰功圖繪」「楠公記」「青砥藤綱模稜案」「南朝太平記」「忠臣水滸傳」「本朝醉菩提」「雙蝶記」「南總里見八犬傳」「椿説弓張月」「俊寛僧都島物語」等三十數篇、滑稽本に「馬鹿手本忠臣藏」「太平記」「忠臣藏偏癡気論」等數篇ある。

尚、太平記の内容事項についていふと、「鹽冶判官讒死の事」「北野通夜物語の事」「正成兄弟討死の事」「赤坂合戰の事」「正成兵庫下向の事」「新田義興自害の事」「大塔宮熊野落の事」「千劔破城軍の事」「赤坂城軍の事」「鎌倉合戰の事」等の影響が最も著しい。

また、後藤円治氏はその著「太平記の研究」に於て次の如く述べて居られる。即ち、

「太平記が後代文學に及ぼした影響感化は早くも室町時代の作品の上に現はれてゐるが、近世の戯曲小説に到っては、この戰記物語の籬下に寄るものが尠少でない。その代表的なものは曲亭馬琴であつて、馬琴の作品は種々の点で太平記に負ふ所があるのである。歴史的英雄の外傳としての里見八犬傳、椿説弓張月、俊寛僧都物語、関卷驚奇侠客傳、頼豪阿闍梨怪鼠傳、近世説美少年録、復讐譚を題材とせる作品としての石言遺響、復讐奇談稚枝鳩、雲妙間雨夜月、再榮花川譚、巷談物としての松染情史秋七草、絲櫻春蝶奇縁、常夏草紙、占夢南柯後記、阿旬殿兵衛実々記、傳説物其他としての勸善常世物語・四天王剿盗異録、新累解脱物語、標注園の雪・隅田川梅柳新書、青砥藤綱模稜案、昔語質屋庫などが即ち是れである。これ等の作は或は太平記の用語文章を取り、或は筋書趣向を模し、進んで思想内容までも私淑してゐるのであつて、太平記の感化を蒙つた形跡が顕著である。

さらば何故にそれ程まで太平記の要素が馬琴に流込んだのであるかといふに、この問題については既に第一章でも多少觸れたのであるが、馬琴が太平記の愛好者であつた事実が第一にその原因として数へられねばならぬ。また馬琴に対してのみでなく、太平記が當時の讀者層に根強い勢力を有し、時代的な流行書の一つであつたことも、陰に陽にこの傾向を助長せしめたに違ひない。しかしそれと同時に太平記の近世的な性質が著しく讀本の本質に一致

したためであるとも思はれる。即ち武家社会を寫し知的道徳的であり、超自然の要素に富み、文章修辞を重要視するのが馬琴の特色であるが、それは太平記に於て既に求め得られることである。複雑な筋書、趣向の変化に対する興味は讀本の狙ひ所であつた。さういふ点からも、太平記は恰好の手本であつたのである。この意味に於て、馬琴は太平記によつて、自己の作の一模型を発見したと云つても過言ではない。」と。

F　義經記

九郎判官義經の經歴が數奇にして劇的であり、而もその末路が不遇悲惨であつて、國民の同情が厚かつただけに、これを題材とした後世の文學は數百を以て數へられるくらゐで、頗る夥しい。そして、この中には、平家物語や源平盛衰記などの方面から取材したものが甚だ多いが、義經記から題材を取つたものも百数十種ばかりもある。

戯曲的作品では、謠曲に「熊坂」「橋辨慶」「安宅」「正尊」「鶴岡」「攝侍」「錦戸」「高館」「忠信」「鶴岡」「吉野靜」その他、舞の本に、「泉が城」「清重」「笈探し」「富樫」「靜」「鞍馬寺」「烏帽子折」「秀衡人」「腰越」「四國落」「義經都落」その他、淨瑠璃に「義經千本櫻」「高館」「吹上秀衡人」「判官吉野合戰」「熊坂長はん」「新高館」「牛若千人切」その他、小説作品では、お伽草紙類に「秀衡人」「鬼一法眼」「皆鶴」「御曹子島渡」「辨慶物語」「橋辨慶」その他、假名草子に「義經記」「判官物語」「十二段草子」その他、浮世草子、殊に八文字屋本に「義經風流鑑」「義經倭軍談」「花実義經記」「鬼一法眼虎の卷」「風流西海硯」その他、草雙紙類では、黑本に「義經一代記」「義經千本櫻」その他、青本に「義經堀河夜討」「義經一代記」「義經千本櫻」「義經新高館」「辨慶の誕生」その他、黃表紙で、「熊坂傳記」「鞍馬天狗三略の卷」「源平軍物語」「義經一代記」その他、合卷に「勇壯義經錄」「義經譽軍扇」「義經越路の松」「源平武者鑑」「義經千本櫻」「義經一代記」その他、軍記実錄讀本類に「新編熊坂物語」「義經勲功圖繪」「義經磐石傳」「義經勲功記」その他、又後代文學に採用せられてゐる「義經記」の内容項目についていふと、「牛若生立」「吉野落」「奥州落」「衣川合戦義經終焉」などが最も多いのである。

又、現代語訳國文學全集第十八巻上に於て、漆山又四郎氏は「義經記の文學及び音樂界に及ぼせる影響」として、次の如く述べてをられる。即ち、

「これは曾我物語と等しく義經何々曾我何々と謠曲・淨瑠璃・戯曲・小説等あらゆる方面に飜案され敷衍されて居つて小説の内でも各種の八文字屋本・読本・青本等にまで其の名目を見受けるところで無數の書目を今爰に列擧するまでも無く小説年表を見ても知り得るから呶じない事として、兎に角其の影響は周知の事である。爰に言つて見たい事は、平家物語は平家琵琶といふ名目さへあり、太平記は太平記讀みと云ふものがあつたが如く義經記は物語りと云ふ名稱で其昔存在して居つた事は耳新らしい事であると思ふ。それはどういふ形式であつたかは能くは知らないが、訳者が六七才の時聞いたので判然しないが、其の語人《かたりて》を云ふと、黑紋付の羽織を著て持物は白扇一本、突如として人の家に入り来つて膝を崩さずにきちんと座り、いきなり物語り語つて候と云ふ前置きで、さる程に義經はとか、さる程に辨慶はとか語るのであつた。それが義經記其のものの文句で、尤も幼少の時の見聞であるから何處まで義經記の本文と一致して居るかゐないかは知る筈もない。そして平家とは違ひ、唯嚴格な態度でよどみなく朗讀するといふ程度のものであつた。それを凡そ十箇度位は聞いて居る。併し十箇度共同一人で、外の變はつた者のも聞いて見たかつた。これは出羽の米澤地方での事であるが、今義經記を検討するに就いて思ひ浮くが、そして拍子を取るのは扇で膝を敲位のものであつた。無論机でも出して遣れば机を敲いたのに相違ない。そして何がしかの鳥目を貰つて夫だけの語り物をして歸り、又鄰家を數へるのであつた。併し事は随筆にでもして置く價値があるとは思つて居たが、今此の仕事で初めて筆にして見た。」と。

G　曾我物語

曾我兄弟の境涯が変化に富んで薄運であり、その心情が至孝至純にして健気であり、その義擧が多大なる感激の機運を捲起したといふやうな事情から、曾我兄弟の事蹟を主材とした本書は広く國民の間に愛讀せられたので、それが文學方面に及ぼした影響といふのも、頗る多大なるものがある。

戯曲の方面についていへば、舞の本「元服曾我」「小袖曾我」「和田洒落」「夜討曾我」「切兼曾我」「十番切」「劔讃嘆」や謠曲の「元服曾我」「小曾曾我」「禪師曾我」「調伏曾我」「夜討曾我」「切兼曾我」「伏木曾我」「十番切」「赤澤曾我」「追懸曾我」等は、曾我物調の内容と同材又は類材のものであつて、中には、明かに曾我物語によつて作られた形迹のあらはなものも少くない。古淨瑠璃の「小袖曾我」「夜討曾我」「和田酒盛」「禪師曾我」「世継曾我」「曾我十番切」など、曾我物語が少からずあり、その中には舞の本や謠曲などに據つたものもあるけれども、曾我物語から系統を引いてゐることは明かである。淨瑠璃では、「世継曾我」「団扇曾我」「百日曾我」「曾我昔見臺」「根元曾我」「曾我会稽山」「御前曾我盗富士」「赤澤山伊東傳記」「曾我錦九帳」「記錄曾我」「曾我三郎經」「富貴曾我」等をはじめ、曾我物は頗る多い。歌舞伎脚本の方になると、曾我物の盛行につれ、その影響は一層甚大なるものがあり、その数は千種にも達するであらうが、今、目ぼしいものを少し掲げて見ると、「松竹梅根元曾我」「大屋形世継曾我」「曾我蓬莱山」「曾我大幅帳」「男文字曾我物語」「江戸紫根元曾我」「江戸春名所曾我」「初春御壽曾我」「惠方曾我年年暦」「江戸名所縁曾我」「春色江戸繪曾我」「御慶曾我扇」などがある。

小説方面では、浮世草子殊に八文字屋本に、「寛濶曾我」「元祿曾我物語」「櫻曾我女時宗」「當流曾我高名松」「女曾我兄弟鑑」「本朝会稽山」等影響が著しい。

草雙紙類では、赤本にも多少の影響が見えるが、黑本に「對面曾我赤木柄」「妖物十番切」「曾我矢根」「曾我一代記」、青本に「風流曾我」「かへんざき曾我物語」「曾我一代記」「幼曾我」黄表紙に「昔咄曾我物語」「曾我十番切」「化物曾我物語」「復讐の王言曾我物語」「曾我物語虚実録」「曾我昔狂言」合巻に「扇富士曾我物語」「夜討曾我人形製」「繪本曾我物語」「色表紙曾我物語」「小袖曾我薊色縫」讀本実錄類に「繪本曾我物語」「曾我勲功記」「曾我物語」「新撰曾我記」「隱顕曾我物語」など、作品が発達するにつれ、曾我物の採收はますく盛となり、その内容も拡大進展してゐる。

二　言靈信仰の回想と光華並びにその護持

ひたすらに命をかけてゆきたまふ白光道よしづかにひかれ

――永本良平――

序論　探究から思慕へ

今私は、既に立秋もすぎた八月十日のうすら寒いゆふぐれの中にゐる。さうして、草深い故山の石油ランプのともしびをたよりに、思ひめぐらせばめぐらすだけ、心の熱くなるのを覺える、「言靈」への探求から思慕への道を書き綴らうとする。

思へば、このむせぶばかりに懷かしい學びの道に、安心立命の念願を立てゝ、もはや四星霜を閲した。その間、或はひたむきに古代に思ひを潛め、或は一時現代へ眼を轉じ、或はひたすらに文學に沒頭し、或は又一意語學に專念した。けれども、私の魂は終始動搖して、胸裡洵に落寞たるものが漂うて止まなかつた。只わけもなく明日への希望は熾烈に燃えながら、その希望の礎になるべき眞實の灯——神の灯——は胸裡に微塵もともらなかつた。

しかしながら、すべては恩賴（みたまのふゆ）である。この落寞の心魂にも、師の無限の恩賴により、「言靈」のことばが、「神の灯」として閃く日が訪れた。あゝ何と云ふめぐみぞ。今こそ、「神の灯」は私の胸にもあかあかと切ないまでにくれなゐの光焰をあげるであらう。

今、天壤と共に、時光の限り、日本の血脈と土壤と常住一如にある神秘清純の「言靈信仰」の傳統を回想探求する喜びは敬虔なる畏怖の念さへも呼ばずにはゐない。

思ひめぐらせば、「言靈」なる言語意識は、意識と云ふよりも、信仰であり、否淨火であり、神の立場より云へば、神性絶對の表明であり、開顯である。

こゝに、「言語」の始源的形態を次元を高くして思ふならば、先づ「言」の重視を發見する。「言」とは、實に天上的なるものと地上的なるものとを形而上下に亘って、血脈的にむすぶものであらう。それは、神性絶對の表明であり開顕であるゆゑ、天上的立場に於ても、地上的立場に於ても、即ち神と人、内と外、靈威と人間との間に於ても、共に考へられうることではあるが、その何れに立つも、そこに八重雲のやうに湧き立つ不可思議をあかすことは出來ぬ。不可思議とは、地上的立場よりする天上的立場の「絶對」の陰翳であつた。さうして、地上的立場から天上的立場に對する時、この「言」は、常に何等かの開眼的意義を持つものであり、神の恩頼の灯を呼ぶものであつた。

かゝる間の壯大優美なる消息が、今私達の呼ぶ神と神を祭る者との文學である。神話であり、祝詞であり、古傳である。長田新博士も云はれる如く、「言語」には「前概念的な世界像が神話的に生きてゐる。(1)」のである。

「古事記」に「天の浮橋」とあるのは、一應本文を離れ、象徴的立場に立って云へば、「言語」のことである。これについては、近世の國學者富士谷御杖も「橋はすべて絶たる所を通ずる料の物也されば天神と國人との間を通ずる場所をば天浮橋とはいふ也浮とは天へも地へもよりかたまらでおはします二神の御身をみせて浮橋とは名づけたとへたる也これをば實に天より地にかよふ橋とみてむかしは天と地との間近かりしかなど宣長のいひしはかへすぐ〱我國の言語のつかひやうをしらざるが故也これすべてたとへなり即此天浮橋といふは身を隱す場所をたとふる也たとへば先祖の心を子孫につたふる間に立ち又主人と國民との間にたちてかりにも私意をまじへぬ場所をばみな引すべてたとへたるもの也されば二神はじめより天神の御心を主としてかりにも私地をすゑたまはざりしことみるべしかゝる事言語にのぶればくだ〱しく成てしかもその修理みだるべし比喩をもていへば簡にしてしかもその理蘊レ蘊たりわが國の言を用る事神妙なる事知べし。」（國民精神文化研究所刊行富士谷御杖集第一巻古事記燈）と云つてゐる。（「ことのは」「はし」「はしら」はやはり、天上地上を結びつぐものである。）この「天の浮橋」とは、考へれば考へるだけ、啓示深いことばである。「言」とは、始源の日に、實にかゝる無限にうるはしく、無上に飄々たる「天の浮橋」的意義を擔ふものであつた。「天の」と云ひ「浮」と云ひ更に「橋」と云ふ。あゝこのすぐれたる「言」の象徴的開顕を見よ。かゝる「言」（天の浮橋）から、國土生成が始まることを思はねばならぬ。神々のいとなみ（修理固成）の源（場としての）とさへなつてゐることを、まさやかに見なければならぬ。こゝに「太初にロゴスありき。」の意義も宿つて來る。

要するに、「言」の始源的形態は、天上と地上とを血脈的に相結ぶ「天の浮橋」的なるものである。それは、もと、最も天上的なるものとして考へられる。天上的なるものは、哲學的に様々に考へられるであらうが、その最究極に立つものは神である。この最究極絶對の神は、また天上地上をも包攝する靈威である。こゝから、「言語」の「神授説」「象徴説」が發現してくる。

長田博士も「一般に言語とは感覺的意圖に依つて超感覺的なものを表はすもの、語を換へて言へば言語は直接なる一個の自然力として精神的な生命の中から發出したものであり、且つ不斷にそのやうなものとして生成する。故に言語の本質は言靈であると言つてもいいであらう。(2)」と云つてをられる。

次に、地上的立場に立つて、「語」の形態を見れば、それは、「言」の現實的發現であり、人と人とを結ぶものとして、所謂「かたる」として考へられる。「かたる」は、もはや地上的立場にあるもののことである。

「世に語り傳ふる事、まことはあいなきにや、多くは皆虚言なり。……とにもかくにも、そらごと多き世なり。」

（徒然草、73）

この「そらごと」としての立場に、天上的なるものが閃く時、それは所謂「物語」となる。それは、天上的形態に對する憧憬思慕が強烈であるだけ、地上的現實としては、多く虚構を要する。これ、「そらごと」たる所以である。この天上的形態への憧憬思慕並びに「かたる」虚構の故に、「物語」は「小説」とは嚴別さるべきである。

ともあれ、「もの」とは、「ものゝべのものが、靈魂であることには疑問はない。更にわれ〳〵が云はうとする物語――叙事詩――なる語が、やはり靈魂の感染であるらしい。」（折口信夫氏岩波講座日本文學、日本文學の發生）のであり、限定して云へば、地上的なものに包攝された天上的なもの、即ち一例を示せば、靈物、鬼靈、魂魄の系列、或は、「めづらかなるものであり、あやしきものであり、あはれなるものである。」（新屋敷幸繁氏 峯岸義秋氏共著、日本文學概説）

かゝる立場から、「物語」は、天上的構想、浪漫的色彩になる豐醇な「物語文學」として榮えた。謠曲に於ける「神、佛、幻」もまたかゝるものとして理解される。さうして、かゝるものから、言語観が低次元に立てば立つほど、「言語」は、始源の日の靈威に溢れた天上的形態を忘却されるのである。即ち、「言語」の「因緣観」「固定観」「資格観」「氣圍観」「玩具観」「音響観」「道具観」（石黑魯平氏著、言語観史論）等はこのことを語るものである。

之を要するに、初發始源の日の天上地上を血脈的に相結ぶ天の浮橋的開眼的意義を擔ふ「言語」（精靈生命）に、「おどろき」（畏敬驚異）を以て額づいたすがた、これが言靈信仰の源のすがたではなかつたであらうか。勿論「考へられるすがた」である。

而して、かゝる言靈信仰の神秘清純の傳統（かゝる傳統は斬れば鮮血が迸る）は、土壤的に血脈的に連綿一貫わがやまとのくにに、やまとびとの胸に生きてきた。

しかも、かゝる「言靈信仰」の探求と、かゝる「言靈信仰」への胸灼けつくばかりの熱誠を捧げての回想は、諸説の如く、「かゝる信仰は、昔日に於て存在した。しかしそれは過去の或時期にもはや消滅してゐる。」と言ふ如き、そらぞらしい論斷は斷じて許さない。

もつとまさやかにみなければならぬ。探求とは冷淡な科學的實證であつてはならぬ。それは道の悟りを求めるものであり、「神の灯」を招じようとするものである。

端的に、私の探求のひらめきつゝつきあてたものを述べよう。それは、紛れもなく、この國に「さきはひたすくる」ものとしてあるやまとうた（和歌――短歌）の存在である。否、存在と云ふよりも生成である。その生成的奇蹟である。

和歌の生成的奇蹟、それは神ながらの天上的構想の然らしむるものであり、洵に心高き發想に基づくものである。これを「言靈」と云はずして何をか「言靈」と呼ぶ。

「言靈は、一語々々に精靈が潜んでゐることだとする人が多い。だが、此は誤解だ。ことばとことのはとが對立してゐる如く、やはり、こととことばとでは違ふ。ことと云ふことは、一つのある連續した唱へ言呪詞系統の敍事詩と云ふことだ。かたると對照的になつてゐる方面のあるとなふといふ呪詞に關した用語も、實は徇《シタガ》へる義だ。言靈は呪詞の中に潜んでゐる精靈の、呪詞の唱へられる事によつて、目を覺まして活動するものである。呪詞が斷片化した諺にも、又敍事詩の一部分なる「歌」にも、言靈が入つてゐると信じたのである。つまり、完結した意味をもつた文章でなければ、言靈はないことになる。」（折口信夫氏前掲書）

かゝる和歌への思慕が、今更に私の胸裡に湧きあがつた。これに驀直に沒入することこそ、眞に神ながら連綿一貫の清淨な言靈傳統を今の現に立てることではないのか。

私は今や安心立命は足下の思慕にあることを自覺する。

以上は私の序論であると共に結論ともなつた。

註（1）（2）岩波講座、國語教育、國語教育の根本問題

本　論

第一章　言靈信仰の回想

(1)　諸　説

(一)　記念抄

1、神代より言ひ傳て來らく虛みつ倭の國は皇神の嚴しき國言靈の幸はふ國と語り繼ぎ言ひ継がひけり今の世の人もことごと目の前に見たり知りたり（巻五、山上憶良の好去好來歌、八九四）

2、事靈の八十の衢に夕占問ふ占正に告れ妹にあはむ由（巻十一、寄物陳思、二五〇六）

3、敷島の倭の國は事靈の佐くる國ぞ眞福くありこそ（巻十三、柿本朝臣人麻呂歌集歌、三二五四）

4、大御世を萬代祈り佛にも神にも申上ぐる事の詞は此の國の本つ詞に逐ひ倚りて唐の詞を假らず書き記す博士雇はず此の國の云ひ傳ふらく日の本の倭の國は言玉の福《福?》はふ國とぞ古語に流《つた》へ來れる神語に傳へ來れる（續後紀、興福寺の大法師等仁明天皇の寶算四十を賀して奉れる長歌）

5、祝ひつることだまならば百年の後もつきせぬ月をこそみめ（玉葉集、延喜御製、大鏡にも同じ御製を載す）

6、よろづよ照らす日のもとの國、ことだまを保つに叶へり。（加茂保憲女集）

7、垂乳根の神の賜ひし言靈は千世迄もまれ年も限らず（清輔朝臣集、寄レ神祝）

㈡　近世の諸説

1　**釋契沖**（寛永一七――元祿一四）

契沖の言靈観は、萬葉集代匠記（精撰本）の總釋雜説の最後に述べられてゐる。その立場は、和漢梵三學の底知れぬ博識による藝術哲學的言語學的見地である。從って㈠に記念抄として擧げた1・3の例歌を擧示して、「此國ハ殊ニ言ヲ貴ブコト知ラレタリ」と云ひ、漢唐天竺の諸書諸經からの豐富な引用をなし、「サレバ聲字ノ下ニ必ラズ實相アリ、聲字分明ニシテ實相顕ル」と云ひ、最後に西行の歌等の引用をしてのち、「此等ノ意ニ依テ文字語言本ヨリ浮虛ナラヌ事ヲ云ハムトスレバ餘リニ成テ見ル人ニ厭ハレヌベシ。」と結んでゐる。

契沖の立場は、「言の尊重」「聲字と實相との相關關係」「文字語言の浮虛ならぬこと」の系列を和漢梵三學の立場から究明實證しようとしてゐるものと思はれる。それは「言靈信仰」に即して云へば、「言靈」と呼ばれる所以を客観的に言語哲學的手法の下に究明しようと意圖したものであつて、その方法は彼以前に於ては發見出來ぬ卓見と云はねばならぬ。しかしながら、「信仰」と云ふことの考へは、こゝではあまり明白に表明されてをらない。これは立場の相違に歸すべき點ではあるが、この「信仰」は餘程重視しなければならぬものである。それは、客観的言語學的對象としての「言」を重視し、その中に尚、人智をこえる神魂精靈を見出して來ると云ふ（究極に於て「浮虚ナラヌコト」とは之を指してゐよう）ことであらうが、信仰は態度の問題、從つて生活態度の中心的内實として、更にその生活を規定し實踐形態に導くものであるゆゑ、決して疎遠に取扱つてはすまされぬ。寧ろ、私は、やまとのくにのやまとびとの血脈的言靈傳統としては、この態度的問題にかゝる「信仰」の問題が重要視されねばならぬと考へる。私達子孫は、父祖のまさやかに信じ歩んだ萬古昭々たる道を、やはり信じきつて歩めばよいのである。これは「道」の基底原理である。報本反始の最もうるはしい發現である。

けれども、近世科學的實證的學問の先驅者としての契沖に、この両者を求めることは、やはり無理である。たゞ私達は、その業績に於て、「言靈信仰」のことに「言靈」に關しての客観的裏づけを、ひとりこの國の傳統的文學に於てのみならず、ひとしく東洋に先進文化國として榮えて來たゆかりある漢唐天竺三國の諸説を引用し之を傍證したことを多としなければならぬ。

さうして、その所説は御杖のそれと共に、近世言靈観の二大金字塔たるを失はぬ。

2　賀茂眞淵（元祿一〇——明和六）

眞淵は、その著語意考に於て、「五十音」の靈妙なること、その比を諸外國に見ぬこと等を述べ、「かゝれば此いつらの音をあつめなせしもうつしき人草ならふ國つ代のわざならず、いともたふとき神ならふ代に天御孫命の御代の千五百代にもかはらぬことばの國のもとをしめさへ賜ひしものになもある。故いにしへより言靈の幸はふ國となふなり。」と云つてゐる。

言語神授説に打込んでゐる信念のほどは充分窺はれるが、しかし、これのみでは「言靈信仰」をまともに説いたものではない。

因みに云へば、契沖に於ては、代匠記今井似閑の聞書には「〽言靈とは、言にたましひのあるといふがごとし、いはへばよろこび來り、のろへば、うれへいたるが如し……。」とある。(猶これについては、(3)節六項5言靈の起伏参照)

3　谷川士清（寳永六―安永五）

士清は、「和訓栞」の古の部に「ことだま」を説き、「言事に靈験あるをいふなり。」と云ひ、㈠の例歌3・5を引用してゐる。

4　加藤美樹（享保六―安永六）　**入江昌喜**（享保七―寛政一二）

前者は、「古言梯標注序」に於て、後者は「享保之取蛇尾」に於て、それぞれ「言靈」に關する叙述がある。しかし通説を出ない。

5　石川雅望（寳暦三―文政一三）

雅言集覧の二十六巻に、「ことだま」に關する用語例として、㈠の例歌中、5・6・3・1を擧げてゐる。

6　富士谷御杖（明和五―文政六）

御杖については、本章(3)御杖に於て、その獨自の言靈観を詳細に見ることとする。

7　高橋殘夢（安永四――嘉永四）

殘夢は、近世國語學史上に於て一異彩を放つてゐる、音義學派言靈學派の大立物である。

この學派の主張するところは、端的に云へば、音と義との結合やてにをはの離合に見られる神秘靈妙を、宗教的に「言靈」に本づけて説くにある。

石黒魯平氏も「言語観史論」の中に、「日本に於ける言靈學とか言靈派の起つたのは、言語の性質そのものに出發するので、その發生のそもそもの基底たるものは音義説で之は又象徴説ともいつて、之は相當に價値ある言語観である。日本に於て音義説の明瞭に芽をふいたのは、天保六年（西紀一八三五）に出た橘守部の「助辭本義一覽」であらう。その翌年に「靈の宿」を出した高橋殘夢は特に顕著な音義派の主張者で、音義派の祖とまでいはれる。」「我が音義派とは何をやつた連中かといふに、五十音圖を、元にして、或はその一字一字に特定の意味があると限定し、或は一行一行に特定の意味があると説いたのである。安政四年（西紀一八五七）頃の鹿持雅澄の「言靈德用」などの意義的音韻的研究、富樫（鬼島）廣蔭の「言靈幽顕論（明治元年）などを經て、明治十年（西紀一八七七）にまた言靈社を組織して、「言靈社語學旨義」とか「語學楷梯」を出した堀秀成翁の遺著「音義大全」（明治十八）で大成即ち終結を告げてゐる。」と述べてゐる。

この殘夢の天保七年刊行「靈の宿」の序に、

「此頃、世の中に言靈唱ふる人、こゝかしこに出て來にけり。そは人のものいふ聲に魂あり。其聲を合せて名とし、詞とするが故に言靈とはいふなりけり。萬葉集に言靈の幸はふ國、言靈の助くる國といへる則此事なりとぞ。夫れ詞は神のいひ始じめ玉ひ、名は神の付け玉ひしものなり。あたる處、匂ふ處、響く處もなく、天とも、地とも、人とも、悲しとも、嬉しとも、たゞに言ひ玉はんやは、名付玉はんやは。皆聲の靈によりて言ひそめ、號けそめ玉ひしなるべし。抑、靈は神也。口に云ふべくもあらず、筆に書くべくもあらず、譬へば、味の如し。口にはその味を知るといへども其味かゝりといふべきものならず。言ひ難く、説き難きが故に靈也。五味の妙は口に知り、五色の艶は目に覺え、五韻の靈は耳にさとる、是れ則心耳の靈妙也。世の中にあるもの天地の分靈たらざるものなく靈なきものあることなし。人を始めて鳥獸草木魚貝金石何かは靈なからざらん。まして長なる人のもの云ふ聲など靈なかるべき。靈はすべて天地の靈なり。聲はすべて天地の聲也。暫く其物にやどりて發するが故に、鶯聲、鹿の音、松の響、水の音とは言ひ分るのみ。詞は合せ藥の如し。一種は一品の能也。五品あひては五種一能也。七種十品皆然り。故に、言靈とはいふなりけり。其言葉の道やちまたなり。八衢なれど、其源を尋ぬれば唯言靈の一筋にて、其聲を縫目とも、結とも、冠辭とも、助辭とも、遣ひ分るが故に八衢には成りゆけど、靈をだに聞知りて、かゝるは何と辨ふれば、又たどるべき道もなかりけり。旅に出づるも、家より始まりて、四方の國に渡り、湊出づる船の波路を渡るも、道は八衢に分るれど、かへればもとの湊なりけり、家なりけり。かゝれば、先づ聲の生まるゝ源をさとし、次ぎに、其聲の靈をしめし、縫目、冠辭、助辭を説き、次に、結をさとし、名を説き、詞を説つべし。かく説き盡さずしては言語の源、言靈に有といふこと辨へ難ければなり。（中略）歌は調に聞き知るものなり。調は言靈に籠れるものなり。歌よむとならば調をさとるべし。調を知らんとならば言靈を伺ふべし。」

と述べてゐる。尚彼には「靈の宿」の外に、「國語原義」「國語言靈辨明」「言靈名義考」等の著がある。

音義派の荒唐無稽牽強附會にすぎる點を含む所説の是非は暫く措くとして、この序に関する限り、神授説に立ち、「聲」（音義派である以上當然之を重視する）の源に靈（神）を見、この天地一元の神靈の發現としての言靈、更にそれより分岐展開する種々の言語現象を解明し、体系づけてゐるのは、先づ見事である。

而して、かゝる哲學的宗教的言靈観の外、また言語學的言靈観の外に、藝術哲學的言靈観として、「歌は調に聞き知るものなり。調は言靈に籠れるものなり。歌よむならば調をさとるべし。調を知らんとならば言靈を伺ふべし。」の一節は、香川景樹の誠（實）即調の説も想起せられて、洵に卓越せる立言と云はねばならぬ。（尤も、彼は景樹の弟子で、心月詞花帖の歌集がある。）

「言靈と歌」このことに関して、ことに和歌の天上的構想の最も中心をしめる「調」に関して、かくもみごとに道破したのは敬服に堪へない。（師景樹の偉大さはしばらく措くとして）このことは、「言靈信仰の回想」に於て、鹿持雅澄の所説と共に、肝に銘じなければならぬ卓説である。（こゝに行として修練としての實踐への緒がある。）

さうして、一切をあげて言靈に伺ひ問へとは、また現時の國語教育にも云はれてよいことである。いや、切に云はれねばならぬことである。

8　平田篤胤（安永五―天保一四）

篤胤は、古史傳十三巻に、記の石戸《いは》隠れの一節、更に㈠の例歌中、1・2・3・4を擧げて「言靈」を説明してゐる。彼は、かの御杖が「言靈」を司る神として「事代主神」を立てたやうに「萬葉の歌どもに言靈とあるは寓の言ぐさに非ず、居々登魂命の事と思はる。」としてゐる。獨特ではあるが、それ以上の飛躍と發展はない。

9　小山田與清（天明三―弘化四）

彼は、「松屋筆記」の二巻に於て、

「言靈は人の言語に自然奇妙の靈備りて、たとへばかくあれかしと祝へばその祝言のしるし有るよし也。」と云ひ、㈠の例歌5を擧げてゐる。平明素直である。

10　鹿持雅澄（寛政三―安政五）

彼は、萬葉集古義總論三に於て、

「かたじけなくも神事と歌詞には神代のてぶりのたがふことなく、あやまつことなく遺れることなれば、皇神のいつくしき國、言靈のさきはふ國といへるぞかし。かれ、その言靈のさきはひによりてぞ皇神のいつくしき道もうかゞはれける。されば皇神の道をうかゞふにはまづ言靈のさきはひによらずしては得あるまじく、言靈のさきはふ由縁をさとるべきはこの萬葉集こそ又なきものにはあれ。」と云ひ、又「言靈德用」に、「天地の間の萬の事はいひもて行けば、この幸ひ助くる言靈の一つにもるゝことなし（中略）言靈を主とする御國にて、その言靈と共に皇統の稜威のみさかりにましく〳〵て、天地と遠長く言靈のさきはひたすくることなり。」と述べてゐる。

流石に、一意萬葉解明に沒頭沈潛した人だけに、「言靈と歌」――殊に萬葉との相深い関係を、「皇神の道」に於て、洞察してゐる。殘夢のそれと共に卓見と云はねばならぬ。「神事と歌詞」に「神代のてぶり」がそのまゝ遺されてゐることを斷じ、こゝに「言靈のさきはひ」を見、その「さきはひ」をなしてゐる「言靈」こそ天地深奥の一元たることを云ひ、更にその「さきはひ」を實證見得しうるものとして、「萬葉集」を擧げてゐるのは、彼の立場として當然とは云ひながら、感を同じうする點が多い。

以上は、近世に於ける諸學者の代表的言靈観の大要と、それに對する私自身の所見とである。

契沖を先驅とする近世元祿の文藝復興以來澎湃として湧きあがつた復古神道的國學は、一言にして云へば、清純な言靈傳統の源頭へ溯り、そこに心身をはらひきよめて、ますがしい皇朝學を樹立することであつたと云へる。

かゝる人々が、その復古の源に於て、「言靈」を發見し、今更之に畏敬を感じ、己が學びを、これにより莊嚴しようとしたことは、あまりにも自然である。

併しながら、近世諸家中「言靈信仰」に對して、深き理解を示したのは、如上の人々ばかりではない。只上述の人々は、まともに、「言靈」を取上げて立言し或は思慕し或は畏愛したまでである。「言靈」のみを立言しない、寡默の中にゐる人々のなかにも、之に深い理解を抱き見識を有してゐた人々は多い。たとへば、あまり適例ではないが、本居宣長の如きしかりである。

寧ろ、民族的血脈的傳統は、默々と無意識裡に流れて、ゆかしくひつそりと現實々々の底を潜りつゝ地上に花をつけてゆくものであらう。

この國に於て、「言靈信仰傳統」はかゝる清純な生きかた、つたはりかたをしてきたと思はれるのである。

(三)　現代の諸説

1　岡本明先生

「言靈」「國文學史」「言靈信仰、國語畏敬、古典再生」（大毎所載）に於て、最も氣魄はげしく、最も信念正しく述べてをられる。のみならず念々行じてをられる。この諸説の中に並敍すべきことではなく、これらは私にとつて、實に覺醒の機をなした「恩賴の灯」そのものである。

2　保科孝一氏

氏は「大日本百科辭典」の「言靈」の條に、之が解説をされてゐるが、冒頭に「言語音聲が含蓄すと云ふ一種靈妙なる活力。」とのみ述べ、所説概ね近世言靈學派音義派の紹介に終り、その荒誕無稽を衝いてゐるのみである。歎くべし。

3　上田萬年氏　松井簡治氏

「大日本國語辭典」に見える解説である。凡説。

4　佐藤鶴吉氏

氏は、大正十年三月發行の「藝文」誌上で「ことだま考」と題して、言靈観の歴史的考察をされてゐる。しかし、自説としての新しい立場はないやにきく。未見。

5　武田祐吉氏

その著「神と神を祭る者との文學」に於て、上代日本人の言靈信仰を解明してをられる。結論は、「畢竟言靈とは言語に精靈ありとする信仰に外ならぬのである。」とする。

上代文學に精通してをられる氏のことゆゑ、記紀萬葉祝詞を縦横になして、具象的に「言靈信仰」の實際を實證々明された點は偉としなければならぬ。しかし、それはそれだけに綿々と言靈信仰の實践行を呼びおこす所論ではない。灯は消えてゐる。

6　小山龍之輔氏

氏は、「日本文學聯講」の「祝詞と神と政治」に於て、言靈に觸れ、「『言葉に存在する靈妙な力』とは果して何か、古代祖先の考へてゐた心理をゑぐり出して、これを具象的に看破説明」された點が獨異である。

更に氏は、「日本文學體系」(垣内松三氏篇)中に於て、「言靈」の項を一、序説二、江戸時代の言靈観、三、現代の言靈観、四、言靈観の展開とその批評、と四項に分って解説し、之をまとめて、言靈観の一つの方面即ち「日本古代の祖先が言靈といふことばに如何なる意味を持たせてゐたかといふことを知らんとしてそれを解釋すること。」は先づ氏の言靈観によつて大体完成された。しかし他の一面「古代祖先のいふ言靈から離れて、一體、日本人の用ゐる言葉は如何なる本質を有してゐるかといふことを知らんとして、それを解釋すること。」は前途遼遠だとされて、最後に「嗚呼、牛を動かすには「追ふ」の言靈がある。然らば、現代の日本人を根底から動かす言靈は何であるか。何處に創造されてゐるか、誰が創造したか、半纏を着て股引をはいた馬方らしい六十恰好の老爺さんが人だかりの中からぴよつこり現れて來た如く、現代生活の指導原理、眞善美の具現であるべき言靈を創造する偉大なる文學者、偉大なる哲學者のいつ現れ出ることであらうか。お丶、昭和の言靈！　我れ汝を待つや切なり矣。」と結んでをられる。

小山氏の説は精細で卓見も多く、私のこの章執筆にも啓發される所多大であつたし、また引用も多分にさせて戴いたが、しかしその待望的結論に至つては無理な飛躍をされてゐるのではなからうか。

一體、「古代祖先のいふ言靈から離れて、」と氏は云はれるが、これは概念的認識に立つ立言であつて、凡そ言語の土壤的血脈的本質を認識せぬものの言としかうけとれぬ。上代の言靈信仰が、そんなに、一時のもの、彼等特有の一時期のものである、と考へるところに、實は大きな誤謬がある。もつと、悠遠より信受しきたつた精神的血液である眼下現實の生活語に眼を注がねばならぬ。

私達は、幼時から「シヌ」（死）「シ」（四—死）と云ふことをこゑに出してさへ両親からその不謹愼を叱られたものである。この一事を何と見るか。勿論永年百姓をしてゐる両親に「言靈信仰」の概念的認識がある筈はない。けれども、如實に實生活の上にかゝる事實が發現してゐるのである。その他忌言葉の例はあげる必要もない位周知の如くである。

日本語の本質を究めるのは、上代祖先のいふ言靈からはなれることではなく、これに復歸立命することによつてのみ、眞に全身的に把握しうるであらう。

7　木谷蓬吟氏

氏は「國語文化講座」「藝術篇」に於て、「我が日本國は、一に言靈幸國とも、言靈助國とも云はれてゐるが、要するに我國の言語には、言靈とて、千變萬化の種々相を現はし、靈妙不思議な活力を秘藏するものとされてゐる。古代人は、實際、言葉に靈ありとし、しかも其の靈は、活きて移動するものだと堅く信じて疑はなかった。その言葉の靈能こそ、我が淨瑠璃に於て、今尚ほ現實に見ることが出來るのである。本來固著した文字に、羽が生えて自在に飛翔し、死んだ言葉に魂が宿って、生き〳〵と靈動する、斯の淨瑠璃言葉の飛躍性が即ち言靈の再現である。」と述べてをられる。一見解である。文學に沒頭し之に熱中するとき、私達は必ずそこに言靈をほりあてる。これは最も深く美しい日本文學愛のゆるがぬ傳統である。

8　長田新博士

博士は、岩波講座、國語教育「國語教授の根本問題」に於て、「言靈」を言語の本質的なものとして取上げ、國語教授に於ける根本問題として、強調してをられる。

9　稲富榮次郎教授

稲富教授は、「人間と言葉」に於て、「言と事」「言と理」「言語と社會」「言語とパトス」「血と土」「言語と音聲」等に於て、「言語の構造」を明らかにしようと意圖されてゐるが、これらの中に我が言靈信仰思想にも觸れて居られる。「かく言葉には一種の霊力が宿るといふ事は、古來我が國傳來の思想であるが、抑抑我が國が太古以來「言靈の幸ふ國」と言はれるのも、固より言葉の持つこの様な靈妙なる力を豫想すればの事ではないであらうか。繰返し述べるまでもなく、我が國に於ては、言が事や意と不可分であるから、事や意から遊離した言擧げの必要がないのであるが、このことは換言すれば、我が國に於ては、言葉に即して事や心がある。從て言葉には一種の力や精神がこもつてゐる事を意味しなければならない。故に「言擧げせぬ國」と「言靈の幸ふ國」とは全く表裏不可分の関係にあると言つてよいのである。」

所説中、ギリシヤに於けるロゴスとの對比は、又明快である。

「惟神不言擧國」――今日の日にこの國ぶりを思ひめぐらすだけでも、胸が熱くなるではないか。

10　倉野憲司氏

氏は、近著「古典と上代精神」に於て、「言靈の日本的特性」を述べてをられる。先づ、「言靈」とは、一言で盡くせば「言語精靈」の意であるとされ、「靈」の追求を上代諸文學について實證的にされ、之を究明してをられる。蓋し隱健篤實である。

(2)　源　流

(一)　記念抄

1、神代より言ひ傳て來らく空みつやまとの國は皇神の嚴しき國言靈の幸はふ國と語り繼ぎ言ひ繼がひけり今の世

の人もことごと目の前に見たり知りたり

——山上憶良——

2、葦原の水穗の國は神ながら言擧げせぬ國然れども言擧げぞ吾がする言幸くま福くませと恙なく福くいまさば荒磯浪ありても見むと百重波千重波しきに言擧げす吾は

反歌

しきしまの日本《やまと》の國は言靈の佐くる國ぞま福くありこそ

——柿本人麿——

(二)　言靈の源流

池田勉氏は、「文藝文化」第五巻第六號に於て、巻頭に「言靈について」と題し、國の信念としての言靈の自覺的系譜を、もののみごとに辿り、之を表明してをられる。

即ち氏は、「習俗の事實」としての「言靈信仰」を、國の事實の信念として、自覺の上に組織したものは、實に高邁なる志を有する詩人に外ならぬとし、之を先づ、記念碑的表現である、1、の山上憶良の歌に於て求め、この詠上こそは、燦然たる聖武の御代の神國の事實の發現を基礎としたものであることを實證し、かゝるみごとな信念の表白をする「憶良の思想の據り所は、だいたい天武朝の精神を思想的に解説してゐるものと云ふことができる。」とされ、「言靈の思想の據り所を私は一まづ天武朝までさかのぼらせるのである。」とされる。

さうして、この外にも記念碑的表現2、の如き歌を、決然と詠んでゐる「人麿といふ詩人の精神の據り所が天武

朝の精神の表現にあつたことを想ふとき、言靈の意識を天武朝の精神に系譜づけうる理由の一つともなる」とされるのである。

「このやうに、言靈の幸はふ國といふ思想が歌はれたのは、ほかならぬ柿本人麿と山上憶良とに於てであり、そして人麿と憶良とがその精神や思想に於て、天武朝の精神にもとづくものと考へるならば、言靈の意識は天武朝の精神に於て一つの源流をうち立ててゐると考へることができないであらうか。そして、言靈の幸はふといふ思想は、神代より言ひ傳へられたものと憶良は詠じてゐるけれども、この神代からとか、神ながらとかいふ思想は、實は天武朝に於て新生して來る復古的表現なのである。

さうして、「天武天皇の御創業が、天照大神の神代への復古を志し給うたものであつた」ことの一つとして、「古事記の編纂」を考へることが出來、こゝに「言靈のさきはひ」を見、「そこで」氏は、「言靈の幸ふといふやうな意識の、最も偉大な歷史の事實はこの天武天皇の御偉業に創造されたものと考へるのである。」更に氏は云ふ。「そこでは、言靈とは皇神の尊嚴な言葉であつた。言靈の幸はふと考へられたのはそれが皇神の絶對の言葉であつたからである。その皇神の絶對の言葉を言靈と信念するところに、言靈の精神は生れるのであつた。このやうに古事記は、神皇の絶對の言葉を言靈と信念するところから生れてきたのである。」と。

次に「しかも、天武天皇の復古は天照大神の神代へであるが、天照大神の精神が自覺せられ意識せられてくるのは、崇神天皇の御代にあつた。」とし、「この神皇の分離と、皇神の國家統一とが、日本の英雄の物語として表現されるのが、日本武尊であらう。」と推すのである。そして、その理由を、「それは倭建命が詩人であらせられたからである。この命の御最期が言擧げの禍によるものとして物語られてゐるところに、私はその由緣をみるのである。」とする。

而して、次には「言擧げ」とは何かと云ふことを追求して、「言擧げとは言はゞ一つの人工であらう。そのやうな人工を要しない絶對の神的事實が國に在るといふことを、言擧げせぬ國といふのではあるまいか。」と考へ、かゝる「神の絶對の事實」を「言擧げするといふ決意にまた詩人の天職たる悲願がかけられてゐるのである。」と斷ずる。

かの「倭建命の御最期の原因が言擧げの禍として語られてゐることは、そこに神皇分離の後の詩人の運命といふものが傳へられてゐるのではないか。詩は人工である。しかもそれはまた神の聲である。言擧げせぬ神のものを、人工として言擧げしなければならぬ悲願に、詩人の運命の悲劇のすべてはもとづくのである。そのやうな詩人の悲劇を、英雄にして詩人たる倭建命の運命を以て描いたものが、古事記の物語であらう。」――かくて「倭建命を日本最初の悲願の詩人とするならば、人麿は詩人の悲願を自覺し意識した最初の藝術家であった。人麿の歌聖と稱せられる由緣の一つがこの點に存するものと私は思つてゐる。」と云ふ。

さうして、實は「かゝる悲願の言擧げにのみ言靈は幸はひつゝ現れるのである。それは詩人の據り所とする信念であつた。だから言靈の幸はふ國と云ひうるもの、言ひうる資格のあるものはただ詩人だけなのである。言ひかへれば、かゝる悲願の言擧げにのみ言靈の在ることを詩人は信念とし、矜恃の據り所としたのである。」と云ひ、最後に、「戰の庭にたふれふして、命のいまはのきはに、天皇陛下萬歲を唱へまつる聲、そのやうな絶對の神の事實の中に身をおいた人士のはじめの言擧げ、そこに言靈の幸はひは顯現する。かゝる言擧げの詩に於ては、言擧げと言靈の幸はひとは、一つの信念の二つの言ひあらはし方にすぎないのである。」と結ばれてゐる。

多大なる感銘と啓發をうけつゝ、池田氏のまさやかな論旨を辿り、「言靈の源流」への回想反省とする次第である。

㈢　やまとをぐなのみこと

池田氏の所謂「日本最初の悲願の詩人」「やまとをぐなのみこと」を回想するとき、先づ心打たれるものは、その烈々たる氣魄であり、その悠容たる相貌であり、その清純なる詩魂である。

英雄即詩人たる「やまとをぐなのみこと」の「言向け和はし」のみわざを、今の現に私達は肝に銘じなければならぬ。熱烈なる「言靈」への思慕は、即ち今の現に於ける「言向」の實踐でなければならぬ。

岡本先生（國語畏敬）も蓮田善明氏（言向）も云はれるやうに、民族性と歴史性とを把握した上になされる古典再生の中から生れ出た信念に立つ「國語の實踐」でなければならぬ。かゝる立場よりする「國語の進出」でなければならぬ。


古事記。

其《そこ》より幸行《いでま》して、能煩野に到りませる時に、國思《くにしぬ》ばして歌日《うた》ひたまはく、

倭は　くにのまほろば　たたなづく　あをがきやま　ごもれる　倭し　うるはし

又《ま》歌日《た》、

いのちの　全けむひとは　たたみこも　平群《へぐり》のやまの　隠白檮《くまかし》が葉を　髻華《うず》にさせ　その子

此の歌《みうた》は、思國歌也。又歌日《うた》ひたまはく、

はしけやし　吾家《わぎへ》のかたよ　雲居たちくも

此は片歌也。此の時御病　甚　急《にはかになりぬ》。爾《マヽ》に御歌日《みうた》を、

をとめの　とこのべに　わがおきし　つるぎの大刀《たち》　その大刀はや

と歌ひ竟へて即ち崩りましぬ。爾驛《かれはゆまづかひ》使を貢上《たてまつ》りき。
是《こゝ》に倭に坐す后等《きさきたち》、また御子等《たちもろもろ》　諸、下り到《き》まして、御陵《みはか》を作りて、其地《そこ》の那豆岐田に匍匐《はらば》ひ廻《もとほ》りて、哭かしつゝ
歌日《うた》ひたまはく、

なづきの　田の稲幹《いながら》に　稲幹に　はひ廻《もとは》ろふ薢葛《とこかづら》

是に八尋白智鳥《やひろしらちどり》に化《な》りて、天に翔りて、濱に向きて飛び行ましぬ。爾《かれ》其の后《たち》及御子等《たち》、其の小竹《しぬ》の苅材《かりくひ》に、足䠊《みあしき》り破るれども、其痛をも忘れて、哭追《なくなく》ひいでましき。此の時の歌曰《みうた》、

淺小竹《じぬ》はら　腰なづむ　そらはゆかず　あしよゆくな

又其の海鹽《うしほ》に入りて、なづみ行きましし時の歌曰《みうた》、

うみがゆけば　腰なづむおほかはらの　植草《うゑぐさ》　うみがはいさよふ

又飛びて、其の礒に居たまへる時の歌曰《みうた》、

はまつちどり　はまよはゆかず　いそづたふ

是《こ》の四歌《ようた》は、皆其の御葬《みはぶり》に歌ひたりき。故今に其の歌は、天皇の大御葬に歌ふ也。

故其の國より、飛び翔り行まして、河内國の志幾に留りましき。故其地《そこ》に御陵を作りて、鎮り坐さしめき。其の御陵を、白鳥の御陵《みささぎ》とぞ謂ふ。然れども亦其地より更に天翔りて、飛び行ましぬ。

こゝに、最もうるはしい古典新生がなければならぬ。

あゝ、この數群の絶唱の中に、高くひびきをあげて飛翔してゐる詩魂のむれ。何たる動哭ぞ。何たる詩魂ぞ。

(3) 御杖

㈠　境　涯

富士谷御杖は、有名な國語學者富士谷成章の長子で、明和五年京都に生れた。家は代々、筑後柳河藩の京都邸留守居役を勤めてをり、藩邸は中立賣西洞院にあつて、常にその中に居住してをつた。

幼時の事は詳かでないが、十二歳の時父に死別し、又その四年後には毌を失つて、幼くして人生の最大の不幸にあつてゐる。從つて、後見として、彼の幼時を庇護したものは、父の兄弟である儒漢學者皆川淇園、皆川成均等であつた。青壯年の間、勤務は寧ろ閑散で、多く歌の修練に時日を過してゐたやうであり、傍らこの間、驚異的な懷疑と思索とをつゞけて倦まず、つひに神道と言靈を根柢とする全面的な形而上學的体系を樹立して、近世國學史並びに思想史上獨特の地歩を占めるに至つたのである。

しかし、晩年に於ては生活にかなりの激変があつたらしく、五十歳を過ぎて妻を離別し、間もなく藩から譴責を受け、經濟的にも非常に窮迫した生活に陥つて、剰へ、中風かと思はれる病苦に沈淪し、悲慘な境涯の中に、文政六年五十六歳を以て歿した。

さうして、一段の不幸は、彼の藝術哲學的學問の獨異さと深奧さからくる難解のために、殆ど世に容れられることなく、しかもその學燈をつぐに足る弟子さへもなかつたことである。彼は深刻な窮迫の境涯に住んで、孤高孤絶、あくまで刻苦精勵、獨異精緻な形而上學を樹立して、そのまゝ空しく逝つた稀世の天才哲學者であつた。

要するに、その境涯は、幼時より宿命的に暗く陰慘であり、當時元祿文藝復興以來の新舊両思潮の深刻な相剋即ち新人文主義的庶民的傾向、儒教道義的精神の政策的昂揚、合理主義観念主義の横行、文化の爛熟による頽廢思想等々の混亂、時代的蕩搖を、家柄的にも個性的にも眞正面から浴びて、精神的にもひたむきな懷疑と思索とに向か

はざるを得なかつた窮迫から生じたものと思はれる。(註)

註　經歴については、「國語文化」（富士谷御杖）の多田淳典氏、「窮迫」の語については、「言靈のまなび」の池田勉氏に教示されるところ多かつた。猶以下御杖の文章引用はすべて、國民精神文化研究所刊行、「富士谷御杖集」によることとした。

(二)　御杖と宣長——立場について——

御杖の形而上學、殊にその言靈學を考察するに際して、先づ、彼の立場を、本居宣長のそれと對照して、その概略を、明らかにしたいと思ふ。

先づ第一に注目されてよいことは、この二大學者の學問が、「歌まなび」にその端緒を發してゐることである。申合はせた如く、彼等二人は、「歌まなび」の世界から、古典の世界學問の世界に入つてゐることである。

先づ、御杖について述べると、彼は、「言靈辨」の冒頭に、「稚かりし時より、父が志にしたがひて歌よみならひしに、成元十二歳なりし時父をうしなひつれば、たゞ父がつくりのこせりし脚結抄をば師として、歌をのみよみわたりしに、ふと思へらく、此詠歌、たゞもてあそびぐさならば、なにわざにもあれ我も人も益あらむわざをせん、もし益あるべきわざならば、いよ〳〵志を固くせんとおもひて、さま〴〵に心を用ひ來つるは、」と云つてゐる。

この中に於て、「もてあそびぐさ」を排擊し、「益あらむわざ」を唯一のものと思ふ傾向は、當時の時代思想の反映でもあらうが、とにかく、父成章の北邊堂上歌學をうけて、この一つの「あやしみを導き」（彼のことば）として、中世以來の傳統的歌學を究明して、この北邊歌學を再組織し、神道と倒語の説に本づく言靈とを根柢とする獨立の心高き歌學（藝術哲學）を樹立するに至つたのである。從つて、この「稚かりし時より」の「歌まなび」は、御杖の「言靈」開眼の因由をなすものであつた。

之に對して、宣長の「歌まなび」は如何であつたかと云へば、「玉勝間」に、

「十七八なりしほどより歌よまゝほしく思ふ心いできて、よみはじめけるを、それはた師にしたがひてまなべるにもあらず。人に見することなどもせず。たゞひとりよみ出るばかりなりき。集ども、古き近きこれかれと見て、かたのごとく今の世のよみざまなりき。」と云つてゐる。

御杖の述懷に比べれば、随分おほらかであり、自由である。

さうして、宣長は上京遊學して堀景山の門に入り、契沖の「百人一首改観抄」を讀む機を得たりして、漸く和歌の道に深義を見出すに至つたやうである。

彼は、當時、同門の清水吉太郎と「自分は何故和歌を好むか。」と云ふことについて、論争辨明したりして居る。宣長は、「和歌は、私に之を好み樂しむに足るものである。」と云ふ。さうして、「この最も『わたくし』的な和歌は『性情之道』として、普遍的な『おほやけ』的なものと同一となる。」——かう蓮田善明氏は「鴎外の方法」中「本居宣長に於ける『おほやけ』の精神」に於て述べてをられる。氏は續けて云ふ。「この人情普遍の理論への展開は、漠然とながら宣長の内面に新しくめざめたのであつた。そして重要なことは今や和歌は宣長の「性」や「癖」に從つて「妄《リ》好《ニ》レ之」のでなくなつてゐることである。彼は、和歌を素質的に、「わたくし事に、意識的自覺的に基づけると同時に、そのことによつて、却つて、たゞ先天的に自然的に和歌を好み、樂しんで詠んでゐるその私事から、意識的人間的な『おほやけ』へ止揚してゐるのである。彼に於てはもはや和歌は個人的な、そして『ひとりよみ出るばかり』（前掲玉勝間）のわざ、『まなべるにもあらず、人に見することなどもせぬ』（同）獨善的な卑

むべき『わたくしごと』から、『和歌ニ爲性情之道』といふ観念に達し、『歌まなびのすぢ』に『めざめ』『しり』『わきまへ』『さとる』（同）に至ったのである。」と。

以て、宣長に於ける「和歌観」の發展を知ることが出來るであらう。これ以上の發展については、後章(3)やまとうた(一)和歌3、宣長に於ける和歌の項に譲りたいが、これに於て窺はれることは、宣長に於ける極く自然な順調な飛躍（或はめざめと云ってもよい。）である。そこには御杖程の苦悶は顔を出さぬのである。

ともあれ、両者の「歌まなび」が、夫の生涯の學問に於て根本的本質的な意義を擔うて居り、その意義の擔ひ方に於ても、両者の傾向特色は洞察されると信ずる。

次に、御杖は、「古事記燈」の「上巻非史辨」に於て、自己の立場から、宣長學一派を對象として、之を反駁しつゝ、自説を鮮明ならしめようとしてゐる。

その中に、彼は、

「しかるに此説（宣長説）を信受せる人々は、うまれえて世のすなほなる人なるが故に、げに神の御うへはしるに及ばざることゝ思ひてもあるなれど、成元がごときしうねく、ねぢけたるさがなるは、更に〳〵これを信ずる事あたはねば、宣長が説もまたうくる事あたはざるなり。」と述べてゐる。

鋭く、「信受しうる、しえな」と云ふ性格の差異の洞察（勿論皮肉もあらう）を相手よりも寧ろ自己のそれへ向けて、己が性格を「しうねくねぢけたるさがなる」ものとして、如何にしても「宣長が説」を「信受」しえぬとするのである。

しからば、「宣長が説」の如何なる點を如何に「信受」しえないのであらうか。

彼は先づ、己の最も特異な而して最も厚く信じてゐる「言靈學」の立場から、「眞渕の説」を相承しての宣長の國學上の功績は充分認めながら、

「しかるに宣長、さばかりわが御國のいにしへを明らめ、ふるき言どもその義をきはめ、其師翁の不及を補ひ、過たるをけづられたるいさをいふばかりなきに、わが御國言は、言靈をむねとする事に思ひいたられざりしによりて、たゞわが御國言は、みやびをむねとする事に思ひいたられざりしによりて、たゞわが御國言は、みやびをむねとすとのみおもひもいひもせられたりこれ即ちその師眞淵が説なり師の見を傳へてしか心えられしなるべしされば此神典もなほ詞の表をのみ見て、かくれたる所なきを我御國ぶりなりと、ひたぶるに思ひとられしおのがひとへ心をのりとしてかくれ隠れたる事なき也と定められしは、何の據ありともみえず。たゞしひたる理をのみとける、古來の神學者流にきそひての事なるべくみゆとかれけるより、たゞ神典は、帝の御はじめにて、教のふみにあらずして、教といふもの、もとてぶりあしき國こそあれ、わが御國のすぐれたるに、いかでか教はいるべき、此神典をみむやうは、みかどの御はじめはかくの如くくしびにあやしくおはしゝ、其御するゐにましせば、たゞかしこみにかしこみ奉りて、その御おもむけにのみしたがひなば、なにばかりの智も無用のものなりとの心にみえたり、これ古事記の大意、かつ直毘靈とてかゝれしものの意趣なり、」と云つて、宣長の「みやび」の重視と「言靈」に関する認識不足のために、古典に於ける「かくれたるところ」を無視し、又「教」を否定し、更に「なにばかりの智も無用のものなりとの心にみえたり。」とする。さうして、これらに對して信受しえぬとするのである。

一体、「みやび」の重視は、宣長の本質的系列で、それは「もののあはれ」にもつながるものであり、「言靈」の重視は、御杖の根柢的系列の中心であり、こゝに御杖の立場からは、當然「かくれたるところ」と「教」とが尊重されて、第一義的のものとなるのであり、こゝに一つの相剋的波紋が立つのであらう。

唯、これは、所謂立場の相違に起因するものではないか。しかも、それは最も多く「解釋學」に関する問題である。こゝに宣長の立場を、最も聰明に知的なしかも情を忘れぬ作品解釋とすれば、御杖の立場は、作品解釋と云ふよりも、作品に於てなされる彼の藝術哲學から生れる言靈の實證とでも呼ばるべきものであらう。

たゞこゝで、宣長が「智も無用」「たゞかしこみ奉」ればよいとしたとて、稍皮肉にとつてゐるのは、一理はあるとしても、寧ろ彼の誤解で、宣長は、蓮田氏も「鴎外の方法」中に云はれるやうに、「彼は人間を、そのあるがまゝの全體性を自由に把握し、人間を一面的に或る種の「なまさかしら」なる作り設けたる「理窟」で裁斷的に規定しようとする儒佛的な智慧に、絶對に反對し、人間を全體的にあるがまゝに衞らうと努力し、儒佛的ないつはれる獨斷的な智慧を否定した。」のであり、「不可測の彼方に神を見、此方に人智を見たのである。この神は、あくまで、この世に『しわざ』として現はれてゐるのである。」

この宣長の智に對する御杖の一方的な見解は、

「傳（古事記傳）のうち、すこしもあやしく心えがたき所々は、かゝる事深くたづぬるはから心なりとみえたり、さらば聞えぬまゝになしおくをば、やまと心とやいはむ、いとおぼつかなき事なりや」「すべて注せられしやう律なきは、言によりて靈によられざりけるが故なり、そのもとめがたうせられし所々は、もとめがたかりしもことわり、すべて言靈をむねと書たまへるが中にも、すぐれて詞の正面をはづれたる所なれば也、今成元がとく所のごとく言靈をもて前後を首尾し、天神神人をうちあはせてみれば、かくあやしくのみかゝれしふみ、ひと所もあやしき事あらざるぞかし。」

と述べてゐる中にも窺はれる。殊に後文の如きは、御杖の烈々たる學問的信念を示してゐると共に、その中には當時の合理主義的精神が色濃く作用してゐるのを見るのである。

更に御杖は云ふ。「成元もこれをあやしめる事多年なりしに、言靈の道のさきはひをえてより、言のうへこそ奇怪のかぎりなれ、内はたゞめのまへなる人情世態のいたりをとき示し給へるものなる事をしれり、もとふかき理をもとむるはから心なりといはれたれども、くはしからぬ事なり、その故は、わが大御國の言靈は、たくみに理をつゝむにはあらず、神をまげじとて也、その心ひとへにみる人の心もて見入れよとのわざなれば、そこを探らむを、いかでかから心とはいふべき、もとよりその言靈とせられたる事どもも、賢愚利鈍にかゝはらずおのづからよくしれるめのまへの事理なるをや、されば此ぬし（宣長のこと）、さばかり我御國ぶりをいはれたれども、まことのやまとだましひよりみれば、かへりてから心といふべし。」と。

堂々たるいはゞ完膚なきまでの徹底的な宣長への反駁である。御杖には妥協は微塵もないのである。黑白は水の如くさつぱりしてゐる。

上に云つてゐる「まことのやまとだましひ」の究明把握体現は、儒佛意——から心を排撃する（それは宣長に於て回天のいきどほりにまでなつてゐる）國學者にとつて、希求念願してやまないところであつた。宣長も御杖も夫々自ら深く任ずる國學者であつた。

又、御杖は上文中に、「言のうへこそ奇怪のかぎりなれ、内はたゞめのまへなる人情世態のいたりをとき示し給へるものなる事をしれり。」と云つてゐるが、この「内」は彼に於て最も重視されたところの概念で、歌の論に於ても、彼は「内の論」を重く視るのである。「いかにとなれば、もと此典（古事記）、人にしてとかず、神もてとき給へる主意、よろづの外様はすべて内の活所よりうむ所なるが故に、其活たる所をときたまへるなれば、外様をたのまず、中心に徹し、中心よりおこるをば、眞面目とする事、わが御國ぶりなるを、たゞみやびたる外様をのみたのまるゝは、から國の外様をむねとするてぶりに同じければ也。」

御杖は、宣長の「みやび」の重視に對して、どこまでも「内の活所」「中心」「かくれたる所」に「みくにぶり」を見ようとする。洵に蓮田氏が、「鴎外の方法」に於て云はれる意味で、御杖は「小説」の書ける人であり、宣長は「物語」の書ける人であつたと思はれる。

又、「傳（古事記傳のこと）のうちに一所、言靈といふ事をいはれし所あるをみるに、その心、言のかざりある名也と思はれつとみえたり。靈の字は玉の假名なりとの心にや、されど萬葉集中にことだまとあるには、みな此靈字を用ひられ文字はたのむべからざることなれどもしかのみならずさきはふたすくるなどのみよまれたるは、かならず言に靈妙の物ありて、それが、わが思ふ所をたすけさきはふ心なる事明らか也。」――これは、御杖の立場の端的な表明である。しかも、これは歴史的認識に於ける言靈観としても外れてゐないものである。（猶、これについては、本章㈥言靈論2、眞言的言靈論参照）

次に、御杖は、彼獨自の古典観神観から、宣長の立場に迫るのである。彼は先づ、古事記上巻は、歴史ではなく神話である、斷じて實錄ではなく、神典であるとし、「中巻以下は實錄と言靈とを相まじへて書きたるものにて、上巻とはしかけじめある也。」とする。即ち、

「言をみて靈をとかざれば死す、ころして何の益ぞや、それもころすべくは殺すべき事なれど、此神典、實錄とみては奇怪かぎりなし、しかるにしひて史とするは、たとへば火をともしてあたへたるをふきけちたるがごとし。」「是はたゞ〳〵このあやしさを導きとして言靈におもひいたり、發天地隱身の眞理をみづから發悟して、人々この神さびをなせとてなり。」「うべなる哉神を主として説たまへる事、おほよそ人事多端なりといへども、たゞ其おやは神なるをや、しかるを、神人をひとつに見、またははるかにもみける私より、つひに此御教の旨をおほひはてしなり、かへすぐ〳〵この上巻ひと巻の史にあらざる事は、今わがとく所の言靈をば、まのあたり、彼我の實事にこゝろみて、さとりしるべきなり。」「神人の境をことにする事はいふもさら也。しかれどもひとのたばかりもて、もとよりはかるべからざる事ならば、錄したるも何の益かあらむ。」「所詮は我御國言必本意のすじには、詞をつけざる大方の法則にくらきが故也。」

これらには、土田杏村氏も、その著「國文學の哲學的研究」中「御杖の言靈論」に於て、讃歎してをられる如く、當時として最も卓抜な古事記観、或は神話と歴史とを明辨する史眼の冴え、その洞察力の深さが、よく窺はれる。

而して、「しかるを、神人をひとつに見、または、はるかにもみける私より、つひに此御教の旨をおほひはてしなり。」と云ふ所には、御杖獨自の神観が存在してゐての立言である。さうして、こゝでも彼は、神典の「御教」

と云ふことを忘れてゐないのを注意すべきである。「神典言靈大旨」に於て、御杖は、「言靈とは神典のうちにこめ置たまへる教旨これなり。」とも云つてゐる。その由來する所を斷定するのは甚だ危險のわざであるが、一つには彼の環境に儒教的色彩が色濃かつたことにもよるのであらうか。

彼の神觀は、全く宣長とは別のものであつた。且つ、思索的であり、要請的であつた。「しかるを、神の御世の事どもは、人のたばかりもてはかるべからずと、宣長かへすぐ〵いへり。しかれども、もと神といふは何物ぞや、人といふは何物ぞや。人身のうちなるがやがて神なるをや。たゞ外にていへば人なり、内にていへば神ばかりなるを、さもはるかにいはれしは、もとより神といふ物をば明らかにせられざりければなるべし。これは此翁にかぎらず、世々の神學者流もひとしき事なり。それ必、神祇とだにいへば、天地の神祇の事也と心えられたるなるべし。されどその天神地祇とて人身中の天神地祇、こと物のごとくおもはれしはいとをさなき事なり。」

孤高の天才哲學者御杖の言靈學よりする、宣長への反駁であり、自己の立場の解明である。その中には、殆ど新興國學の最高峰を占め、その大御所的存在であつた宣長に眞正面からくひさがり、徹底的に之を駁してゐる。みごとなまで痛快な氣魄である。

之を要するに、御杖の立場は、つねに「あやしみを導き」として出發し、言靈哲學（さう呼んでも毫も不自然ではない）を樹立し、こゝに立つてゐたことを注意すべきで、しかも彼の解釋學は、作品古典の全面的受容としての解釋ではなく、むしろ古典に於て、作品に於て、言靈を實證することにあつたとさへ云ひうる。かゝる意味で、彼の立場は凡流を超えて高かつたのである。

宣長は、自然の先天的性情を懷疑することなく、これの「おほやけ」的なるものにめざめて、「おどろき」（畏愛）と「なつかしみ」（思慕）とを以て、古典古代古心にひたつた人とも云ふべく、之に反して、御杖は、せつぱつまつたのつぴきならぬ「あやしみ」（懷疑）の解決を希求して、古典古代古心にむかつた、否、それよりも先づ自己の自然的性情に鋭い洞察と分析とを投げて、こゝから「あやしみ」の解決を哲學的要請の方法に於て求めた人とも見るべきであらうか。

(三)　神道論

1　神人観

「神道は本なり。歌道は末なり。」と御杖は、「眞言辨上卷」に於て述べてゐる。

彼の藝術哲學の色濃い全面的形而上學体系の基礎學としての「神道」は飽くまで「歌道」の本幹たるべきものであると同時に、その本來の實踐倫理の上から考へても、その見識は異彩のひらめいてゐるものである。

勿論、彼の神道論は、その体系中、歌道の基底をなすとは云へ、その歌學と相即不離の関係にあるもので、そこにこそ、彼の神道論の本質も生きて面目を持つものであるが、こゝにはその概略、ことにその神人観と實踐倫理としての方法論の特異性を描きのべておきたいのである。

彼の神人観に関しては、既に(二)の「御杖と宣長」に於て、その一部を引用した所であるが、

「まづ人といふは、神を身内にやどしたるものゝ名也、神といふは、人の身内にやどりたるものを云也。」と、彼は「古事記燈」の「神人辨」に於て述べてゐる。神人を「はるかにも」、「一つにも」見ない。従って卑俗化も崇高化もせぬ。而も、昭々として彼は次にかう云ふのである。

「此人身中の神、なに物ぞといふに、人かならず理欲の二つありて、その欲をつかさどるをば神といひ、理をつかさどるをば人と云ふ。」

一讀、「果してさうだらうか。」と誰をも一度は必ず考へさせる底の道破である。しかし、かゝる立言をして、彼

は些も体系を狂はせないのである。

窮迫のさ中から、「あやしみ」（懐疑）を「導き」として、之を要請した「神」であると一應考へるとしても、その要請に至るまでの深刻な「あやしみ」の程は、到底想像つくされるものではないであらう。

更に彼は云ふ。「古來の神學者は、神といふものを、人とひとつになし、ひとつになすかとみれば、又その妙用は、人のをよばざる所とす。かくひとつになしながら、またはるかになすは、ひとへに神人の別くらき所以なり。たゞ道理をはなれたる所の人のわざ、すなはち神にてはあるぞかし。されば、この惟神者謂隨神道亦自有神道也といふ事、かの翁のいふ所の心にはあらざる事にて、まづこの惟神といふは、外にてみれば、人と神とはこともの、ごとくなれど、もと天地の神祇と人の神氣、妙用ひとしきをいふなり。されば、たとひ人は、貴くともいやしくとも、身内には天地の神と同物なる神あれば、いかなる妙用もあたはざる物にはあらざる事をしるべし、すべて正面に口舌手足を用ふるは、その力かぎりあり、これを人といふなり。倒語して、しかも其正面の所思、口舌手足の用にまさるいさをのおのづからなる、これを神とはいふにて、神典一部、もはらそこをときたまひしもの也。」と。

前述した如く、幽（顕）内（外）側（正）陰（陽）中（偏）倒（直）の重視される御杖の學であることを知らねばならぬ。

「たゞ道理をはなれたる所の人のわざ、すなはち神にてはあるぞかし。」——冴えた鋭い把握を見るべきである。「もとより渾沌は、人のつねなるもの也。」と御杖は、「神典一部心法」に於て云ふ。渾沌に象徴される私情欲情、「道理をはなれたる所の人のわざ」（このはなれるには、人智をこえて不可測なるの意が含まれてゐる。）を迦美とする。

さうして、かゝる神である故、「そも〱神とは、幽中にありて動かさむとすれどもうごかぬものをいふ。しかるに此神うごかさむとするには、うごかねども、心から動く次序あり。これを神道とはいふなり。」（古事記燈、神祇辨）

かゝる神たる所欲所思を、心から動かせる次序、之を神道と云ふ。

2　隠身論

御杖の神道論に於ては、多田淳典氏も「國語文化」の「富士谷御杖」に於て、云はれてゐるやうに、「古事記の本文の冒頭、二百一字の中に教説の骨子が述べられてあると」する。而して、「立論の構造として」は、「渾沌」「發天地」「隠身」の三語を擧げる事が出來る。

今は、たゞその中、最も重要である「隠身論」を見ることにしよう。

彼は、「隠身」と云ふ語に、「神々に具へた自らの行爲のあり方を示し給ふとみるのである。」（多田氏同書）

更に、彼は、「上は下のために身をかくし下は上のために身をかくさば、いかなる國か、いかなる家か、をさまらざらん。神道の大事、たゞこゝにあり。」と喝破し、「隠身は、神道の大規範なり。」（以上神祇辨）と云ふ。

彼は、「開國論」に於ても、「この隠身の二字、神典第一の事、創業第一の根本なり。」と云ひ、「隠身の仕方」として、十一項目を擧げてゐるが、その中主要なる五項目を示すと、

○わがおもはくの事はひとつも言行に出さぬ事
○我身の潔白さをおもふまじき事
○我身につくる事をかりにも思ふまじき事
○是非を心につよく思ふまじき事
○随分人をあはれむべき事

こゝに、究極に於て、神たる所欲を活かさうとする實踐倫理としての、御杖の神道論に於ける面目を知る。御杖の所論は、常に黄色に濁つてゐるに感ぜられるが、「隠身」――それは、かの明淨直の清明心になりきることであ

る。「隠身――かくりみ」それは正しく日本人の美しいまさやかな在りかたの象徴である。「かくりみ」何とつゝましいひびきを持つことよ。

しかも、「たゞ直をなすは、人なり。倒をなすは神なる也。」（神人辨）と云って、結局神道（隠身の道）も、方法論上から、言語のことに繋つてくるのである。

こゝに、神道と歌道の問題、即ち神道と言靈との問題が起って來るのである。

(四)　歌道論

1　非唯の志

御杖の詠歌の搖籃期、並びに詠歌の変遷の極くあらましは、(二)の冒頭に述べておいた。

唯、彼は、父成章が平生「歌に道あり」と云ってゐたといふことを、叔父成均から聞かされて、歌道追求の思念を續けてゐたのであるが、その初期の歌論的見解は、「歌袋」や「歌道非唯抄」に収録されてゐる。注目すべきは後書で、書名の「非唯」とは、「貫之髄腦」「新撰和歌集の序」から得てつけたもので、「唯春の霞、秋の月の、艶流を言の泉に潤し、花の色鳥の聲の、浮藻を詞の露に鮮かにするのみに非ず、皆これ以て天地を動かし、神祇を感ぜしめ、人倫を厚くし、孝養を成す。上は以て下を風化し、下は以て上を風刺す。誠に文を綺靡の下に假ると雖も、然れどもまた義を教誡の中に取れるものなり。」に本づき、歌をよむ志を何處に求めるべきかを示さうとするのである。

彼は、同抄の中に、

「まづ歌道に志あらん人は、第一志といふものをたしかにすゑらるべきにて候。」と云ふ。

志とは、上文が意味してゐる「非唯の志。」であり、こゝには、未だ御杖の一特色たる「何か益あるわざをせん」「教誡」の思想が、濃く重くかゝつてゐる。

而して、かゝる「志」の確立の次に要求されることは、「稽古」と「修行」とがある。

「稽古」とは、「詞の表をたゞし、裏境をおす事に候。これはいひ出す時の用にてはなく詞を練る時の用」であると云ひ、又「稽古は非唯の志をかたむる爲なりと御心得あるべく候。」と云つてゐる。

また「修行」とは、「歌の時をまづ爲方を」云ふのである。（夫〻後節4・7参照）

2　人性凝視

顕よりも幽へ、外よりも内へ、正よりも側へ、偏よりも中へ、陽よりも陰へと、「あやしみ」と「思索」を振向ける御杖が、「人性」（主として云へば、心と爲《わざ》）を徹底的に解剖して、之をあきらめようとしたことは、想像に難くない。或は藝術創作の心理過程の反省の深化と云つてもよい。之を假に御杖の人性凝視と呼ぼう。

彼の人性凝視は、先づ「心」と「爲《わざ》」とに於て把へられる。

彼は、「神人辨」に於て、「人かならず理欲の二つありて、その欲をつかさどるをば神といひ、理をつかさどるをば、人といふ。」とも云つてゐるのであるが、かゝる人間の性情を、「歌道非唯抄」に於ては、五種類の「心」に分析して考察するのである。

五種類の「心」とは、「公心」（まごころ）「現心」（うつゝごころ）「私心」「偏心」（ひとへごころ）「一向心」（ひたぶるごころ）「神」である。

「公心」（まごころ）とは、「わが理屈を人にいひはり、物かげにて人をそしり、人の物をかすめ、あるまじきをするに、わが十分の事ゆゑに、こゝろよくはおもへども、あとにては何となく氣のすまぬ心あるものにて候。その氣のすまずおもふ所の心をば公心と名づけ候。」と云ってゐる。人生日常の人間の心象をよく洞察してゐる。彼は、この公（おほやけ）（まごころ）と云ふ所に、普遍的性善的性情を見てゐるのである。

次に、「現心」（うつしごころ）とは、「物をおぼえ、理をたくはふるをば、現心と名づけ候。」と云ふ。意識活動、わけて記憶的心性を云ふ。

更に、衝動的な欲情の方に於けるものとして、「私心」＝「偏心」（ひとへごころ）は、「理にかゝはらず、たゞわが料簡ばかりをおしたて、わがまゝなる心をば私心と名づけ候。」「道理をはなれ」て、ほしいまゝなる主我的我慢我見的欲情を言ふのである。

この「私心」が一層深化し激化すると、「一向心」（ひたぶるごころ）となる。これは、「中にも人のおもはくをもいとはず、わが勝手ばかりに、つよく一途なるはひたぶる心とも申候」自己克服の到底叶はない、われとわが身を傷つけねば止まぬ底のやみがたい激烈一途の欲情である。「公心」と「一向心」とは、いはゞ對蹠的傾向にあるものと思はれるが、しかし、両極的存在であると云ふ風にはつきりとは見ない。

而して、更に、この「公心」の奥には「神」が存在する。即ち「此公心より奥にふかくかくれて、その公心をおこす心あるをば、これを神と名づけ候。」と云ひ、こゝに究極的なものを見てゐるのである。

しかも、かゝる神は、「ふかくかくれて」あるものゆゑ、容易に窺ふをえぬものであるが、これに思ひあたつて（直観）、道をさとり（「歌に道あり」の道）、御杖が、「歌道非唯抄」に於て重視してゐる「立レ誠」をなすものを、彼は「内感」と呼んでゐるのである。即ち、

「たゞなに事にも、理をつたひてひたすらふかく入てみれば、その奥の道理、時ありては、わが公心を媒として、ふとわが神におもひあたり、すなはち道をさとり、誠たつにいたる、これを内感と申候。」しかも、「……それも時なくては、感なければ、感は時、時は感と御心得あるべきにて候。」である。

こゝに、「内感」「立誠」「悟道」のために「時をまつ」「修行」の意も明らかになることであり、又、「時」と「感」とを重要視するこの御杖の態度は、注目されねばならぬ。（因みに、彼は易などにも造詣深かったのではないかと思はれる。）

次に、「爲《わざ》」の考察であるが、これについては、「北邊髄腦」に於て、「爲に四のすぢあり。」とし、「空爲」（そらわざ）、「私爲」（わたくしわざ）「公爲」（おほやけわざ）「眞爲」（まわざ）としてゐる。

「空爲」は「猿樂のたぐひ」であり、「私爲」は、「所欲のまゝになすをいふ」のである。又、「公爲」は、「理によりてなすをいふ」「眞爲」は、「ひたぶる心をおさへて、公私によらぬをいふ」のである。

しかも、これらに於て、最も高く價値づけられるのは、云ふまでもなく、「眞爲」である。

「おほよそ、爲は眞爲たるべし。」と彼は云ふのである。即ち「わざ眞爲ならずば、人情に戻るべきふしなきさまがらのたぐひは、うちもふるまふべし。それだに猶時あるものなれば、かりにも爲を輕々しくはすまじき事也。もし時宜を犯してふるまふ事あらば、たとひ理はありとも必眞はうしなふべき也」洵に「神道のむねとするは愼なり。愼とは、所思所欲をおろかに出さず、よく時宜をかへり見るを云」ふのである。

「爲」には、常に「愼」（「隱身」の道と云ふもよい）が忘れられてはならず、これが「神道」を立てる道となるのである。

御杖は、かく「人性凝視」の結果として、「心」と「爲」とを見てゐるのであるが、この「心」「爲」の二方面の考察は、嚴密には、一々が相照應してゐるわけではない。即ち、一々の「心」の發現として、一々の「爲」を解釋してゐると云ふ風には、遽かに斷定出來ないのである。

何故しかるかと云へば、御杖の人性凝視は「心」をば、専ら「歌道詠歌」の上から考察し、「爲」をば、何れかと云へば、「神道行爲」の上から觀察してゐるからである。（尤も、「歌道非唯抄」「北邊髄腦」の著書の時期にもよるであらう。）

しかも、神歌両道の相渉る上に、眞心眞爲を最上最高のものとするは一つである。かゝる發展については、更に後項6に觸れて説く筈である。

3　神道（畏愛）

御杖は、かゝる人性凝視によつて、五種の「心」を得たのであつた。勿論その凝視の立場は、藝術創作の心象過程の内省であつたと見てよい。然らば、詠歌過程に、それは、如何に作用し定位されて來るのであらうか。

先づ、五種の中、第一に御杖が對象とし問題とするのは、「私心」＝「偏心」（ひとへごころ）である。即ち、前節にも擧げた如く、「偏心」は、「理にかゝはらず、たゞわが料簡ばかりをおしたて、わがまゝなる心をば私心と名づけ」るのであるが、實は、この「理」にかゝはら」ないところが、最も問題の焦点になり、又解法の鍵となるのである。

御杖によれば、人にはかゝる所欲私情が起るのが常であるが、それをそのまゝに放置し爲《わざ》に發動させたのでは、その凶禍が忽ち身に及ぶことは昭々として明らかである。從つて、この「偏心」をすかせのどめる道が考へられねばならぬ。それには、この「偏心」が、「理にかゝは」らぬもの即ち、「理をつかさどる人」のものでなく、「欲をつかさどる」神のものであることに注目しなければならぬ。つきつめて云へば、神そのもの。神のもの（所有）であれば、それをさめなごめのどめすかす道（即ち、「心から動」かせる「次序」）は、神道による外はない。神道の根本規範は、「隠身」の道であることは、前述したが、かゝる「隠身」の道によることは、その根本事であるとしても、一旦「偏心」が、心中に發生した場合はどうなるのか。

そこに、「畏愛の道」が考へられて來るのである。

「眞と不眞とひとへに心の所欲をおさふるとおさへぬとにあることにしあれば、つねに心のひとへなるすぢをたづねて、畏愛の間におくべき事肝要のつとめにて候。しかるに、道理をもてしひておさふるにはあらで、おぼえずすかされて、所欲所思おのづからうちのどめらる、道あり。これを神の道と云」（前掲）ふので、又、「畏愛と云ふもすなはち苦樂のことなり。」とも云つてゐる。

それならば、「つねに心のひとへなるすぢをたづねて畏愛の間におく」とは、如何にすることであるか。

「偏心」が、「神道」の所有たるべきは上述の如くであり、その「神道」は、御杖によれば、「時にしたがふべきをしへ」なのである。彼は、「眞言辨上卷」に於て云ふ。

「たゞ何事も神慮にまかせて爲《わざ》にはいだすまじきこと、我御國ぶりなる事あきらかに候。人もと一かたに心を決したることならねば、人みな爲にはいださぬものなり。その一かたに決する心即ひとへ心なれば、萬事おのが心をもて決定する事なければ、おのづから爲にいづる事もたえてなかるべし。されどおのが心に決する所なければ、なに事もいとおぼつかなきやうにおぼゆるが故に、たれも〳〵神慮にまかせ奉る事かたき也。はじめに申つる如く、萬物みな神おはしまして、人の情態をば、つねに見そなはすゆゑに、おのれ心を一かたに決して、爲にいださずともおのづから神あはれみも、とがめもしたまふものなれば、よく〳〵思はゞおぼつからぬことなり。されば、ひとへに情態を神慮にまかせて、爲にいださゞらんやうにつとむる事すなはち偏心のいでこざらん爲なり。」これが「またすなはち身心を、畏愛の間におく」ことである。「つねに情態を神にまかせて、まかせざらん時は、かの畏愛の道をもて、これを制し、なほ制しかねたらん時は、哥になぐさむる、これみな概するに、爲にいざさじがためなれば、神道にしたがひ、哥道によらざらん人は、つねに爲をあやまつ事、いとおほかるべし。」と。

更に詳しく云へば、

「畏とは、身に禍の來べき事をかねておそるゝ」ことであり、「愛」とは「身に福の來るべきことをたのしむ」のである。即ちそれは、「萬物みな神おはしまして、人の情態をば、つねに見そなはすゆゑ」である。「人おほよそ、うまれ得たる性、畏をもてつゝしまるゝもあり、中には畏をもておさふれば、いよいよはげみて所欲いきほひつよくなるもあり、さる人は、愛をもてすかす時は、おぼえず、愼まるゝもの也。されば、畏愛はすなはち剛柔にて、人心を自在にする事、此畏愛の道にまさる事あるまじき也。」

かく「畏愛の道」は、また神道の大事である。「おほかたの決斷せでかなはぬ事なれども、みづから所欲ある時は、その決斷かならず非義におつべきものなれば、萬事神慮を規として、決断すれば、すなはち畏愛の道にかなひて、人の道ひとつもかくる事あるまじき事なりとぞおぼゆるかし。」

かくて、御杖は、「されば、つねに人々神道をまなびてその源たるひとへ心を制すべきなり。これ哥道の基なり。」と断ずる。

こゝに、神道と歌道との本末且相関々係が誕生するのである。

4　詠歌の時

御杖によれば、「言といふ物は、神をころすもの」であって、「とても直言をもては、その（相手の人を指す）中心に徹す」ることは不可能である。この故に、「わが大御國」は、「神氣の妙用をむね」とするのである。かの「神さびは、もと言の用にもいたくまさる妙用ありて、必かれが中心に徹すべく、中心にだに入らば、言は無益のものではないか。「されば、萬事、神道に乘りてのみあるべき事なれども、事がらによりては、神にまかせてもゐがたき時もあるもの」である。何故、「時によりては、神にまかせてもゐがた」いのであるか。

即ち、「これまた人のやむことを得ざる事にて」「人の心身すなはち理欲の主にて、人として理欲を具せざるなければ、神にまかせて居がたき事、時として出來るも、さらに〳〵私なることにはあらざること」である。（以上、

古事記燈、言靈辨）

即ち、人間に發生して來る「偏心」は、謂はゞ神の所有である故、自然と云ふの外なく、しかもそれは神道を以て、「畏愛の道」により、之をなごめをさめすかせることも可能なのであるが、しかし、一向心の心中に發動して來た場合には、もはやその激烈さは、神道をもつてしても、抑制し鎮靜させる事は出來ない。しかも、之を思ひのまゝに「爲」に發現させれば、到底身を全うすることは出來ぬ。身心を自ら破傷しなければ止まぬ。これは内面のことであるが、同時に外面に於ては、かゝる激烈なる所思所欲の發現は絶對に許されぬ所謂「時宜」即ち外的制約物が四圍に嚴存する。こゝに、この場の所謂擧措進退は、全く谷まるのである。

御杖は、こゝにこそ、「詠歌の時」があると喝破する。

即ち、「歌道非唯抄」に於て、彼が、歌道に於ける「感と時」を重要視してゐることは、既に、2、人性凝視の項に於て述べた所であるが、更に同じ所で、彼は、「感より外はたとひ道をさとりたるやうにても理窟の上の事にて、誠の立つといふほどの事はあるまじく候。此ゆゑに歌には感を重んじ候。されども、たとへふかく思ひいりても、時來らねば感ずる事なく候へば、とりもなほさず感をば歌の時と申候。」と云ひ、實は、この「歌の時」を待つことが、「修行」であつたのである。かゝる「時」は「感」を得ることであり、それは自らにして「歌道」に「誠」を立てることである。こゝに云ふ「時」も結局同じことに止揚されて來るのではあり、そは詠歌の切實なる神に觸れて融合するものであるが、猶正面から云へば、聊か差異を示してゐるのである。（これは同時に御杖の歌論的進化を物語るものである。）

この項に云ふ「時」とは、如何なる場合に詠歌現象が發生するか、否必至に發生せざるを得ないのかと云ふ、その場合（機）の問題でなければならぬ。この「場合」を、凡流を超えて高くたしかに据ゑるところに、御杖の藝術哲學的見識の冴えが昭々と輝くのである。それは詩人としての志の高潔高貴をも示してゐる。（御杖に於て、詠歌は、同じく倒語の中の諷よりも、はるかに高く位置するものである。）

凡そ藝術作品と名のつくものの制作の機は、高潔純粋でなければならぬ。高くなければならぬ。なぐさみ半分に、わざと作られたもの、技巧にのみ依存して作られたものが、藝術と呼ばれてよいものであらうか。かゝるもの、宜しく恥づべきである。こゝに、その機を機として生かさうとする純粋意欲は暫く措くとして、その機たる、實に「やみがたい」「やむにやまれぬ」心的動力を契機として生れ出たものでなくてはならぬ。

かゝる意味の機を、深く和歌の本質的存在價値にかけて追求したのが、御杖のこの「詠歌の時」であると信ずる。

それは、彼の「歌」と云ふものに對する最初の「あやしみ」であつた「もてあそびぐさ」ではなかつたのである。たゞ單に「もてあそびぐさ」としてのみ制作される作品であれば、それは文字のまゝの遊戯たるにすぎぬ。藝術の名には凡そ遠いものである。

即ち、「眞言辨上巻」に於て、御杖は云ふ。

「もと歌は、時宜やぶるべからず、ひたぶる心おさふべからぬ時によみて、ひたぶる心・時宜ふたつながら、全うする道にて候。」と。「時宜やぶるべからず、」しかも「ひたぶる心おさふべからぬ」かゝる衝迫的相剋の刹那を時とし機として、「歌」は詠まれるものである。しかも、これがまた「時宜」「一向心」を「ふたつながら全うする道」――こゝに「歌道」が、はればれと出現するのである。

「あはれ歌といふものなくば、おさふべからぬ欝情なにゝかなぐさまむ。やぶり難き時宜、なにゝか全からん。欝情なぐさまずば、人みな時宜をのみあやまつべきをや。」（この「欝情」は、先生の云はれる「なげき」に相通ふものと思はれる。）

御杖は、更に「眞言辨下巻」の「時の弁」に於て、「歌の時あるは、ひとへ心の末、ひたぶる心のをはり也。畢竟これまでの所思をあらため、所欲をすつべきことにあふをば、時とは云ふなり。」と云ひ、「時」の概念を猶詳細に分析して、「此時に彼我あり。我とは今までの所置にたがひ來れる情態なり。彼とはわが所思にたがへる事物也。しかれども、その所思よりみれば、我といふもなほ彼なれば、我にもあれ彼にもあれ、わが所思にまつろはぬことあるをば、時とはいふ。」のであると云ふ。

かく、我が所欲所思を改め棄てるべきこと（我——情態、彼——事物）に逢ふを「時」とするが、「さて其時に、全うしやすきと全うしがたきとあり。全うしやすきは、ひとへ心なれば也。全うしがたきは、ひたぶる心なればなり。畢竟ひとへ心ひたぶる心のけぢめ也。されば、時は彼我となく、ひとへ心なる時はをさめもえつべし。ひたぶる心の時は、ほとほと時をもやぶりつべし。危きはひたぶる心の時にあへるなり。此故に、さるひたぶる心をば、我身のうちにさながらおくと、歌に托するとのけじめは、時宜をあやまちあやまたぬのさかひにしあれば、たれかは歌よまであるべからん。」即ち、こゝに至って、「歌」を詠まざるをえないのである。それは、必然必至とするのである。

かの「古今和歌集序」に〽はなになく鶯、水にすむかはづの聲をきけば、いきとしいけるもの、いづれか歌をよまざりけるとも、かゝれたるは、すなはち此こゝろ」である。「こゝにおいて、詠歌のいさをし、まことにいちじろき事にて候。」と彼は結ぶ。

かくて、「言私にて身公なること、歌道の本然なり。」と御杖は斷ずる。さわやか。洵にこれは、眞の藝術の獨自特殊にして而も普遍一般なる所以を喝破する言である。

かの「古今集序に、〽歌をいひてぞなぐさめける。又、〽歌にのみ心をなぐさめけると返々かゝれたる、げに此道の本意一言につくされたり、といふべし。」と云ふ。かく「歌道の本然」と云ひ、「歌道の本意」と云ふも、この「詠歌の時」に深く根ざしてゐてのことなのである。

かゝる立場に御杖が立つ時、彼の頭に當初から濃く重くかゝってゐた「非唯の志」としての教誡的思想も、また高められて來るのである。

即ち「歌に後悔せる心なると、教喩せる心なるとあり。」しかし、これらは「はじめより後悔せん、教喩せんとてよむにはあらず。歌もと欝情を托し、時を全うする事専用の物なれば、後悔と見ゆるも、教喩と見ゆるも、たゞその歌を見る人の心にて、歌ぬしはひとへに時をやぶらじの歎なり。此ゆへに後悔と見ゆる歌は、今の時宜これまでの所思をおしたててやぶるべからざるが故によみ、教喩と見ゆる歌も、今の時宜、教喩せまほしき心にまかせてやぶるべからざるが故によむにて、畢竟、後悔するに堪ぬ心をなぐさめ、教喩せまほしき心のひたぶるなるをなぐさむるなり。」（眞言辨下）とする。藝術への心高き發想を如何に見るかの問題は猶殘るとしても、ともかく、あざやかな進歩蟬脱を見なければならぬ。

5　五典の論

私は、如上に御杖の意味する「詠歌の時」を明らかにして、彼の歌道論への基礎論を見て來たのであるが、今や、詠歌制作に至る實際の過程を考察する機會を得た。これには、彼の五典の論を探るのが、最も簡明にして、要を得るやうである。

彼の五典の論は、「眞言辨下巻」に於て、「教悔の論」に附説されてゐる。それに依れば、

五典とは、

〽第一偏心

〽第二知時

〽第三一向心

〽第四詠歌

〽第五全時　である。

〽第一偏心は、2、人性凝視に既述した通りである。
〽第二知時は、この「偏心」を神道畏愛の道によつて、なごめをさめすかしとゝのへ、「時宜」にかなへることである。それゆゑ、この第一・二は、神道によつて取扱はれる事柄であり、従つて、神道に依つて全くのどめられる場合には、「歌」なるものは、無用であり不必要であることになるが、それを阻み、神道畏愛の道をもこえて現れるものが、次の、
〽第三一向心である。これは激烈で、時宜をすらやぶらうとする。こゝにこの「一向心」と「時宜」とを二つながら全うするために、
〽第四詠歌が考へられる。かくて、詠歌によつて、
〽第五全時が可能となるのである。即ち「かの一向心いきほひくじけて、いふべからずすつべからぬ時宜をも全う」せられるのである。
而して、かくして詠まれた歌は「これその時宜をやぶらじが爲に、さばかりのひたぶる心をもなぐさめたるその歌ぬしの眞言」であるから、「神人おのづから、かまけあはれみてかのおもひ捨てたる所欲に幸する」ので、こゝに自ら、
〽第六感動がたつのである。しかし、これは五典の外である。
御杖は、「百人一首ともしび」の「おほむね」に如上のあらましを圖示説明してゐる。次頁参照。
尚、御杖には、「五」字を使用してゐるものに、「五級」「五体」がある。「五級」とは、歌の品等であつて、之を〽一の上中下〽二の上中下〽三の上中下〽四の上中下〽五、の五級に分つを云ふ。又、「五体」とは、北邊學派

「圖」

わが身の内にて理のわが情をおす圖

わが情の理におされてのどめられぬ圖

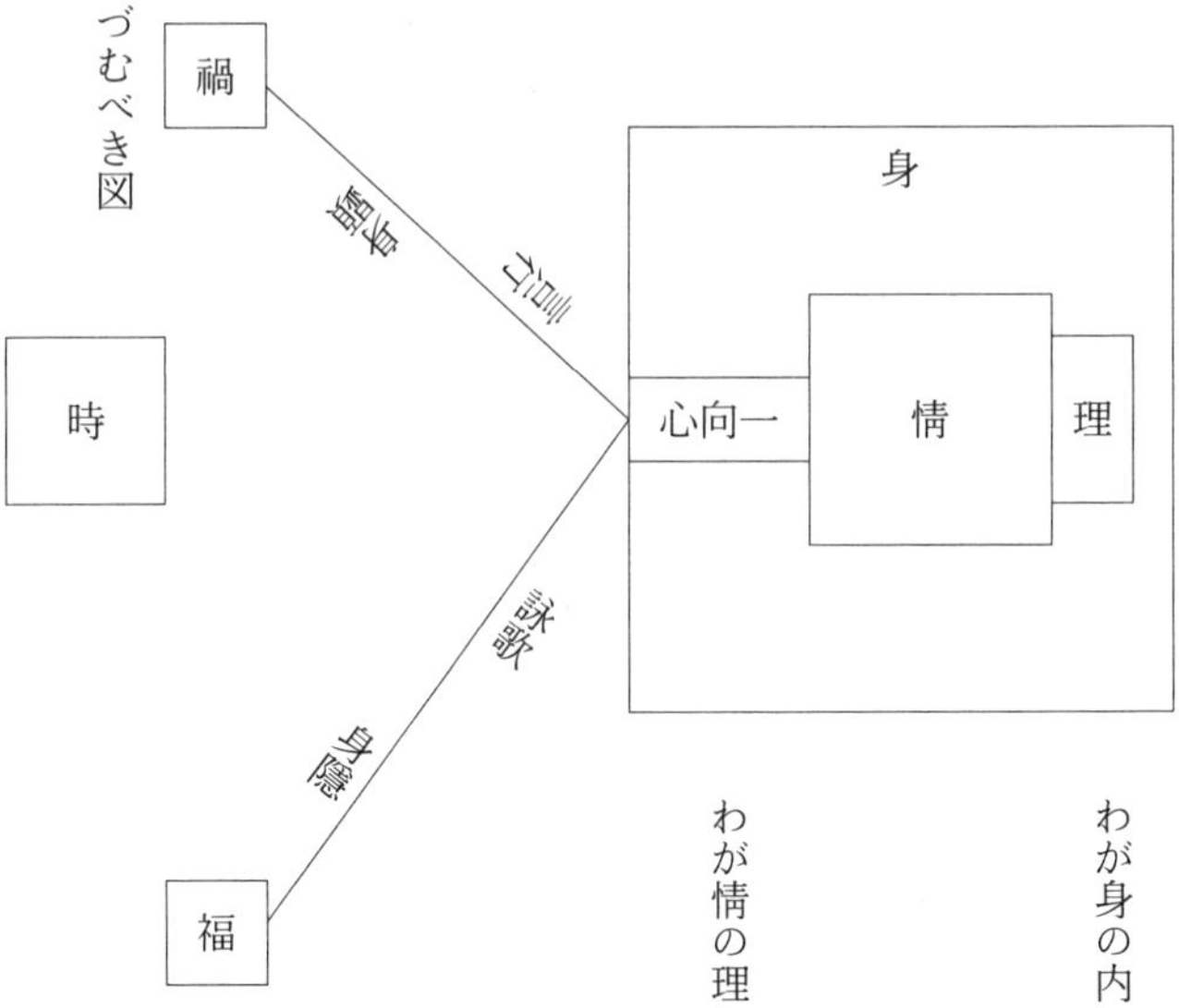

言行のかはりに、詠歌して、
わが身をかくせば、
つひにさいはひをうべき図、
古來、歌の感動のかたちなり

言行に情のまゝを
出して、わが身を
かくす事を
えざればつひに禍にしづむべき図

時とは、物にふれ、事にあたる實況にして、
わが情の言行にいだしがたき時なるを云、」

の初期に於ける獨自の歌の分類であつて、「のばへ歌」「かさね歌」「まもらへ歌」「よせうた」「むかへ歌」の五体を云ふ。何れも本論には本質的関係をもたぬものゆゑ、之を割愛する。

6　眞言の論

御杖は、幽（顕）側（正）内（外）陰（陽）を重視すると共に、「眞」を尊び、「中」を重んずるのである。

「わが國、むかしより眞をたつとぶ事は〳〵まぐはし〳〵まつぶさ〳〵ま玉手〳〵まかぢ〳〵まわかの浦、また通ひて〳〵みよし野〳〵みくま野〳〵み山など、事にも物にも所にも、そのよしともあしともいふべからぬに、しかたとへられたるをみるべし。」（眞言辨、下巻）と云ふ。

かくて、彼は、人性凝視を重ねつゝ、究極に、眞心・眞言・眞爲を重視した。彼は、之を「眞言辨下巻〇眞の辨」に於て、詳細に論じてゐる。

「眞」は、「もと、やむことをえざる事あるところにおいてあらはるゝもの」である。されば、「眞心」とは、「外に時宜あり、内に欲情ありて、やむことをえずおもひなれる心」を云ひ、「眞言」とは、「眞心となりかねたる時、やむことをえずうたひすつる歌を云」ふ。而して、「眞爲」とは、「眞言をもてなぐさむれども、なほ眞心となりがたき時、まことにやむことをえずふるまふ言行を云」ふのである。

理想を云へば、「すべてなに事も、心だに眞心となれば、時宜は全きものにして、眞言にも眞爲にもをよばぬ事ではあるが、しかし「それがかたさに眞言はうたふなり。」と云ふのである。

「それがかたさに、眞言はうたふなり。」とは、あゝ千古昭々たる名言ではないか。それは、孤高孤絶の神々しいひびきをさへつたへてゐる眞理ではないか。

常に「時宜をやぶらじがために、思ふ心、よむ歌、ふるまふ爲《わざ》は、私欲のすぢなれども、眞物」である。「しからば、眞は私にそへる名かといふに、所欲のまゝの心言爲にはかはりて、その用公なり。さてまた公にそへる名かといふに、公なるはみな智のなす所にて理のうへなり。眞は、公理にもよらず、私欲にもかゝはらず、たゞ時宜をおもんずるよりの事」（「中」思想を見る）である。

こゝには、我が國の精神系列史上最も光華とする「まこと」の出現を見る。他の學者が説く「まこと」論とは、著しく相貌を異にしてゐるけれども、その至る所は結局同じ所に歸すると思はれる。しかし、御杖の「まこと」論たる、人性の性情に如實に即して生動してゐると云はねばならぬ。

殊に、「眞言」について、「眞言とは、眞心となりかねたる時やむことをえずうたひすつる歌を云」ふとし、「それがかたさに眞言はうたふなり。」あたりの冴えはみごとであり、「うたひすつる」「眞言はうたふなり。」には、欝情（なげき）をのせる「うた」の「しらべ」（單に韻律と云ふよりも高い。それはまことをびんびんと響かせのせるものである。）が、言外に含まれてゐる。

「歌とは、なげきをリズムにのせて、うたふものである。」との先生のお言葉と切に相通ふものがある。

7　詞の構造

こゝには、御杖の「詞」の構造について考察したい。

先づ、「言語」と「詠歌」とは、どうちがふのであるか。この區別を、御杖は「眞言辨下巻」に於て試みてゐる。それに依れば、「いにしへは、歌にうたふも、言語にいふも、たゞひとつ詞」であつた。しかしその各ゝの職能より考へるならば、「もと言語は、ひとり言にいふ事もあ」るけれども、しかし、「ひとり言は言語の專門」ではなくて、その專門とするところは、もとより「彼我の間の情を通はす」ことになる。之に對して、「歌は、神にたてまつり人におくることも」あるけれども、しかし、「それは歌の專門」ではなくて、その專門とする所は、やはり

「わが欝情を托する」ことにある。この故に、「言語には時やぶれ、詠歌には時」が全うされるのである。

「元來、言語は無形」であり、「詠歌は有形」である。この「形」の「有無」と云ふことは大切なことで、「すべて形なきものには靈とゞまる事な」く、「形あるものには靈そのうちにとゞまりて死」なぬのである。かう云つて、彼は、「たとへば、宇治の網代木にいざよふ波を見て」、人生の無常はかなさを言語の上に歎いても、欝情は慰められるが、しかしそれは、言語が無形のものゆゑ、靈が止まることなく、その場限りのことで、時ありてはまたかゝる欝情になげくことが身にかへつてくる。

ところが、之を「もののふの八十宇治川のあじろ木にいざよふ波のゆくへしらずも」(柿本神詠)と歌ひ出る時は、欝情はこの歌の内にとゞまりて靈となる。加之、千載までも絶えて死ぬことがない。かく言語も歌も「詞は心をうつす器」であるが、しかし「形」の「有無」によりて、如上の「けぢめ」があると云ふ。

次に、かゝる「詞の構造」であるが、抑〻詞は、「表裏境」の三を具備してゐるとするのである。然らば、「表裏境」の内容は如何なるものであるか。

①「表」とは、例へば「見る」に例をとれば、〽「みるとは物ごとの眼にふれ來るをいふ心なりとしるをば表をたゞすと申候。」である。さうして、この表となるは、「時をなげく情」である。

②「裏」とは、〽「みるといへば、みざりし間の事をも裏にもち、又へきくへ思ふなどいふことをも裏にもつことをしる、これを裏をおすと申候。」而して、「裏」となるは、「ひとへ心の理」である。

③「境」とは、「詞の表と裏との間に自然ともちたるにて、裏表に時をかけてしるを、これといふ心自然といづる、これを境と申すにて候。」そして、「境」となるのは、「偏心の達せぬ憤」である。

この具体例を示すと、例へば、内心にもえまさる戀情(偏心)が、時宜(親の阻み)にへだてられて、とげられぬと云ふ場合がある。この時、「表」には、「悲しい」と云ふ「時をなげく情」がある。すると、「裏」には「かなしからず」「うれしい」（――恋情そのものゝ理には「かなしい」面はまともにはみられぬ）と云ふ「ひとへ心の理」があり、こゝで「裏」を「表」にかけて見れば、「境」には、「恋情の阻まれてとげられぬなげき」即ち「偏心の達せぬ憤」がひそめられてゐるとするのである。

然らば、かゝる「詞の構造」は、何のために必要であり、又何に役立つのであるか。御杖に依れば、「これは詞を治ふ」ためにあるのであり、且つ、「古歌をとくにもその眞にいたる事やすく、おのが歌よむにも用なきをはぶき、たらぬを補ふわざ、これにしく道」はないからである。洵に、かゝる構造に於て、「詞」の「裏」をかけて「境」を知れば、「その歌ぬしの時宜のために、所欲をなぐさめまことにやむことをえざるよりいでたる眞言なる事、かゞみにかくるよりも、猶明らか」であるからである。

思ふに、彼の「詞の構造」は、また「眞言」に通曉する道を明らかにすることであつた。

更に彼によれば、「詞の道」とは、「理といふもの、もと天地自然の理にて候へども、詞にいづるときは、理屈といふものに変じ、詞にかくるゝ時は、無量の道理となる故に、きく人の心屈服感服と申すたがひめある事にて候。此ふたつの道理をしる」ことである。

常に「感服させうる」道でなければならぬ。これこそ、眞の「言向けやはし」のことばの道であり、皇化のことばである。而して、その「感服」の道に即して「詞」が考へられねばならぬのである。

しかも「聲妙（五十音の聲の妙義）をしらぬうちは、詞の心に安心はなりがたきものにて候。」と云ふ。「あゆひ」（てにをは）に、殊に注意したのは、北邊歌學の一大特徴であつた。またかゝる意味の細心の注意を拂つた完璧の詞の解明は、（尤もそれらは「言靈」の實證が主眼ではあるが）、彼の著「百人一首燈」「萬葉燈」に見られる所である。

また、注意すべきことは、彼が生活語（主として日常會話）に鋭敏な考察を試み、之を丁寧にとりあげてゐることである。

例へば、「言といふ物は神をころすもの」であることを證するための一例話の如きである。

「たとへば、わが力つよきを人に示さむとするに、やがて、我力つよきにあらずや、といひたらんには、そのひと、心につよしと我を思ひをりしも消ぬべし。されば、人の心から強しとおもはむこそ、示したるにはまさるべければ、神在隨事擧不爲國とも、神柄跡言擧不爲國ともよまれたる也、しかるを、わが力つよきにあらずやといはん時、その人、げに強しと答へなば、すなはちすみぬとみな人思ふべけれど、しか答へたりとて、更にその中心よりこたふるにあらんや、その中心かならず、かれいかでか彼に劣らむとぞ思ふべき、もし其答をば、まことにしかおもふ歟いつわり歟と問はむに、誰かはまことならずといはむ、しかれば人の中心は問をも用ふべからざるもの也。」

これには、彼の自己探求に基づく生活語の反省がある。

又、「ある御方、御かたはらの人に、寒きほどに、その障子たてよと仰られけるを、父君（成章か）きかせたまひて、さやうの詞にては、歌よみえむ事おぼつかなし。障子たてよとあらば、寒からんといふ心はしるきものをと仰られけるとぞ。これは境の出たるといふものにて候。」とある。

まことに暗示深い挿話ではないか。こゝに眞の詞の道が生きてゐる。

之を要するに、「詞の構造」に關する諸論は、多く方法論に關するものであり、それは御杖獨自の古典解釋學（それは哲學的實證學と呼んでもよい。）の解釋技術に屬するものである。

たゞ、こゝでは、池田勉氏の如く、彼の解釋學には立入らずに、「歌」と密接にかゝはりを持つ「詞の構造」の考察に止めたのである。

(五)　神道と歌道――本末相関論――

上來、御杖の神道論と歌道論との概略を解明し、その中に於て、神道（主として（隱身）畏愛の道）と歌道との交渉相即に觸れ、且つ神道論は歌道論の基礎理論として考察してみたのであつた。

本項に於ては、この神道と歌道との本末相関を一層明白に結論したいのである。

抑〻御杖によれば、「神道」は本であり、「歌道」は末である。而して「爲」にいだすは、「その末のすゑ」である。これが彼の結論である。

「眞言辨上卷」に於て、彼はこの事を詳細に論じてゐる。

「もし神道によらずして所思所欲をば、やがて歌とよみいでば、眞のさかひをはづるゝが故に歌道の詮もなき事なるべし。されば、神道なければ、歌道も私もの也。歌道なければ神道全からず。神道は歌道をたすけ、歌道は神道をたすく。いづれか輕くいづれか重からん。畢竟、神道ありての歌道、歌道ありての神道と心えて、まづつねに神道を修する事須臾もわするまじき事にて候。」

以上は、神道歌道の相関論であるが、彼は之に割註を施して更に補論強調する。

曰く、「なほくはしく申さば、神道は時にしたがふべきをしへなり。歌道は時にしたがひがたき時の爲なり。されば、歌道は神道を本とせざれば不足なり。神道は歌道によらざれば不足なり。ふたつながらかくべからず、たとへば天と地とのごとし。天なければ地の用おこなはれず、地なければ天の用見る所なし。よくよく思惟すべき事にて候。」と。

こゝに、神道歌道の本末相関論が、たしかに据ゑられる。而して、こゝにこそ御杖獨特の形而上學は樹立されたのであつた。

(六)　言靈論

1　開眼の機

今や、いよいよ御杖の言靈論を論ずべき時が來た。

第一に、御杖は、如何なる契機により、言靈開眼をとげたのであらうか。これについて考へておきたい。これには、その主要な飛躍的開眼の契機として、凡そ二つのものが考へられるのである。

一つは、彼が「古事記燈、言論辨」に於て述懐してゐる如く、「歌」と云ふものの意義観存在價値観につき抱持した自己の「あやしみ」(懷疑)を、追求解決するために、「ひたすら、國史中の歌、萬葉集等ふるき世の歌ならびに文どもを見」て、「萬葉集第十三柿本人麻呂が長歌に、〽葦原水穗國者神在隨事擧不爲國雖然辭擧叙吾爲言幸眞福座跡恙無福座者荒礒浪有毛見登百重波千重浪敷尓言上爲吾　この反歌に〽志貴島倭國者事靈之所佐國叙眞福乞曾、このまへにも〽蜻島倭之國者神柄跡言擧不爲國雖然吾者事上爲云々といふ歌もあり、又同集第五山上憶良が長歌に〽神代欲里云傳介良久虛見津倭國者皇神能伊都久志吉國言靈能佐吉播布國等加多利繼伊比都賀比計理今世能人毋許等期等目前尓見在知在上下略　また同集第十一に〽事靈八十衢夕占問占正謂妹相依　また續日本紀長歌に〽事玉之當國《マササキク》　度會上下略　これらの歌にふかく目とまりぬ。」と云つてゐる、これである。確かに第一の開眼契機は、こゝにあつたと思はれる。而も興味あることは、先づ「ことあげせぬ」ことに深い関心を抱いたらしいことである。

扨、第二の契機は、御杖の同じ書に、「予かく神典の教旨を、言靈もてとく事、その據とするは、神武紀云、初《はじめ》天皇㆒草㆓創天基㆒之日也大伴氏之遠祖道臣命帥㆓大來目部㆒奉㆑承㆓密策㆒能以㆓諷歌倒語㆒掃㆓蕩妖氣㆒倒語之用始起㆓

乎茲」とあるこれ也。」と云つてゐる「諷歌倒語」であつたと推察されるのである。

私は、第一の契機によつて開眼した御杖の言靈論を、假にしばらく、眞言的言靈論と呼んでおく。それは、「眞言辨下卷」の「言靈辨」に於て解明された、御杖の學的体系成立の時期から云へば、寛政享和期にあたる第一期の結果と思へるからであり、この論究に於ては、次に述べる倒語（即ち第二契機をなしたと思はれる）については、一言もふれてをらぬからである。

次に、第二の契機によつて開眼した御杖の言靈論を、私は假にしばらく倒語的言靈論と呼ばう。これは、その成立の期から云へば、文化期、有名な「古事記燈」に沒頭してゐた頃の所産と思はれ、しかもこれが更に根柢となつて、「萬葉集燈」（文政期）等にすゝみ、その形而上學は愈〻深化して行つたのである。

2　眞言的言靈論

御杖は、「眞言辨下卷」「言靈辨」に於て、次の如く論じてゐる。

先づ冒頭に、「言靈」とは、「言のうちにこもりて活用の妙をもちたる物を申す也。」と斷じてゐる。極めて平明率直な解明である。

而して、人麿の〽しきしまの倭の國はことだまのたすくる國ぞまさきくありこそ」を引き、「言に靈ある時は、その靈おのづから、わが所思をたすけて、神人に通じ不思議の事をもうべき事、わが國詠歌の詮たる所なり。」と云つてゐる。

又、かの「古今集序に〽ちからをもいれずしてあめつちをうごかし云々とかかれたるは、すなはち此言靈の妙用人の力のをよびにあらぬよしをのべられたる也。」と云ふ。

扨、然らば、その靈となるものは、いかなる物であらうか。御杖は、既述した如く、「歌」は、やむことをえざる「一向心」（ひたぶるごころ）が、のつぴきならぬ「時宜」につきあたつた時、その欝情をなぐさめようとして詠むものであるから、かゝる歌の「言のうちに、その時やむことをえざるとひたぶる心のやむことをえざるさま、おのづからとゞまりて、靈と」なるのだと云ふ。こゝに云ふ「言」とは、勿論「眞言」である。

それゆゑ、これに比べれば、單に所欲を達せんがためによむ歌は同日の論ではない。それは、「靈」は「やみがたいひたぶる心」と「さけがたい時宜」とのうちあひの間に生れとゞまりはたらくとする。それは、恰も「物ふたつうちあふはづみに、おのづからなり出るものは、かならず活《イキ》て不測の妙用をなすもの」であることから考へて、「燧といふもの、石とかねとをうちあはするに、その間に火おのつからいづ。しかりとて、石しても物はやけず、かねしても物はやけず、たゞそのふたつの間よりこそ、ものをやき、くらきをてらす妙用も出で」くる如くであり、また、「酒といふもの、もとよねと水とをうちあひたるに、おのづからなれるものなり。しかりとて、水をのめどもゑふ事なく、よねをかめどもゑふ事なし。たゞそのふたつのあはひよりこそ人を酔せ氣血をめぐらする妙用も出」でくるが如くである。

即ち、「歌」は、「公身」にして「私心」であるから、これが「うちあふ間に、靈は出來て、言語の道たえたる時をも感通せしむる妙用」を持ちうるのである。

かゝる言靈観（論）は、御杖の㈣歌道論に於て述べた、彼獨特の神道と歌道との本末相関々係から必然的に、その眞言としての「歌」の上に要請されざるをえなかつたものであると云つてまちがひなく、勿論開眼契機の深き根ざしは考へねばならぬのであるが、ともかく、こゝに御杖の思索のひらめき冴えを、またこの言靈要請による安堵とを窺ひうるものと思ふ。

實に天才的哲學者御杖の若き日に於ける詠歌の意義價値本質への「あやしみ」は、こゝに至つて、ひとまづ光明を與へられたのではなかつたか。こゝに北邊歌學の再組織の一應の完成があつたのではないかと云ふことが考へられる。しかも、かゝる獨異の「歌道論」は、更に、その「言靈」の妙用を呼んで、「感通」「感動」となすに至つて、ゆききはまるのである。

3　感通感動

御杖は、同じく、「眞言辨下巻」「感の辨」に於て云ふ。

「感通」「感動」は、「まつたく言靈の妙用」そのものである。從つて、「感通」を「ねばはうとするならば、ひとへに言靈あらへことをねがふべき」である。故に、「言靈」はねがふべきものであり、「感通」「感動」はねがふべからざるものである。詠歌制作にも、「感動」は五典の外である。

唯、2の眞言的言靈論に於ても述べたやうに、「いはまほしく、せまほしきを、爲《わざ》にいだすべからぬ理は弁へたれど、なほ時宜にかなへがたきやむことなきに、歌とうたはば、その言に靈あらずといふ事」はないのだ。これこそ、「言靈」をねがふ道である。而して「言に靈あらば、感通あらずといふ事なかるべし。」凡そ、「人の心のをよぶ所は、たゞ言靈あらんことを、ねがふをかぎりとすべき」である。

更に云ふ。一体「言靈あらんとするは、ひとへに爲にいでじとする」にある。「これすなはち、感通の道をひらくわざにして」、決して故意に「感通」を求むるのではない。

實に、「感通」の本然は、「やすきかと思へばかたく、かたきかと思へば、やすき事」にあり、「所詮感通のかたきは、身の所置おろかなる所」あるゆゑである。(氣魄思ふべし。)

「身の所置ねもごろなれば」、「感通」必ずしも難くはないのである。

例へば、「梅干といふものを、人のくふを見れば、我口《くち》たちまち酸氣生ず。これ感通のちかきためし」である。それは、「その人不言にして、酸氣を堪へてくふ故に、見る人これに感ずるにて、元來人に酸がらせんとてくふ」

のではないことを三省すべきである。

更に彼は、「大和物語」の「やまとの國なる女」の歌〳〵かぜ吹けば沖つしら浪たつた山よはにや君がひとりこゆらむ」の感通を例として語つてゐる。

まとめは、かく考へれば、「いにしへより歌に感動ありし例ひくにいとまあらず。歌もと爲にかふるものにあれば、歌には感動ある事は必せること也。實にやむことをえずしての眞爲は、これまた感動、歌にひとしかるべき事なれど、歌にくらぶれば爲のうへの感動は、ひときはかたきわざなり。此ゆゑに、神道にしたがひてつねに爲にいでじとすること第一」、(神道の本領)、「歌道によりてなぐさめ、歌をわざにかふる事第二」、「ねがふべきにはあらねど、これみな感をいたりとするがゆゑのをしへなれば、かつくるしみ、かつたのしむこと、わが國の道のとほじろきなりかし。」

以上、御杖に於て、「わが國の道のとほじろさ」は、主として、その「歌道論」に即して追求思索されて來たものであり、そのゆきつきを、「眞言」(歌)にこもる「言靈」、「言靈」の妙用たる「感通」「感動」に得たのであつたが、これが、次の「倒語的言靈論」に於ては、如何に展開されるのであらうか。その間には、彼の文章さへも烈しさと重さと苦しさを響かせて來る。

4　倒語的言靈論

彼の倒語的言靈論の開眼的契機をなしたと思はれるものについては、1の開眼の機に於て述べた通りであるが、彼はこれと前述の眞言的言靈論との接續に関して、「古事記燈」に、次の如く述べてゐる。

「しからば、いかにいはむを、眞言とはいふぞとたづねしに、この神武紀にいはゆる倒語これなり。倒とは、わがいはむと思ふすぢをいはずして、思はぬすぢに詞をつくるをいふなるべしとおぼゆるより、倒語をば、わが御國言の道ぞとしりてのちは、かみつ世の歌も文も、その詞の表のうたがひ一時にとけにき。この道、天平前後までは、世人もみなしりたりしを、此京になりて、はやくよにはかくれぬ。今は千とせばかりに成ぬればさる御國ぶりなりきとも人しらずなりはてぬるを、近ごろ、その弊に椋の葉をかけて、いよ〲詞の表にめをも心をもかぎる事とはなりにけり。」

こゝに、眞言的言靈論から倒語的言靈論への飛躍とそれによる新しい立場の樹立が語られてゐるのである。

然らば倒語とは何であるか。これに入る前に、嚮に眞言的言靈論に於ては、「言にこもる言靈」として考へられ、言と靈とが異質異方向的に分離してゐなかつたのに反して、倒語的見地に立つ限り、一應言と靈とは分離されると云ふことを考へておかねばならない。

「いかにいはむを、眞言とはいふぞ」（前掲）こゝに倒語がその實際方法に於ける解答として登場するのである。而して、この「倒語」に於て、「言」は精細に吟味され究明されるのである。

その結果表明されたものは、「言といふ物は、神をころすもの」である（㈣歌道論7詞の構造参照）こと、従つて、「人の中心は、問をも用ふべからざるもの」である故、「とても直言をもては、その中心に徹す」ることが出來ない。この故に、「わが大御國、神氣の妙用をむねと」するのである。即ち「倒語する時は、神あり、これ言靈なり。」である。（以上、古事記燈、言靈辨）

こゝに、「直言」と「倒語」との對立が現出する。而して「言靈」は「直言」にこもるものでなく、「倒語」によつて活かされこめられるものである。前掲引用（1開眼の機参照）の神武紀の「諷歌倒語」に於ける「諷」とは、「言語の倒語なるを云ふ、即言靈ある言をいふ也」と云つてゐる。因みに云へば、「歌とは、詠歌の直ならぬを云ふ、即言靈ある詠歌をいふ也。」と彼は云つてゐる。

かくて、この神武紀には、元來「倒語とは、わが所思の反《ウラ》を言とするにて、詠歌も言語もともに倒語たるべきが故に、倒語之用始起二乎茲一と更におしこめて書たまへる」のである。而して、「大かた直言すれば、人の中心にひそめる氣、忽來りて我にわざはひするを、倒語すれば、その妖氣を掃蕩する事、たとへば、不遜にすれば、かれ我を尊ばず、謙讓にすれば、かれわれを卑まざるがごとし。誰とても、たふとばれんをこのまざるものなけれど、多くは直をもてむかふが故に、妖氣にのみいやしまるる也、もし倒をもてだにむかはゞ、かれが神氣、わが罟擭《アミ》におつべき事かくの如き物なるをや。されば、歌も文も言語も倒語より外に、わが中心を人の中心にはこぶ道は、あるまじき事、思ふべし〳〵。」と彼は云ふのである。

而して、この神武紀にある「諷歌倒語」により、「倒語」には「諷と歌とあ」るとし、更にその一つたる「歌」は、「諷」が「諷」としての道を絶たれるに至った時のために、わが大御國ぶりとして、即ち「詠歌の道」としてあるのだと云ふ。

まとめて倒語を考へれば、これは、「いふといはざるとの間のものにて、所思をいへるかとみれば、思はぬ事をいへり、その事のうへかと見ればさにあらざる、」こゝに倒語の肝要が存する。

わけて、倒語を考へるならば、前述した直言と倒語との對立は、こゝに「直言」と「諷」と「歌」との三對立になる。之を考へるに、「直」と「諷」とは相反せる物であり、「歌」は、「諷」の「一段とほきもの」である。

この故に、「倒語」は、「もと」己が「直」言しようとすることを、「靈」(かくれこもるもの)として、「言(第二直言的表現)をつくる」(倒語の實際方法)のであるから、「その言より、かれ、わが所思をおもひこみて知る」——これをば、「言靈のたすけさきはふと」よまれたのだとする。即ち、「其言の外にいかし置たる所のわが所思をば、言靈と」は云ふのである。

こゝに、倒語的言靈論に於ける「言靈」の正體が見られる。

而も、この「言靈となる物は、更に〳〵邪正にかゝはらざる事にて、たとひ道理ある事にても、かれがゆるす事ならねば、そのしるしもなく、固くもあらざる物なるが故に、すべて倒語を貴ぶ」のである。

而して、何故に倒語に、「言語の諷」と「歌」とあり、しかもその「歌」は「倒語」に比して如何なる點に於て、「一段とほきもの」であるのか。

これに對して彼は云ふ。「言語の諷にして、たりぬべくば、歌の道は別にあるまじけれど、もしそれあはひ遠くして、諷とゞくまじくば、さる時をば、歌の時也と」知るべきで、「かの歌どもに、さきはふ國、たすくる國、また言擧せぬ國など、國にしもかけてよまれしは、すなはちわが大御國の御てぶりなることを示」されてのことである。

かくて、御杖は、「直言と諷と歌」の対立次序に於て考へられる、倒語的言靈論の概念を明瞭にし、次には、かゝる「言靈」観念の起伏存亡隆替を史上に探求實證しようとするのである。こゝに於て、倒語的言靈論は、かの歌道論の究極的立命的要請として立てられた眞言的言靈論をこえて、史上絶對の歴史的事實の中に、その「あかし」(本據信證)を求めて、彼の形而上學体系の根幹底流として重々しく展開して行くのである。

5　言靈の起伏

御杖は、かゝる倒語的言靈の道を史上に辿り、そこにその起伏存亡隆替を探り、之を實證しようとするのである。

神武紀のことは、既述の如くであるが、

「崇神の御巻に、大毘古命を高志國につかはされし時、少女ありて、山代の弊羅坂にたちて、歌をうたひし事ある所に〈大毘古命思レ恠《シトソ》　返レ馬《ヲ》問二其少女《ニ》一曰汝所レ謂之言《ハ》何《ノ》言《ゾ》少女答曰吾勿レ言《フ》　唯爲二歌詠一耳即不レ見二所レ如《ク》而忽失云々〉」とあり、また、「萬葉集第五巻に〈天平二年七月十日憶良誠惶頓首謹啓憶良聞《ク》方岳諸侯都督刺史並依《ニ》二典法一巡二行部下一察二其風俗一意内多端《ニメ》　口外難《ニ》レ出謹以二三首之鄙歌一欲レ寫二五臓之欝結一其歌曰云々〉とて三首の歌」がある。かゝる例によつて、「直言をも諷をも用」ひえない、しかも、「いはではえあるまじき時」に、「詠歌は必用たるべき事」

を知ることが出來よう。こゝに「この崇神の御巻なる勿レ言唯爲二歌詠一耳といへる事」は、「直」言と諷語と詠歌とのけぢめ」の明らかである「あかし」であると彼は云ふ。

而して、後世は、直言諷語詠歌の差別を認識しえなくなり、専ら「賀哀傷離別恋旅など、すべて人事につけてよむ歌は、たゞ言語に直言すると」同一と心得、又「花鳥風月のたぐひは、たゞその物を詠ずるばかりのことと」なつた。

かくも「直言と詠歌」と同一概念にありとするならば、「詠歌の道」が「こと更に」ある理由はないではないか。「直言と詠歌」との別をはつきりと認識すべきであると彼は強調する。

然らば、かゝる言靈の道は、一体何時頃まで失はれずに生きてはたらいてゐたのであらうか。御杖は次にこのことを問題にするのである。

かの「垂仁の御巻に〳〵物言《フイノ》　如《シ》レ思《フガ》とあるは、即ち直言の事」で、「言に靈なきを」云つてゐるのである。これは、「景行帝のわかくましましし時〳〵八《ヤツ》挙《カ》鬚《ヒゲ》至《ルマデ》二于心前《ムイサキ》一眞言登波受とある所にみえ」る詞で、こゝに云ふ「眞言とは即ち靈ある言の事」で、「今わがいふ倒語の事」である。これは當時、倒語尊重の専らなりしを證明するものである。

これ以後ではあるが、前掲憶良の長歌に「今世能人毌許等期等目前尓見在知在」とあるから、憶良頃までは、「いまだ世人みな言靈の道をよくしり、かつ言靈のさきはふしるしも見し」つてゐたことは明白である。これ以後、言靈の道は、「世人しりたるもすくなくなりゆきしなるべし。」

一体、「言靈の道いまだ湮沒」せぬ世とても、「あやまりて、直言に」なつてゐることも「たまたま」はみえる。併し「大かた、たとひおもふまゝをよみたる歌のごときも、それは所思の正面にはあらずして、みな別に所欲ありての歌なる事」これが「かみつ世のてぶり」であると云ふ。

概して云へば、「後世とても、直と諷と歌のけぢめ」を明辨した人もあるが、かの「からまねびさかりになりて後は、をさ〱此道かくれにけり。」とおもはれる。

扨、古歌には、「實物實事にしてみれば、」道理にたがへるものが多い。これは、「靈を主とし、言を客として、物のうへ事のうへをよむ」のでないからである。か丶る所に「貪着せぬ事」こそ「いにしへ人の言のつねである。このやうな古歌の例として、彼は「萬葉集第十〽朝果《アサガホハ》朝露負《アサツユオヒテ》咲雖云《サクトイヘド》暮陰社《ユフカゲニコソ》咲益家禮《サキマサリケリ》」と「同集第五〽烏梅能波奈伊米尓加多良久美也備多流波奈等阿例冊布左氣尓于可倍許曾」を引き、前者は「ゆふぐれを、いそぐ後朝のわびしさを靈とし」、後者は「梅咲たれば、みに來たまへ。もろともに酒をものまむと人を招く心を言靈とした」のであると説く。

こ丶でまた彼は、古歌言靈の解釋に於ける信念技術について論ずる。「すべて、ふるき歌どもには、脚結の置ざまにも、（これは天尓波の事也）いとあやしむべき事どもあり。そのあやしみを導きとすれば、言靈にはおもひ入らる丶」のである。「されば、すべて古歌古文をみむには、詞とせられたるかぎりは、そのぬしの所思の正面にはあらずと決断して、さてみるべき」である。

かくて、次には、「言靈」と「感通」「感動」との関係を説く。かの「古今集の序に〽ちからをもいれずしてあめつちをうごかし、めにみえぬおに神をもあはれと思はせ、をとこ女の中をもやわらげたけきもの丶ふの心をもなぐさむるは歌なり云々――この感動をば、後世は歌の上手なるよりの事と心え」てゐる。彼は衝く。

然らば、若し「上手ならでは感動せずとならば、かみつ世には人麻呂・赤人・中昔には、伊勢貫之より外に感動あるべからず」と云ふのか。否、「たとひ今日よみはじめたる人とても、言靈だにしづまれらば、いかでか神に感通せざらん。」洵に「感通」「感動」は、「言靈」によることで、單なる歌の巧拙によることではない。これもみくにぶりの失はれて行つた一つの悲しむべき現象であると彼は歎く。

さうして、かゝる「みくにぶり」喪失の最も大いなる因由は、古今集の部立にかゝることとする。曰く、「貫之頗、から心にて、詩經をやうらやまれけん、古今集をえらばれしに、はじめて、四季恋雑等の部立をせられたり。これいはゆる花鳥の便とし活計の媒となれるをなげきてのわざにして、歌をばまめ〳〵しきものにせんとせられし事、かへりて後世歌の道をうしなひける始とはなりにけり。」と。

こゝに、御杖の見識がひらめき出る。即ち上文の「まめ〳〵しきもの」に對して、「相聞のうへは、歌の専用なるぞかし。しかるに恋の歌ども、いにしへあらはなるを、心もしらぬから心なる輩、これをあはむるに、國學する人も、それに聞おどろきて、恋の歌はよむまじきもの也などいふひがごとさへ聞ゆめり。わが大御國は、かゝることども他域にことなる所ある事、みな神道をむねとするよりの事なり。」卓然たる彼の人間性をたゝへねばならぬ。「相聞のうへは、歌の専用なるぞかし。」いみじくも彼は道破してゐるではないか。

彼は、再び、古今部立の排撃に移る。「とにかくに、後世、歌を詠物になし、もてあそびものとしはじめられし其親は、古今集の部立なる也。」由來「もてあそびもの」は、彼の最も排撃して止まざるところ。而して、語氣鋭く迫る。「これひとへに、言靈をうしなひかためられしわざ也といふべし。」尤も、「萬葉集第十等に、詠花詠鳥など題」してあるのは、家持の心はいざしらず、「その歌どもをみるに、さらに詠物」ではない。「いづれも言靈ある歌どもにて、その花鳥などは倒語のため」で、後世の詠物とは概念内容を本質的に異にする。

かくて、「されば、すべて言靈となる所の所思は先」であり、「題は後」である。題詠も亦如上の理由で彼の排撃するところで、「予は、つねに人に無題の歌をのみよま」すのであると云ふ。

ついで、御杖は、直倒を立てぬ言靈論たる代匠記今井似閑の聞書に於ける所説を反駁する。

その聞書には、「〳〵言靈とは、言にたましひのあるといふがごとし、いはへばよろこび來り、のろへば、うれへいたるが如し、神武帝東征の時、いはひて物ごとに名をつけて勝利をえたまひ、武烈の御時、平群眞人死せる時、のろひてまさしくうれへをなすがごとしといへり。世人多くは此説を信じたり。」けれども、倒語的言靈を信念し之を實證しようとする御杖にとつては、「かの阿闍梨（契沖）、その學、和漢梵にひろかりしが故に、かへつてわが大御國の御てぶりは、くはしく心をもいれられざりけるにや、この説今すこし心ゆかぬ」のである。

何故かと云へば、「いはへば歡來り、のろへばうれへ來るといふ事、直倒をたてたる説にあらざれば、いかでかそれを靈とはいふべき。おほよそ、よき事にはさちあり、わろき事には禍ある事つねなれども、それはいふも更なる理なり。もとさちあるまじき事にさちありてこそ、さきはふともいふべきものをや。たすくといふも、これに同じ。」「されば、たすくる國、さきはふ國といふは、たすけらるまじき事をたすけられ、さきはゝるまじき事をさきはゝるゝ國といふ心なる事おもふべし。」冴えては更に衝く。「いはへばよろこび來り、のろへばうれへ來るといふは、猶渾沌家を出でざる論なるぞかし。」

徹底的に、かくやつつけはするが、またひきかへすと見ると釘を打つ。「されども、この言靈の道世にうしなはれて久しきことなれば、これひとり此阿闍梨がとがにはあらねど、すべて有力のひとの説とだにいへば、名にまどひて取捨をもせざる事、凡庸の人のならひなるが故に、今そのまどひをおどろかしおくなり。」まことに、彼は一世の快男兒である。

「後世」歌のうへの巧拙をあらそふは、ことごとく歌合の遺弊にて、さらに〳〵此道のほい」ではない。さうして、「今のよと成ては、たゞ歌のうへをのみいひて、内の論はなくなりにたり。たとひ歌はあしくとも、内に靈あらんを、いかでかあしとはいはむ、よくて靈なきと、あしくて靈あるとはいづれ、たとへば社の莊嚴いみじくてしづまり給ふ神なきは、たれかはいつきまつるべき、よく〳〵よろづにかへりみるべき。」ことである。

かくて云ふ。「この故に、此神典をみむやう、すべてこの御教主の、をしへまほしくおぼしける正面は、詞にはかつて出たらずと決定してみるべし。人のための教をさへ、なほ言靈とし給ふわが御國ぶりのたふとさ、かへすぐ〳〵

おもふべきなり。」と。

要するに、御杖は彼獨自の倒語的言靈論を史上に實證すべく、その言靈の道の起伏存亡隆替の跡を辿ったのである。これは、前期の眞言的言靈論が、歌道的究極の要請として、率直平明に立てられてゐたのを、更にその中の、「眞言」のありかたの方法的技術的追求により、「倒語」のことに思ひ到り、こゝに獨自のものを樹てるに至ったのであった。

而して、かゝる科學的實證を神典に試み解した結果としては、つひに「言靈」を司る神として、「事代主神」を立てるに至る。こゝに至れば、御杖言靈論の爛熟を見るべきである。

かくて、御杖独自の學的信念は愈〻堅持され、神典と云はず古歌と云はず、すべて、己が倒語的言靈を、その解釋（實證）原理と「決定」し「決断」して、思ひ「見るべし。」とまで云ふに至ってゐる。（以上、すべて古事記燈、言靈辨より引用）

(七)　結　語

1　言靈開顕

私は、以上、時代的蕩搖、人生的不幸、家柄的束縛、個性的懷疑、宿命的孤絶等々、層々相重なる窮迫の境涯に住し、しかもあくまで心高く、眞摯な發想の下に、神道・歌道を追求し究明して、つひに言靈を最も深く掘り深めて、之を光華莊嚴した御杖の形而上學体系の極く概略を考察して來たのであるが、實にこの天才的哲學家の刻苦精勵になる藝術哲學は、一にその「言靈」に生命をかけるものであると云ってよい。

而して、彼の「眞言的言靈論」から「倒語的言靈論」への飛躍は、實に言靈信仰思想史上の一大偉観とも云ふべく、前後凡流の追隨を許さず、之に捧げることばを知らぬ。

生涯をかけて、きはめえた「言靈」の道を堅持して、當時、一世を風靡してゐた單純淺薄なる作品解釋を排撃して、堂々、己が「言靈觀」を古典古歌上に實證解明して、獨自の形而上學的体系を樹立護持したその氣魄、その信念、その刻苦、また稀世絶類のものであつた。

思ひめぐらすに、「歌の發想」を、御杖ほど「高邁な志」においたものはない。實に前後その比を見ぬ。彼は實に池田氏の所謂悲願の詩人にこたへる、悲願の藝術哲學者であつたと云ふべきである。

あゝ、彼こそは、この國藝術哲學史上に「言靈」開顕の絶唱をのこして行つたたぐひまれに高邁なるやまとびとであつた。

2　一　首

文政四年御杖五十四歳の作。彼は齢五十をすぎて妻を離別したと云ふ。

八千矛の神の命の妻まぐとたゝせりし世ゆわれ戀ひわたる

第二章　言靈信仰の光華

(1)　神　勅

もはや、わたくしたちのいかにしてもいひおよばぬ「ことだま」のひかりうるはしい、けだかいきはみのさきはひ。

あゝ、「ことだま」は、あかあかとくれなゐにもえすみ、あめつちとはに、やまとのくにのやまとびとのたましひに、ますがしいしらべをあげてすみまさる。

(2)　やまとことば

あはれ　あなおもしろ　あなたのし　あなさやけ　おけ

——古語拾遺——

(3)　やまとうた

(一)　和　歌

1　記念抄

明治天皇御製

○まごころを歌ひあげたる言の葉はひとたび聞けば忘れざりけり

一、やまとうたは、人のこゝろをたねとして、よろづのことのはとぞなれりける。世の中にある人、ことわざしげきものなれば、心におもふことを、見るものきくものにつけて、いひいだせるなり。花になくうぐひす、水にすむかはづのこゑをきけば、いきとしいけるもの、いづれかうたをよまざりける。

二、ちからをもいれずして、あめつちをうごかし、めに見えぬおに神をもあはれとおもはせ、をとこをむなのなかをもやはらげ、たけきものゝふの心をも、なぐさむるはうたなり。

三、このうた、あめつちのひらけはじまりける時より、いできにけり。（あまのうきはしのしたにて、女神男神となりたまへることをいへるうたなり。）

四、しかあれども、世につたはることは、ひさかたのあめにしては、したてるひめにはじまり、（したてるひめとは、あめわかみこのめなり。せうとの神のかたちを、かたにうつりかがやくをよめるえびすうたなるべし。）これらは、もじのかずもさだまらず、うたのやうにもあらぬことどもなり。あらかねのつちにしては、すさのをのみことよりぞおこりける。ちはやぶる神世には、うたのもじもさだまらず、すなほにして、ことの心わきがたかりけらし。人の世となりて、すさのをのみことよりぞ、みそもじあまりひともじはよみける。

五、かくてぞ、花をめで、とりをうらやみ、かすみをあはれび、つゆをかなしぶ心ことばおほく、さまぐ〵になりにける。とをき所も、いでたつあしもとよりはじまりて、年月をわたり、たかき山も、ふもとのちりひぢよりなりて、あまぐもたなびくまでおひのぼれるがごとくに、このうたも、かくの如くなるべし。

六、今の世の中、いろにつき、人の心花になりにけるより、あだなるうた、はかなきことのみいでくれば、いろごのみのいへに、むもれ木の人しれぬことゝなりて、まめなるところには、花すゝきほにいだすべきことにもあらずなりにたり。（そのはじめをおもへば、かゝるべくなむあらぬ。）

七、かきのもとの人まろなむ、うたのひじりなりける。

八、又、山のべのあか人といふ人ありけり。うたにあやしくたへなりけり。

九、人まろなくなりにたれど、歌のことゝゞまれるかな。

一〇、たとひ、時うつり、事さり、たのしび、かなしび、ゆきかふとも、この歌の、もじあるをや。あをやぎのいとたえず、松のはのちりうせずして、まさきのかづら、ながくつたはり、とりのあと、ひさしくとゞまれらば、うたのさまをしり、ことの心をえたらむ人は、おほぞらの月をみるがごとくに、いにしへをあふぎて、今をこひざらめかも。

――以上、古今和歌集序――

2　正　統――本質

記念抄に引いた如く、貫之の「やまとうた」に関する「ことだて」は全く見事である。「やまとうた」に対するかゝる見事な表明は、日本文學の正統をはぐくみし若き日を荘嚴した誇るべき記念碑でさへある。

「花になくうぐひす、水にすむかはづのこゑをきけば、いきとしいけるもの、いづれかうたをよまざりける」――「いきとしいけるもの」とは、あゝなんとすぐれたみごとなことばであらう。「ことだま」のしらべが、びんびんとひびいてやまとびとわれらの胸をうち、よろこびをあふれさせてくるではないか。

かゝる「いきとしいけるもの」のよむ「うた」こそは、「あめつちのひらけはじまりける時よりいできにけり。」こゝに「やまとうた」の天上的構想を信じきってゐる貫之の心が据ゑられてゐる。記念抄一〇のことばと共に、かく熱い情熱と信念とを、貫之は「やまとうた」につなぎ、之に捧げてゐたのである。そしてそれは、千載萬古、やまとびとの心魂をうたずにはおかない。

齋藤清衞博士は、「世界に行はれてゐる數々の文學樣式で、おそらく短歌ほどひとつの形を一千餘年の長きに亘つて信守し、それを凝視しつゝ深めてきた民族の例は他に類が少いと思ふ」（日本的性格の文學）と云はれ、「歌は心のすさびから出てゐる。」（仝上）と說き、また「『言靈の幸ふ國と語りつぎ言ひつがふ』と云ふかれらの矜持は、事實としての文學愛の精神に通ずる。」（精神美としての日本文學）と卓見を述べてゐられる。かゝるうるはしい文學愛の精神が、「やまとうた」を連綿と護持し、またこの「やまとうた」の傳統と光榮とによつてそれは至純の民族性の一として實證されるのである。

又、岡本先生は「言靈」誌第五卷、第五號の「短歌文學の本質」に於て、次の如く斷言せられた。

即ち、「短歌は神代以來我々日本人が何かにつけて感慨をもらす器となつて來たのであつて、日本人にして生れてから死ぬまで一首の歌も作らなかつたと云ふ人はまづ少ないのではないかと思ふのであります。かくの如く普遍的なそして身近い感じをもつ文學樣式をもつわが國民はまことにめぐまれた國民だと思ふのであります。しかるに中には短歌は文學ではない等といふ人があります。まことにあはれむべき又悲しむべき人であります。私は短歌こそ日本文學のメーンカレントでありアンダーカレントであると斷言し得るのであります。」洵に心熱くなるお説である。

又「よく短歌は生命の文學であるといはれて居ります。まこと短歌文學は作者その人の人間生命の記錄であります。」「短歌は人生生活を土臺としながら、その人生、生活に付いてしまつてはならない所に、まことにうらがなしいばかりの短歌の宿命があるのであります。」「一体意味的要素に力點を置いたものが「話」であり、餘裕のない、自己のはからひのない、感情の直接的自然的な發表が「叫び」であります。この「叫び」が五七五七七の定型といふ具体的なものに制約されて眞の意味の「詩」即ち短歌といふものになるのであります。」

又、「言靈第五卷第四號」「四明莊襍記」に於て、「私は長く國文學を專攻教授してゐて、日本文學の主流低流としての短歌の偉大さに今更に敬禮し、單に日本文學の研究教授にとどまらず、廣く日本國民を一人でも多く眞の短歌實作者とする事はわれわれの任務であると覺悟したのである。」と仰せになり、「この悲願は前途尚遠しの感はあるが……」ともらされてゐる。

洵に、かゝるお言葉の包んでゐる人知れぬ尊い眞實のものに、眞劍に「言靈開顕」を念願するに際して、始めて心にしみてふれえた感じである。愚。私はまさしく恥ぢねばならぬ。恥ぢざるをえない。實に「日本文學」をまなびつゝも、その主底流たるものが眞に短歌なることを骨身にこたへて体感してゐなかつたからである。心の底を砕けば、短歌への敬禮は愚か、寧ろこれに對してぴつたりと一つになりきれぬ一種のそらぞらしさを感じてゐたからである。「短歌への敬禮」——何と云ふうるはしく胸を打つことばであらうか。あゝ、師の「不惑になる信念」は、正しく永劫の神の灯と昇華する。

中勘助氏の小説（むしろ散文詩）「銀の匙」には、主人公の少年が毎夜伯母から、寝床で、百人一首を聞かされ、覺えさせられた折の感想として、「私はわからぬながらも歌のなかの知つてゐる言葉だけをとりあつめて朧げに一首の意味を想像し、それによみ聲からくる感じをそへて深い感興を催してゐた……」と云つてゐる。これは、やまとびとにとつて、懐かしく豊かな世界である。

洵に、今や、私は短歌文學こそ、われわれ大和民族にとつて、「やまとうた」として、過現末を打貫いて正統且つ光輝ある文學傳統であると云つて誤らぬ。恥ぢぬ。

この燦然たる三千年來の大和國風を護持した短歌文學傳統こそは、正しくわれわれ大和民族の言靈信仰の終始連綿たる光華の發顕であつたと云つてよい。われわれ大和民族の清純一途なる清節であつたと云つてよい。

こゝにこそ、言靈信仰の本然は生きて來たと私は神かけて信ずるのである。

再び引く。

「いきとしいけるもの——それがかたさに眞言はうたふ」のである。

——貫之・御杖——

3　宣長に於ける和歌

私は、第一、(3)御杖に於て、彼の歌道神道言靈を精細に考察したのであるが、實はその冒頭近く、「立場」の問題から「御杖と宣長」の項を設け、両者を御杖の側から對比して見た。

而して、その中で最も興味深く見られたことは、両者の學問が、全く「歌まなび」に始まり、之が主流をなしつゝ展開深化して、各〻獨目の輝かしい學的業績を築きあげたことであつた。

こゝには、極く簡明に、「宣長に於ける和歌」を考察し、以て、2の本質の傍證たらしめようと思ふ。しかしこれは全く、蓮田善明氏の著「鷗外の方法」中「本居宣長に於ける『おほやけ』の精神」の導きによるところである。

○生とし生るもの情をそなへたるものは、その情ののぶる所なれば、哥詠なくてはかなはぬもの也。（中略）これ天然自然なくてかなはぬものなり。（あしわけをぶね）

○歌の道は善悪のぎろんをすてて、ものゝあはれと云ことをしるべし。（今上）

○すべて神の道は、儒佛などの道の、是非をこちたくさだせるやうなる理窟は露ばかりもなく、たゞゆたかにおほらかに、雅《みやび》たる物にて、哥のおもむきぞよくこれにかなへりける。（うひ山ぶみ）

○すべて人は、雅の趣をしらでは有べからず。これをしらざるは、物のあはれをしらず、心なき人なり。かくてそのみやびの趣をしることは、哥をよみ、物語書などをよく見るにあり。然して古人のみやびたる情をしり、すべて古の雅たる世の有さまをよくしるは、これ古の道をしるべき階梯也。（同上）

○哥をよまでは、古の世のくはしき意、風雅のおもむきはしりがたき。（同上）

○凡て如此く、活用助辭に因て其義の細にくはしく分るゝこと甚だ妙にして、外國の言語の能く及ぶ所に非ず。凡そ天地の間にかくばかり言語の精微なる國はあらじとぞ思はるる。（漢字三音考「皇國言語の事」）――「といふやうな、言靈のあやしきはたらきに讃歎せずには居られなかつたのである。彼の和歌詠作はこの言靈につながつてゐたのである。」（蓮田氏）

○凡て人は必ず歌を詠むべきものなる中にも、學問をする者は、なほさら詠までかなはぬ業なり。歌を詠までは、古への世の委しき意、風雅のおもむきは知りがたし、萬葉の歌の中にも安らかに長高くのびらかなる姿をならひて詠むべし。又長歌をも詠むべし。さて又歌には古風後世世々のけじめあることながら、古學の輩は、古風をまづ旨とよむべきことは言ふに及ばず。又後世風をも棄てずして、ならひよむべし。後世風の中にも、様々よきあしきふり〳〵あるを、よく選びてならふべきなり。（うひ山ぶみ）

「宣長は、和歌及び物語を、雅びの精神をしり、培ふものとして、神の道とひとしく見るのである。私は、こゝに文藝の精神を日本文化の精神と観じた宣長をはつきり見ることができる。この、文藝を日本文化の象徴として見る見方は、説明は要するけれども、日本民族の傳統といつてよいのではないか。私は宣長の一生を貫いてきた和歌の精神をかく思ふ。」（蓮田氏）

㈡　發　想

和歌（短歌）自体の發想については、さまざまの角度からさまざまのことが云はれて來たし、また今後も猶問題となるであらう。こゝには、短歌自体へまでの構想確立（短歌に詠み込む素材内容に関聯する表現上の構想ではない）をきづくに至つた、わが日本民族の直観のことを取上げ、これから和歌（短歌）確立に至るさまを、假に「發想」と呼ぶことにする。

私は、前項に於て、「やまとうた」の天上的構想と云つたが、これは、やまとびと即ち日本民族の先天的直観によつて、（天上的にとはそれを意味してゐる）短歌自体が構想されたと云ふことである。それは、日本民族のたぐひまれな直観力――そしてこれは神代より血脈的にうけついだ血のわざ――が最も聰明にはたらいたものと見る外はない。

「五七五七七」と云ふも、定型と云ふには苦しすぎる程に自然のなりたちをもつてゐる。さうして、如何にしても未だに的確完璧には解明しえぬ、單なる低次元的リズムをこえたもの、即ち高邁なる神の聲を響かせる「しらべ」が躍動しつゝ流れてゐる。それは御杖の所謂「形あれば靈宿る」ところの「かたち」であり、即ち「靈」のしらべたかき靜もり（鎭もり）のところである。もはやそこには、やまとびとの血脈がしんしんと相通うてゐる如くである。

悲願の詩人は、これも亦「ことだまのさきはひ」と呼ぶ。

岡本先生も、言靈第五卷第五號「短歌文學の本質」について、次の如く述べてをられる。

「兎に角この形は不思議な力で我々を惹きつけるのであります。ある人はこれは單なる傳統の力にすぎないと申して所謂新短歌を作り、五七五七七と云ふ型は何ら意味の無いものである。と論じて居りますが、しかし其様な人々も不思議と又再びもとの定型へ歸られる。即ち無定型を相當永くやつて居られても、後には定型へ歸つて來るのであります。前田夕暮氏の言葉を借りますと『定型への郷愁』と云つた様なものを感じ出すのであります。かゝる事實は一体何を意味するのでありませうか。思ふにこれは極めて自然の事であります、些か神がかり的云ひ方になつて參りますが、私は單なる傳統ではなくて日本國民性と定型との間に何か特殊の神秘的な深いつながりがあり、五七五七七なる形式に日本國民はひとしく不可思議なる魅力を感ずるのであり、之は一片の理窟では到底解釋のつくものではないと考へて居るのであります。でありますから定型は破らうとしても破り得ない。實際又破れる筈もないのでありまして、單に傳統の力のみを考へても二千年にわたつて長く日本國民性と結びついて來た定型を、我々が一時代に生れ一個半個の力で破らうとしても決して破りおほせるものではありませぬ。私は永年國文學を研究教授して參ります中にますますこの事を痛感し、今ではむしろ定型短歌に敬禮したい心持であります。これは一知半解の文學論や西洋流の藝術論では破ることの出來ない鐵壁であります。破りおほせないとすれば自らその中核に突入するより外に道はありませぬ。而して入つて見ると奥は實に深いのであります。」まことに見事な至言ではないか。

この小なる「かたち」「しらべ」に於て見る、抒情の流に立つ結晶と凝縮と象徴とは、久松博士も「日本文學の特質」として解明されたところである。（日本文学の特質）

又、中河與一氏は、「愛の意味」に於て云ふ。

「國初以來、常に最も高潮した精神はその詩歌に於て發想せられて來た。つねに言あげしなかつた吾々の祖先も、その雄大の精神と戀着の私事とを問はず、和歌に於てのみ、つねに赤裸の心懷を吐露して少しも躊躇しなかつた。」

「日本人は由來風流といふ無償の誇りに總てのものを發せしめた。これが一般の教養として捨身の哲學となり、忠誠のこころざしと連関し、幽玄のおもひとなり、コトノハノミチとなつたのである。わが國風の和歌は遠い御代以來、貴族と庶民とを通じて精神の中心であつた。然るにこれを泥土にゆだねてゐるところの者こそ、今日の歌人の多くであつて、歌人の責任たるや甚だ重大と云はなければならない。」

更に同書「三十一字形式に於ける民族的直感」に於て中河氏は云ふ。

「和歌成立して以來二千年、すぐれた和歌作者は幾度か現れたが、この發想の、みごとさに就いてまだかつて民族的理由を述べた人のなかつた事を自分は悲しむものである。」として、和歌發想のもつ民族的意義を解明しようとする。

即ち、現代人と「古代人との心の交通といふ事が次第に困難になる時、和歌形式こそはその形式が決定してゐる爲めに、自由に古代人と心を通じあふ事が出來るのである。即ち三十一字を知つてゐるさへすれば吾人は萬葉集をよみ古今集をよみ最も自然に殆ど何の困難もなく、古代人の心に想到するのである。和歌形式といふものの與へる最も重要な一つの要素がこゝにあつたのであつて、斯くの如き民族的意味をもつてゐたといふ事を今日は考へねばならぬのである。」

又、

「三十一字を決定したといふ事自身に、古代人の聰明な民族的直感を吾々は讀まねばならぬのである。」種々の歌体の混沌が「古今集あたりから自然に三十一字におちついた。初めから意圖したものではないが自然の天意によつて民族の直感がさぐりあてたといふべきである。かくて三十一字形式といふものは古代人の發明した實に見事なる藝術に於ける全體的意向をもつた形式となつたのである。三十一字といふ一つの形式による事によつて民族を結ばうとしたのである。」「即ち三十一字は民族の縦と横とを結ぶものであつて、その發想の永遠的な聰明さは實に世界に比類を見ないのである。それが市井の愛の歌であればあるほどその卑俗さによつてさへ全體を結ばんとしてゐるのである。」

氏は熱誠を以て更に云ふ。

「自分は幾度か和歌こそ日本藝術の中心でなければならぬといふ事をくりかへしてのべて來た。歌人こそ自覺をもつて、わが國の藝術の中の中心的地帯を築かねばならぬといふ事を主張しつづけて來た。和歌こそその發想の根本に於て、わが民族の生命と共にあるからであつて、如何なる時代が來ても、それは滅亡するものでも衰弱するものでもない。時代が進めば進むほど古代と現代とを結ぶものとしての和歌の役目がいよ〱重大化してくるであらう事は云ふまでもない。」と。

(三)　國　風――生成

「やまとうた」は、國風として傳統し存在したと云ふよりも、それは無窮の生成であると云はねばならぬ。形の大小消長を云ふのではない。和歌本質の問題（生命）に関してである。

しかも、かゝる生成の中心は、畏きことながら、常に神(註)ながら上御皇室にましましたのである。こゝに、國風の意味も、生成の問題もその源を有したのである。これは、上皇室におかせられての《おほん》「愛《うつくしみ》」《みめぐみ》にかゝることで、中河與一氏は、「吾々古來の傳統を顧みる時、これら西歐の言葉にもまして、如何に壯大に、如何に聰明に、わが國の文化が構想せられてゐたかに氣付くのである。肇國の詔書は云ふまでもない。吾々は世々わが國の藝文が、皇室によつて導かれ、萬葉以來、多くの愛の勅撰集を持つてゐる事を考へただけでも思ひに餘るものを感ずるのである。それは寧ろ世界に類例のない事實であつて、それら無數の作品を讀んで吾々は日本に於ける愛の意味の大きさと眞率さを理解する。そこには愛國と云はずに人の愛を歌つてその志の深さを表現し、風流の中に沈潛してしかも風物への愛が國土への愛につながつてゐたのである。」（「愛の意味」）と述べてゐる。

延喜以來、永享に至る長い間の、二十一代にわたる勅撰和歌集は、何よりも、皇室が日本の和歌生成の從つて文學生成の中心にたゝせられてゐたことの何よりのあかしであらねばならぬ。

しかも、その二十一代集たる、[1]古今・[2]後撰・[3]拾遺・[4]後拾遺・[5]金葉・[6]詞花・[7]千載・[8]新古今・[9]新勅撰・[10]續後撰・[11]續古今・[12]續拾遺・[13]新後撰・[14]玉葉・[15]續千載・[16]續後拾遺・[17]風雅・[18]新千載・[19]新拾遺・[20]新後拾遺・[21]新續古今に於て、萬葉古今・千載は勿論、金葉・詞花・玉葉風雅等に於ける勅撰集の名稱が、和歌に関する時光的生成的無窮を信念して預言し、その「みやび」（風雅）を決然と表明してゐることを知るべきである。葉は同時に花である。これは他の文學形式に於て、あまり類例を見るをえぬことである。

而して、この時光的生成的無窮とは、「常わか」のことであり、それは日本文學がその叙情に於て、發想に於て、「常乙女」のごとく若々しくうるはしいことを語るものである。この「わかさ」は、畏くも天壌無窮の彌榮と萬世一系の聖統につながりゆかりするものである。最もけだかく美しい象徴の花々である。洵に最も古いものこそまた最も新しいのである。

又、その「みやび」とは、實は「鄙び」に對する「宮び」であり、皇室に於かせられての日本的なる「美」のありかたさながらと云ふもあやまらぬ。風流風雅とはかゝる神聖と莊嚴とを持つ。ことそぐことさへ最もうるはしい美の發現ではなかつたか。こゝに「言靈のさきはひたすくる國」としてのかゞやかしいうるはしい國風の出現を見とらなければならぬ。日本の美の正統は、常に仰ぐべきところから源をうけてゐると考へられる。

紀平正美博士も「美は力なり」と云はれてゐる。

かゝる國風は、やがて道の自覺をもつ崇高なものである。「言靈のさきはふ國」「言靈のたすくる國」とは、端的に云へば「詩歌の國」「やまとうたのくに」と云ふことである。洵にやまとびとは、「文學をしきしまの道として飽くまで尊重する。」（齋藤淸衞博士「日本的性格の文學」）のである。

「あをやぎのいとたえず、松のはのちりうせずして、まさきのかずら、ながくつたはり、とりのあと、ひさしくとゞまれらば、うたのさまをしり、ことの心をえたらむ人は、おほぞらの月をみるがごとくに、いにしへをあふぎて、今をこひざらめかも」——貫之が、かゝる壯大なる信念と高邁なる決意をもつて無窮に亘る預言をかきつけた古今集の賀哥第一題しらず、よみ人しらずの「我君はちよにやちよにさゞれいしの巖と成りて苔のむすまで」が、今日の日に、國歌「君が代」となつてゐることを思ふにも、胸が熱くなつてくるではないか。これは偶然以上の國の生命の幸ひの顕現である。

ことに、臣子の立場から云へば、わが國の藝文は、常に文學にせよ、繪畫にせよ、彫刻にせよ、上なる御方尊貴なる御方への進献藝術的意義を有する傳統が淸純に流れてゐることを心あらたに注目すべきである。常にすべてを、上《かみ》に捧げまつるのである。こゝに「常わか」の國風があり生成がある。それは、人智もては不可測なる光を放つてゐるのである。ひかりうるはしい世界。またかげりしめるこけのみどの世界。あゝその中に流れる「常わかのしらべ」……。

註　「そもそも我が皇室が御代御代和歌にすぐれさせ給うて臣下の和歌を超絶し給ふところ、將又大伴氏代々眷族が和歌に長じてゐるところには、神代以來の傳統があると私は推考してゐる。」（蓮田善明氏「言向」（文藝文化第五卷第六號））

㈣　絶　唱

1　記念抄

⑴　百傳ふ磐余《いはれ》の池に鳴く鴨を今日のみ見てや雲隱りなむ。

——大津皇子——

(2)　君が住む宿の梢を行くゆくも《イ(と)》隠るゝまでに《イ(も)》かへりみしはや

――菅原道眞――

(3)　埋木の花咲くこともなかりしに身のなるはてぞかなしかりける

――源三位頼政――

(4)　待つといふ一言さへやはばからる大き別れなりゆきませ吾が夫《せ》

――吉川たき子――

(5)　額をしも貫《ぬ》かれし兵がたまきはる終の聲や天皇陛下

――千日祥子――

2　絶　唱

御杖は、その著「歌道非唯抄」に於て云ふ。

「よに辭世とて今はのきはに哥よむ事あり。その歌よむこゝち此道の本意を見るにたれり。おほかた人としてわびしくかなしきことはなし。さればのがれがたき命數せんかたなき物からいとも〱あきらめがたけれど死は決すべし。いかまほしさはやるかなさにせめて哥にはなぐさむる也。在五中將は、死にのぞみて、

〽つひにゆく道とはかねて聞しかどきのふけふとは思はざりしを

とよみたまひ、紀貫之は、

〽手にむすぶ水にやどれる月かげのあるかなきかのよにこそ有けれ

とよまれたるも、みな命數はせんかたなくいかまほしさは、やるかたなき、せめてのわざなりかし。」

絶唱とは、必ずしも「辭世」を意味しない。けれども、冒頭に「御杖の辭世論」を引いたのは、御杖も云つてゐるやうに、この道の本意を見るにたる辭世から入るのが、最もふさはしく入りやすいと考へたからである。

また、記念抄に引く所も、これが粒よりの完璧な絶唱ぞろひと云ふのではない。たゞ私の胸を灼くもの丶中、浮かぶにまかせた。

いまはのきはの作が、そのわざの巧拙を論ぜず、よく人の胸を灼き、魂を悲傷させるのは何故であらうか。一語で云へば、それは、御杖の強調する如く、「言靈」のゆゑである。もはや、神の聲のしらべを湛へてゐるからにほかならぬ。

※

絶唱——傑作と云ふもまだるい。それは、やはり絶唱と云ふの外、今私の心をやすめるものはない。「うたのひじり」（人麿）の絶唱を神詠と呼ぶ。日本にのみ眞の神詠がある。神詠に至つて、言靈はいよいよさきはひしづもる。

絶唱——それは詩人の悲願のきはみになるしらべである。神のしらべのみうたである。

絶唱——それは高邁なる志をもつ「やまとうた」の本意に立つてよまれる。こ丶にこそ言靈永遠の光華はしづもりさきはふ。

第三章　言靈信仰の護持

(1) 畏敬

(一) 信受——護持

私は、本論第一第二と、わがやまとびとの言靈信仰を回想し、その本質をさぐり、その光華を景仰讃歎して來た。而して、今や私は、かゝる清純高邁なる言靈傳統の護持について述べねばならぬ。私は、「回想篇」に於て、國語本質の全身的把握は、神代上古以來の言靈から離れることではなく、まさやかに之に復歸立命することによってのみ、可能であると述べた。まことに、かゝる清純なる言靈傳統の護持は、これをそのまゝに信受し、「言靈」の開顕するまゝに、その光華のひらきみちびくまゝに、信從邁往するほかに道はない。それが、「神ながら」の「つたへ」を「うけ」「まもり」「もち」「つたへる」ものの正しくあるべき態度である。

民間習俗（これは今もっとも大切にされねばならぬ）の生活語に現存する「忌みことば」にさへも、言靈信仰は、そして言靈傳統は、實におごそかに流れ傳へられてゐることを銘記せねばならぬ。

私は今、齋藤清衞博士の「日本的性格の文學」から、一二を引かう。

「萬葉集の歌の特色が、雄健剛壯であるといふことは殆ど現代人の常識の如くなつてゐる。しかし、これを歐洲文學の雄大壯嚴の特色に比すると、事實はむしろその逆だとさへ評することが出來よう。萬葉集の中、その雄大な格調では代表者の如くされてゐる柿本人麻呂の全作品について見るも、その歌の基調は、寧ろ一種の信從の精神であるとさへ云へない事はなからう。もし、人麻呂の歌を見ながら、その中に強く流れてゐる自制の心識をよく観取出來なければその批判は全く的を逸してゐる。」

又、

「現代の作家で、日本人的の忍從と沈默とを見せてゐる小説家と云へば、露伴と藤村とであらう。特に、藤村の風格を形作つてゐる含羞の詩情は、まつたく傳統的のものである。自分は藤村の文體をひそかに源氏物語のそれに比肩せしめてゐるものだ。自己の生命に對し峻嚴な態度を維持する點に、藤村がいはゆるヒューマニステイクの作家であることはもちろんのことながら、藝術道に對する摯實峻嚴の態度に到つては、やはり氏の私淑してゐる西行や芭蕉やに比較すべきものがあり、その藝術本能が文體に表象されてゐる點から見て、紫式部に共通するところがある。」

藤村の「ことば」に對する敬虔な態度は今更に云ふまでもない。

私達の言靈傳統護持の道は、一に信につきる。信受信仰信從——道は淸純の信にかゝりきるのである。

(二)　寡　默

由來「日本人はしやべる言葉を恥と心得てゐる。」（蓮田善明氏「文藝文化」第五巻第六號「言向」）

然るに、「世の人相會ふ時、暫くも默止する事なし。必ず言葉あり。其の事を聞くに、多くは無益《やく》の談なり。世間の浮說、人の是非、自他のために失多く得少し。これを語る時、互の心に無益の事なりといふ事を知らず。」（徒然草164）

しかし、單に益の得失と云ふことではない。もつと、日本人ならば、たゞしやべることに恥と卑しさとを感ずるであらう。

「人心の乱れは、ことばの乱れよりくる。」とは、東洋の信念であり高邁なる眞實である。

垣内松三氏も「言語は大洋の海底のやうな沈默の深層からの生誕である。」（國語表現學概説）と云はれてゐる。

この「沈默の深層」にこそ、「言擧げせぬ」神の國の絶對の事實があり、「言靈」がこもり「神の啓示」のあることを知らねばならぬ。

㈢　畏　敬

「ことあげせぬ」絶對隨順の道は、「やまとことば」を眞に信受し捧持するもの丶道である。

「拜して使ふ心」——岡本先生（大毎、言靈信仰、國語畏敬）

⑵　使　命

㈠　柄と分

かの謠曲「定家」に、次第《ワキ》「山より出づる北時雨〳〵行方や定めなかるらむ。詞これは北國方より出でたる僧にて候。」と云ふ所がある。私は、先づこの次第に謠つてゐる「北時雨」ことにその「北」が、「北國方より出でたる僧」と云ふ詞の「柄」となつて、後から出て「分」となる僧を微妙にみちびき定着する作用を持つてゐると考へる。最初の一謠が、かくぴつたりと僧の一つの分（いはゞ地柄と人柄）を深くゆたかにする柄として立つのである。或は、また萬葉集に、「水傳ふ磯」とか「ことさへぐ唐」と云ひ、「水鳥の立ちのいそぎに父母に物いはずきにて今ぞ悔しき」とうたつてゐる。

　この「水傳ふ」とか「ことさへぐ」とかは、風土性或は文化性としての柄を示し、「水鳥の立ちのいそぎ」は、自然性と主観性との即ち美しい「柄と分」の渾一を示してゐるのである。この柄と分の問題は、唯意味のない遺物としての枕詞だと一言で片附けられぬ、深く思ふべきものをもつと考へる。

　夏休に故山へ歸省すれば、隣近所から銘々の畠になつた南瓜や唐黍や豆やトマトを、廣島では不自由をしたでぁらうから、食べさせよとて頂く。これは私の育つた土地の地柄である。

　私の出發は、この各〻の柄（家柄・地柄・世柄・國柄）の恩頼（みたまのふゆ）に依つてたてられてゐる己が「分」の自覺にある。（この「柄と分」――實はとではない。となきとである。柄即分、分即柄である。）

　而して、私はこの國の深くゆたかに美しい絶對唯一の國柄に歸一沒入する草莽の民としての「分」を體認する。こゝに私の本は立つ。草深きところに名もなき民として、一國語國文學徒として埋れて悔いぬ絶対の信念が、生涯をうちつらぬく信念として立つのである。

(二)　國語即國心

　國語を學究する者は、先づ國心に還らねばならぬ。國心に還らんとする者、先づ國語に參入しなければならぬ。國語即國心として、言靈の淸純なる傳統をうけつたへまもりもちまなび信ずる。こゝに深く美しくたしかに搖がぬ國語観が立つ。道元の所謂「回天の力」が湧きあがる。修辞立誠と云ひ、和顔愛語と云ふ。またこゝに立つの謂である。

叱られることを、萬葉集の昔には「こられる」と云つた。それが何時しか、「おこられる」となつてゐる。こゝに日本精神の自敍傳がこもるのではないか。

或種西欧の言語観の如く、單に「もの」としてことばを見るのでなく、「こと」として見てゆく。この純化清淨の極、こと（言）――こと（事）が、まこと（眞言）――まこと（眞事）――まこと（誠信實）となる。こゝに、「まこと」に於てのりたまふ「天皇」のみことが、國柄と共にひかりてり、無窮天壤の間に、「皇化」として顕現する。「のりたまふ」みことこそ、至高至純至美至力のことである。また、天地開闢も今日に於ける自覺（めざめ）のこと（事）であり、ご神勅のこと（言）も、實に今日あるまゝのこと（事）である。あゝこのくにがら、このことばがら。

こと（言）の裡に、民族のこゝろのまことを汲む。こと（言）が、まこと（誠）として、魂にゆれのぼるとき、言を見据ゑ一切を生活語たる國語にとふ國語學究が、民族の魂の表現としての「文學」研究にのぼりゆく契機となる。冷靜な特性として見つめる科學的實證的研究が、熱い血の通ひ土の匂ふ歴史的特質を擔ふ國語として、こゝに高められて來る。今や、單なる形式のみを文學であるとする樣式的偏見をぬけて、魂の表現としての文學が見つめられる。日本民族の魂が、始源の日に、自描し自證した文學即ち古典こそは、國語學究を、眞實に今日に活かす上に最も大切であると信ずる。

(三)　古典と今日

凡そ皇國の今日に見るそのまゝさながらのこと（事）が、皇國のこと（言）によつて、しかも始源の原歴史的形をもつて、立てられむすばれてゐるのが、即ち皇國古典の特質である。眞に光ある古典である。而して、これは、かの東洋的要素の流入を機として成る所が多く、しかもその内實が、今日のこと（事實）とは多く無関係絶縁的な西欧の古典の断層的在り方と全く趣を異にする所である。（尤も、太古の預言のまゝ、その歴史観の通りに、世界各民族の歴史が現實に進展してゐることは、今われわれの眼前に見る如くである。）

古典に見る始源と今日とを一如に結んでゐること（言）は、今日即萬古の永遠一貫の皇業をむすび生むこと（事）である。こと（言）を通じて、古典を今日に溫め、之を大いなる實践の力として、今日より明日への指導原理として立てる所に、國語學徒としての「溫故知新」がある。冷く知的に探究するばかりではない。眞實、念々魂に誦《よ》み溫める。こゝから實践活動の「ちから」がむすばれて來る。

實に古典への復歸に依つて復古維新が成る。この力強き維新の源たる古典の内實の「ちから」を内に攝り活かしたのは、かの明治維新であつた。今やこの古典内實の「ちから」は、内外一如、大東亜開闢に即ち高邁なる八紘爲宇顕現への邁往へ活かされねばならぬ。

こゝに國語學徒への新しい大使命がかゝりきたるのである。（この項、志田延義氏「神話篇」によるところが多い。）

(四)　大東亜開闢

いきいきと血の相通ふ生活語たる國語を見据ゑ、一切をあげて、萬古即今日に連綿とつたへられてゐる言靈にとふ國語學究は、やがて大東亜言語圏の驀直なる究明と合して、大東亜開闢をむすび生みむすばねばやまぬ。

國語即國心を深思し「言葉が人間に作られるよりも人間が言語につくられる事の方が遙かに多い。」と云ふフィヒテの言を思ひ、再び、「言語は回天の力なり。」と云ふ道元の言葉を思はねばならぬ。「一言事をやぶる」と「大學」にある。所でそれはまた、「一言事を興さしむ」のである。今岡十一郎氏の「ハンガリー民族詩」を見よ。そこには、如何に多くの「ダイニッポン」への思慕がうたはれてゐることか。塗炭敗滅の民族は、今や大東亜日本へ還りつゝある。一切の民族は、また大東亜開闢により光をあびる。かゝる大東亜の黎明に、現實に民族の魂の結びをとげ、現實に開闢のこと（事實）をむすびうみあげてゆくものは實にわが國語である。ことだまである。

私はこのことを深く知り、かたくあつく信じなければならぬ。

思へば、皇史三千年、かゝる使命たる、實に未曾有のことである。異常なる決意を捧げ、高邁なる信念を持し、一意「のりたまひのりたまふ」「みこと」のまにまに沒我邁往しなければならぬ。

(五) 無窮

何億年一貫の國語言靈の中に生れおちた私達は、國語するとは呼吸するとの謂である。呼吸するとは、眞のやまとびとたることである。眞實やまとしきしまの道をふみゆくことである。これ、國語に生きんとするもの丶、先づ、やまとびととしての「柄と分」の自覺に立たねばならぬ所以である。

無窮「常わか」のひかりは、一つの信一つの行の上にのみかゝつてある。（この項のみ、昭和十六年九月十四日「國語學徒の使命」として稿）

(3) 体現

㈠ 体現

言靈信仰の護持、それは、「言靈」の体現にまでゆきつかねばならぬ。

これは、全身全靈全生活を打込んでの態度にかゝる。而して、その道たる何ものにもまして難いことであると共に、これはまたやまとびとにのみ與へられたる無上のめぐみ深い試練（その名を白光道）である。

私は、二年生の春三月のあるゆふぐれ、雨あがりの茜を仰がれながら、折柄試験のことのみを念頭にしてゐた私の頭をひらめきうつやうに、「天氣になつたね。」と云はれた先生のおことばを終生忘れぬ。あのときの私の赤面は心の中でどれほどあかくほてつたことか。又、俳諧猿蓑集の御講義で、眞正面から涙があふれるほどに打たれたおことばは別として「でつちが荷ふ水こぼしたり」の折、「たぶたぶ」のことばを何氣なくすてるやうに云はれ、また「何を見るにも露ばかりなり」の時、「地上に浮かぶ露ばかりではない。」と云はれたおことば、刹那、あれほど打たれた時を私は知らぬ。所詮、師ははるかに高い体現のさかひにのぼられてゐるのである。

あゝ、念々これ絶唱でありたいではないか。かゝる時、その人は、もはや「やまとことば」と「やまとうた」とを全く高め止揚した人であると云へる。神のひびきの聲とさへ云へよう。

再び、齋藤清衞博士の「日本的性格の文學」から引かう。

「芭蕉にとつて、文學は表現であるより、生活そのものであり、生きんとするその態度であつたと云ふことである。（中略）もつと直接的の問題としては、物欲をすて、（引用者註、「狐は人に食ひつくものなり」（徒然草218））風雅を一途に掘下げるさうした決意にあつたと云ふことが云へるのである。」

又、

「彼（芭蕉）にとつて、風雅の實《まこと》を究めるとは何を意味したかと云ふに、動き流れてやまぬ現象（乾坤の変）を直観することにより、造化の本體に迫らんとすることだつたと云ひたい。」

又、

「……心の色美はしからざれば、外に詞を巧む。是則ち常に誠を勤めざる心の俗也。」――芭蕉の言葉。

更に「徒然草」から引く。

「人のけしきも、夜のほかげぞ、よきはよく、物言ひたる聲も、暗くて聞きたる、用意ある、心にくし。」(191)

又、

「御髄身秦重躬、北面の下野入道信願を『落馬の相ある人なり。よく〳〵つゝしみ給へ』といひけるを、いと眞しからず思ひけるに、信願馬より落ちて死ににけり。道に長じぬる一言、神のごとしと人思へり。」(145)

(二)　悲　願

再び云ふ。

やまとことばに、やまとうたに、念々これ絶唱でありたいではないか。

結論　思慕から悲願へ

私は、序論の結末に於て、安心立命は、足下「やまとうた」への思慕にあることを自覚したと云ひ、こゝにこそ私の結論もあることを申し述べた。

而して、私のこの思慕は、今や本論第一・二・三とうち辿つたはてに、徐ろに悲願になりつゝあるを感ずる。要するに、「ことだま」への道は、「絶唱」への道である。それはまた白光道への邁往である。回想も光華も護持も、すべて、この「絶唱」の中にこもりにほひひびいてゐるのである。

高邁な決意をもつて、私は今第一歩をつよくふまねばならぬ。學究四星霜のすべてをあげて、この一点にかけ、私は微塵も悔いぬ。

あゝ、

一、一時の懈怠、即ち一生の懈怠となる。(188)

二、人事《にん》多かる中に、道を樂しぶより氣味深きはなし。是れ實《まこと》の大事なり。(174)

三、日暮れ塗遠し。吾が生既に蹉跎たり。諸縁を放下すべき時なり。(112)

――徒然草――

今にして思へば、

「聖めき青葉の山に入りゆかむおもひもつひにとげがたからむ」

「麥の秀のくきだち靑き眞晝野に眼をつぶりたり聖のごとく」
「かきのもとの人まろなむ、うたのひじりなりける。」

——古今集序記念抄七——

この「ひじり」「おもひ」と云ふおことばは、愚かに思へない。師の御心の如何なる奧處からのことかは、不肖の私には及びもつかぬことである。しかし、私は、ひたすらに悲願して白光道をすゝまれるその悲しきばかりの氣概を、なげかひ（欝情）につゝまれたことばとしてうけとる。今、私はかそかにかそけくそのあたりの僅かを窺ひうるやうな氣がするのである。

あゝ
再び師無限の恩賴をおもひ
みたび云はう

念々これ絶唱でありたいではないか。

——昭和十七年八月十六日朝、故山にて稿了

二十日月寒々あかき道ゆきて師弟一如のねがひせつなし

あとがき

本書「国語教育研究への旅立ち」には、広島高師在学中、二年生の夏にまとめて提出した、レポート「戦記文学と我が国民性」と、四年生の時点でまとめて提出した、卒業論文「言靈信仰の回想と光華並びにその護持」とを収録することにした。

レポート「戦記文学と我が国民性」は、高等師範一年生の折、「平家物語」の講読において、林実先生のご指導を受け、励ましていただいたことが取り組むきっかけになったと思われる。提出したレポートをきっかりと受け止めていただけたこと、励ましていただけたことがありがたかった。「平家物語」につづいて、「枕草子」の講読についても、ご指導をいただくはずであったが、先生が病臥されたこともあって、「枕草子」については仕上げることができなかった。

ふり返ってみると、附属図書館に通いながら、夏休みを四国の郷里へ帰ることもせず、無我夢中で取り組んだ日々は、真夏の暑さなど全く気にせず過ごしていたと想う。

卒業論文は、研究主題をどのように見出し、取り組んでいくかについて、考えつづけ、やはり国語教育における最も根源的な課題に取り組んでいこうと心に決めた。取り組んでも、なかなか思うようには進めることができなかった。自分は何をどう求め、まとめていくのかについて、確信を持って、作業を進めることができなかった。

自らの国語教育の根本問題をしっかりとつきとめ、掘り下げたいと念じつづけていた。まとめ上げた当初は、これでまとめたことになるのかと、自信を持つことができなかった。

未熟なものであっても、国語教育、国語科教育を求めつづけ、まとめえたものを、ここに報告させていただくことはありがたい極みである。それにつけて、わが往く道を歩いていただいた方々に、心をこめて感謝のまことを捧げたい。国語教育、国語科教育への道を選び、歩みつづけえたことに、改めて感謝の思いを深くせずにはいられない。

このたびの刊行については、溪水社木村逸司社長、西岡真奈美様に、格別お世話になった。心からお礼を申し上げたい。

平成二三年六月九日

野地潤家

〈著者紹介〉

野　地　潤　家（のじ・じゅんや）

大正９（1920）年、愛媛県大洲市生まれ。
昭和20（1945）年、広島文理科大学文学科（国語学国文学専攻）卒業。
愛媛県立松山城北高女教諭、広島高等師範学校教授・広島大学助教授・教授（教育学部）・広島大学教育学部附属小学校長（併任）・同附属中高校長（併任）・同附属学校部長（併任）・同教育学部長・鳴門教育大学教授・同副学長・同学長を経る。

現在　広島大学名誉教授、鳴門教育大学名誉教授、教育学博士

専攻　国語教育学―国語教育原論・同各論・国語教育史・国語教育学史―

主著　『話しことばの教育』（昭27）、『教育話法の研究』（昭28）、『国語教育個体史研究』（３冊、昭29）、『国語教育』（昭31）、『国語教育学研究』（昭36）、『作文教育の探究』（昭47）、『国語教育原論』（昭48）、『幼児期の言語生活の実態Ⅱ』（昭48）、『読解指導論』（昭48）、『国語教育学史』（昭49）、『国語教育通史』（昭49）、『幼児期の言語生活の実態Ⅲ』（昭49）、『話しことば学習論』（昭49）、『作文指導論』（昭50）、『幼児期の言語生活の実態Ⅳ』（昭51）、『国語科授業論』（昭51）、『幼児期の言語生活の実態Ⅰ』（昭52）、『個性読みの探究』（昭53）、『わが心のうちなる歌碑』（昭55）、『話しことば教育史研究』（昭55）、『国語教育実習個体史』（昭56）、『国語教育の創造』（昭57）、『綴方教授の理論的基礎』（昭58）、『芦田恵之助研究』（３冊、昭58）、『国語教育の根源と課題』（昭59）、『国語教材の探究』（昭60）、『国語教育の探究』（昭60）、『大村はま国語教室の探究』（平５）、『古文指導の探究』（平８）、『国語科教育・授業の探究』（平８）、『教育話法入門』（平８）、『野地潤家著作選集』（12冊、別冊１、平10）、『昭和前期中学校国語学習個体史―旧制大洲中学校（愛媛県）に学びて―』（平14）、『国語科授業の構築と考究』（平15）、『国語教育学研究―国語教育を求めて―』（平16）、『中等国語教育の展開―明治期・大正期・昭和期―』（平16）、『国語科授業原論』（平19）、『近代国語教育史研究』（平23）、『国語教育学史研究』（平23）

編著　『作文・綴り方教育史資料（上・下）』（昭46）、『世界の作文教育』（昭49）、『国語教育史資料』第一巻理論・思潮・実践史（昭56）、『国語教育史資料』第６巻年表（昭56）

国語教育研究への旅立ち
――若き日の自主研究、卒業論文――

平成23年７月20日　発　行

著 者　野　地　潤　家

発行所　株式会社 溪水社
広島市中区小町１－４（〒730-0041）
電話（082）246－7909／FAX（082）246－7876
E-mail : info@keisui.co.jp

製版・印刷・製本　モリモト印刷株式会社

ISBN978－4－86327－146－3　C3081